LA *Vigne* DES JUSTES

LA SAGA DES VIGNES

TOME II

Marie-Françoise BARBOT

La Vigne des Justes

La Saga des Vignes

Tome II

7'est éditions
ROMAN

Sommaire

Toute ressemblance avec des faits
s'étant réellement déroulés ou des personnes
ayant existé ne serait que pure coïncidence.

I

La vigne d'Antoine

Il fait très chaud, une chaleur oppressante. L'air est immobile et pesant comme avant un orage. Mathilde relève la tête, le ciel est fleuri de nuages lourds et laiteux. La vigne semble figée, aucune de ses feuilles ne bouge. Dans ses rangs, les vendangeurs papillonnent, le sécateur à la main, pressés d'en finir. Peu soucieux de leur apparence, chemises ouvertes, pantalons retroussés, les hommes s'activent. Des gouttes de sueur glissent sur leurs visages qu'ils ne se donnent même plus la peine d'essuyer d'un revers de main. Les femmes, en jeans et en tunique de couleur vive, parfois fluo, ressemblent de loin à un étrange essaim d'abeilles bourdonnantes. Lorsqu'on se rapproche, on est saisi par la sensualité de leur décolleté frémissant et de leur peau dorée.

Dans ce paysage d'aquarelle, vibrant de vie, la silhouette noire de la vieille Julie dénote, offrant un étrange contraste. Au bord des vignes, assise sur une chaise, les yeux fermés, les mains noueuses crispées sur sa canne, elle semble dormir. Le coquelicot qui orne son chapeau de paille est fané depuis longtemps. Le bas de sa robe noire, imprégné de moiteur colle à ses jambes. Ratatinée et courbée comme un arc, elle paraît encore plus décharnée que d'habitude. Son chignon, gris cendré, mal tenu par des épingles, s'ébouriffe, ressemblant alors à un nid d'oiseau. Son visage lacéré de rides profondes, à la peau flétrie, a la couleur d'une terre d'argile asséchée. Atteinte d'Alzheimer depuis plus d'un an, sa mémoire n'est plus qu'un lancinant bourdonnement d'images, de sons et d'odeurs dans lequel elle se perd douloureusement, ce qui l'angoisse. Sa santé décline sur une pente à peine sensible, mais continue. Elle ne s'exprime presque plus, sa voix se voile au bout de quelques minutes, comme cassée. Souvent, elle sombre dans une sorte de délire muet, paraissant habitée par quelque chose qui l'envahit tout entière, et qu'elle ne parvient pas à chasser. Furieuse, de sa main droite elle se met à balayer l'air, en poussant de petits cris perçants. Seule la vue de la vigne l'apaise. Jean, qui est en bien meilleure santé, fait preuve avec elle d'une patience angélique, cherchant à minimiser au maximum les conséquences de sa maladie, en maintenant entre eux une atmosphère de gaieté et de confiance. Lui, malgré l'âge, est resté beau. Son port de tête, sa manière de se tenir droit et ferme lui confèrent encore une certaine allure. À quatre-vingt-huit ans, il émane de lui, plus que jamais, une calme sagesse. Il ne vient dans les vignes que pour veiller sur la vieille Julie, en début d'après-midi pour l'y installer et en fin d'après-midi pour l'aider à en repartir. Petit à petit, il a laissé le soin à Antoine de gérer le domaine à sa guise. Ce dernier a su l'agrandir, l'ouvrant aux marchés américains et japonais, ce dont il tire une légitime fierté. S'il n'a pas le charisme de Jean, il a réussi à s'imposer comme un excellent viticulteur dans la région et à préserver le prestige du nom des Dalager, ce dont Jean et la vieille Julie lui sont reconnaissants. Grâce à lui, leur vin désormais est connu et apprécié dans le monde entier. Sans l'aide précieuse de Mathilde, y serait-il parvenu ? Nul ne le sait, toujours est-il qu'il avait réussi son pari, devenir pleinement le maître des vignes. Cette année, pour les vendanges, il a engagé beaucoup d'étudiants, ce qui l'oblige à une vérification minutieuse. Hier, il s'était aperçu que beaucoup avaient oublié de cueillir bon nombre de grappes. Lorsqu'il le leur avait fait remarquer, ils avaient ri avec une insouciance désinvolte, ce qui l'avait exaspéré. Il lance un coup d'œil circulaire à Mathilde. Blonde, lumineuse, elle est encore plus jolie qu'avant. Les vingt ans qui venaient de passer n'avaient servi qu'à l'embellir davantage. À quarante ans, elle est tout simplement sublime. Si Mathilde n'a jamais cessé de peindre, depuis quelques années, elle expose partout en France et a acquis une certaine notoriété. Peintre classée, des galeries parisiennes, londoniennes et même américaines la réclamaient. Là, elle réajuste ses lunettes noires sur son nez, en soupirant.

Au côté d'Antoine, Gaspard le seconde activement. Avec le temps, leur complicité s'est encore renforcée. Les nouveaux venus les prenaient souvent pour deux frères. Depuis son mariage avec Fernande, Gaspard a beaucoup changé. Il affiche désormais une assurance sereine et ne bégaie pratiquement plus. Avec elle, ils forme un couple uni. Gaspard a élevé le petit Jean comme s'il avait été son propre fils. D'ailleurs, ce dernier, qui a déjà vingt ans, lui ressemble étonnamment. S'il a hérité des traits un peu épais de la Fernande, il a les mimiques, le rire, léger et joyeux, la même manière de pencher la tête que lui. Comme Gaspard, il parle toujours en souriant. Sans qu'il soit vraiment beau, il émane de toute sa personne un charme tranquille et rassurant qui attire les regards. Il aime coiffer ses cheveux en arrière, pour dégager son visage à la peau brune, ce qui met en valeur ses grands yeux d'ambre clair. La fierté joyeuse avec laquelle Gaspard parle du petit Jean est émouvante. En revanche, si aujourd'hui on lisait dans les yeux de Fernande beaucoup d'admiration lorsqu'elle regardait son fils, il n'en avait pas toujours été ainsi. Quand le petit Jean était enfant, par crainte qu'il ne devienne comme son époux, elle avait décidé de lui donner une éducation rigoureuse et avait tendance à abuser du martinet, ce qui révoltait Gaspard qui avait fini par le jeter dans la rivière. Croyant que l'univers est maintenu dans une sorte d'équilibre moral par un Dieu juste qui récompense les gentils et punit les méchants, la Fernande voulait à tout prix que son fils soit du bon côté de la barrière, aussi, bien que peu pratiquante, elle avait obligé le petit Jean à être enfant de chœur, puis quelques années plus tard, l'avait expédié au séminaire. Au bout d'un mois, le petit Jean s'en était enfui. Il était revenu au domaine, en pleurant, hurlant qu'il ne voulait pas être curé. C'était l'unique fois, où Gaspard s'était opposé à Fernande, en refusant catégoriquement de ramener le petit Jean chez les curés. Elle était entrée dans une colère folle, frôlant l'hystérie. Seul Jean, après deux heures de longues palabres, était parvenu à la raisonner. Elle était alors apparue à son bras, souriante et apaisée, et avait couvert le petit Jean de baisers. Dès le lendemain, il était retourné à l'école du village.

Jean l'aimait autant que ses propres petits-fils, et il en était de même de la vieille Julie bien qu'elle s'en défende farouchement. Cependant, depuis qu'elle était malade, elle s'autorisait à exprimer davantage l'affection qu'elle avait pour lui. Elle avait tout de suite senti qu'il aimait la vigne, ce qui, à ses yeux, valait toutes les qualités du monde. Elle adorait répéter que petit, il la suivait partout, s'agrippant aux cordons de son tablier et qu'il lui était difficile de les lui faire lâcher. En juillet dernier, le petit Jean avait réussi un BTS d'œnologie, ce qui avait ému la vieille Julie jusqu'aux larmes. Pour le féliciter, elle lui avait offert une bouteille d'une cuvée prestigieuse, avait applaudi des deux mains quand Jean avait annoncé qu'il payait au petit Jean un stage de vinification en Australie, et avait failli s'évanouir en apprenant qu'à son retour, le clos de Vougeot lui avait promis un poste de maître de chai.

Le petit Jean était devenu le meilleur ami de Gabriel, le fils aîné de Mathilde et d'Antoine. C'était comme si le passé se reproduisait. Ils grimpaient aux mêmes arbres, faisaient des ricochets et pêchaient dans les mêmes rivières qu'Antoine et Gaspard, autrefois. Ils se regardaient de la même manière, avec une complicité bienveillante, que rien ne semblait pouvoir ébranler. Gabriel ne ressemblait pas à Antoine. Il avait hérité la délicatesse des traits et la blondeur de sa mère, mais aussi sa sensibilité vive, son goût pour la conciliation. Dans la famille, il était devenu au fil du temps, celui qui apaisait les tensions, ce qui faisait dire à Jean qu'il portait bien son prénom : le messager de Dieu. S'il travaillait sans se ménager dans les vignes, étudier l'attirait bien davantage. Apprendre était pour lui si facile qu'il n'en retirait aucun orgueil et se montrait toujours étonné qu'on le félicite de ses réussites. Personne n'avait été surpris quand il avait annoncé qu'il voulait faire médecine, comme si ça allait de soi. À dix-neuf ans, avec un an d'avance, il venait de terminer sa deuxième année, ce qui avait faire dire à la vieille Julie qu'il ne serait donc jamais le maître du domaine, ce qu'elle regrettait profondément.

Gabriel n'avait jamais eu l'arrogance des bons élèves, et était capable de s'adapter à n'importe qui, même au plus simple, avec un naturel désarmant. Là, il rit de bon cœur aux blagues salaces du vieux Claude qui, s'il s'est bonifié avec l'âge en se montrant au fil des années beaucoup plus conciliant, est devenu de plus en plus grossier. Il n'a jamais accepté d'avoir à travailler sous les ordres d'Antoine, mais la désapprobation bruyante qu'il manifestait autrefois avait fait place progressivement à une résignation silencieuse. Fasciné par Mathilde, mû par l'envie de lui être agréable, il s'était mis à faire des efforts, efforts qui s'étaient transformés en habitude. Mathilde les contemple avec une bienveillance émue. Elle songe à son grand-père, mort deux ans après la naissance de Gabriel. Du haut du ciel, il devait être fier de voir son arrière-petit-fils devenir médecin comme lui. Ils n'ont pourtant rien en commun. Autant son grand-père était rigide, autant Gabriel était ouvert. Mathilde ferme les yeux. Son grand-père est mort un soir d'hiver, seul dans son grand appartement de la rue Berbisey, après avoir lutté quatre ans contre un cancer du pancréas. Sa femme de ménage l'avait retrouvé deux jours plus tard, gisant sur sa descente de lit. Mathilde se souvient de son enterrement. Une neige lente et froide tombait d'un ciel gris et terne. L'église de la place Wilson était presque déserte. Une poignée de gens, tous âgés et tous vêtus de noir, occupait les premiers bancs. Sa femme de ménage se tenait à l'écart, assise au fond, près des bénitiers. Elle était la seule à pleurer. Lors des condoléances, elle fut également la seule à lui dire combien il était généreux et combien elle le regretterait. Mathilde soupire. Heureusement que Jean l'avait accompagnée ce jour-là. Elle ne se souvenait pas quel prétexte Antoine lui avait donné pour ne pas être présent à ses côtés. À vrai dire, Antoine n'était jamais là quand elle avait besoin de lui et ne le serait jamais. *La magie d'un coup de foudre ne présage jamais de la compatibilité de deux êtres à long terme,* réfléchit-elle en se souvenant du temps où ils étaient amoureux l'un de l'autre. Leur vie a l'apparence du bonheur : le domaine, des enfants magnifiques, une famille unie, mais ce n'est pas du bonheur.

Ce soir, une fois le travail effectué, comme à son ordinaire, il s'éclipserait une heure ou deux, puis reviendrait prendre sa place de mari et de père, comme si de rien n'était. Elle savait depuis longtemps qu'il la trompait, et avec qui. Elle ne prononçait jamais son prénom, la surnommant « la mère Noël », comme pour mieux marquer son mépris. Depuis quand entretenait-il une liaison avec elle ? Combien de temps Antoine était-il resté fidèle après leur mariage ? *Un mois ? deux ? Pas davantage*, soupire-t-elle. Souvent elle sentait son odeur dans ses cheveux, sur ses cols de chemises, son parfum capiteux et lourd. Elle avait compris qu'il l'avait trahie juste après la naissance de Gabriel. S'il lui manifestait une sorte de tendresse reconnaissante pour lui avoir donné un fils, elle ne ressentait plus chez lui de véritables désirs. Antoine avait cessé de l'aimer. Un jour en brossant l'une de ses vestes, elle avait retrouvé un long cheveu noir bouclé. Elle avait respiré et su immédiatement à qui il appartenait. Par la suite, en fouillant méthodiquement ses poches, elle avait rassemblé plusieurs notes de restaurants et d'hôtels. À l'époque, comme toute femme outragée, elle avait exigé qu'il rompe avec son amante, ce qu'il avait fait... Huit jours ? Quinze jours ? Le temps de lui faire un autre enfant. Rémi était né. Quand avait-elle renoncé à sauver son couple ? Elle ne se rappelait pas. Insensiblement, elle avait fini par reporter tout son amour sur ses fils. Mathilde se mord les lèvres. Il y a si longtemps qu'elle ne l'aimait plus. Elle soupire. Seule l'envie de faire fructifier la vigne les rapproche. Soudain, Mathilde voit la vieille Julie tressaillir, puis son visage se crisper. Ses yeux flambent d'une colère sourde. Elle suit son regard, celui-ci est posé sur Rémi, son deuxième fils. Il est en train de grignoter à pleine bouche une grappe de raisin, en riant aux éclats. Un bandana rouge dans ses cheveux châtains, le teint hâlé qui rend encore plus clair le bleu de ses yeux, il est étrangement beau. Rémi est très différent de Gabriel. Il n'a ni son calme ni sa sagesse. Au contraire de son frère, il n'a jamais aimé l'école et n'y réussit guère. Du haut de ses quatorze ans, rétif à toute autorité, sans cesse en rébellion, il les nargue en permanence. Il y a deux ans, s'étant caché au milieu des vignes pour pouvoir fumer, il avait failli leur mettre le feu. Depuis, la vieille Julie lui vouait une rancune tenace. Mathilde fait un signe de désapprobation à Rémi, qui naturellement n'en tient pas compte. La vieille Julie hausse des épaules, enveloppant Antoine d'un œil courroucé. Antoine, qui ne s'est jamais senti proche de Gabriel, trop cérébral, trop réservé pour lui, a toujours eu l'impression que Rémi, fougueux et turbulent, lui ressemblait davantage, aussi avait-il tendance à se montrer excessivement permissif avec lui, ce qui irrite profondément la vieille Julie. En dodelinant du menton, à chacune de ses frasques, elle chuchote en prenant un air de confidence, qu'il ressemble malheureusement à son Pierre.

Mathilde regarde le ciel, qui s'obscurcit. De gros nuages bombés s'effilochent en amas gris au faîte des arbres. L'orage ne va pas tarder. Elle sort de son rang de vignes, s'approche de la vieille Julie et lui murmure qu'il faut rentrer. La vieille femme fait non de la tête, alors Mathilde lui sourit, et la vieille Julie répond à son sourire. Mathilde retourne travailler. Dix minutes passent, et une pluie diluvienne s'abat, froide et drue. Des éclairs déchirent le ciel. Antoine donne aussitôt l'ordre d'arrêter la cueillette, et de rentrer en camion et voiture.

– En Bourgogne, on ne vendange pas sous la pluie, pour éviter de diluer les degrés du vin, explique Gabriel à une petite brune aux yeux clairs.

La vieille Julie, qui aurait ronchonné naguère, semble n'en avoir cure. Au contraire, sourire aux lèvres, elle tend son visage, comme pour mieux sentir la pluie couler sur elle. Mathilde l'aide à se relever, et, ensemble, elles marchent jusqu'à la maison. Jamais Mathilde ne l'a trouvée aussi légère, elle pense avec inquiétude qu'elle a encore maigri. Bientôt elles aperçoivent Jean venu à leur rencontre, un parapluie à la main. Après les avoir rejointes, il le leur tend pour qu'elles s'abritent, mais la vieille Julie le refuse obstinément et se met à rire, un rire sonore et incongru. De loin, on croirait entendre un rire de petite fille joyeuse. Antoine passe devant eux, puis en marchant à reculons, leur crie : Je m'en vais à Beaune, je dois voir le patron d'un resto qui veut me commander pas mal de bouteilles.

Sans attendre de réponse, il s'engouffre dans sa voiture.

Bientôt le paysage disparaît sous l'épaisseur de la pluie. Tout semble en mouvement, le vent chahute douloureusement les arbres sur le bord de la route, des branches brisées jonchent le sol. Antoine, en écoutant inquiet le bruit serré des gouttes qui giclent sur le toit de sa voiture, une BMW flambant neuve, ralentit. Il tourne la tête à droite. Un éclair de lumière déchire le ciel. De nombreux filaments se cristallisent autour. La foudre vient de tomber à quelques mètres. Il ne voit plus rien. Il s'arrête sur le bas-côté de la route. Il appuie ses doigts sur ses paupières, se masse le front, et inspire profondément pour se calmer. La tempête va passer. Il suffit d'attendre. Comme pour se rassurer, il fredonne une chanson de Joe Dassin, « Il y a les filles que l'on aime... ». Il soupire, demain le raisin sera gorgé d'eau. Il hausse les épaules, avec une sorte de fatalisme désolé. Au bout de dix minutes qui lui ont semblé une éternité, l'orage s'est calmé. Antoine redémarre sa voiture, et roule prudemment. Un quart d'heure plus tard, arrivé au cœur de la ville de Beaune, il se gare près d'un immeuble où il a loué un appartement voilà bientôt dix ans. Il monte quatre à quatre jusqu'au premier étage, s'arrête devant une porte sombre. Il sonne, trois fois. Son pouls s'accélère. Un bruit de pas impatients, Paola, lui ouvre. Parfumée elle sent «Poison» de Dior, la dernière flagrance à la mode. Il la presse contre lui. Depuis longtemps, il sait qu'elle lui est devenue indispensable, une parenthèse précieuse dont il ne saurait se passer. Un sourire voluptueux sur les lèvres, elle incline la tête laissant ses cheveux flotter sur ses mains.

II

La mort de la vieille Julie

Cette nuit, Antoine n'est pas rentré. Mathilde le retrouve au petit matin, au cœur des vignes. Il arbore un sourire paisible, en donnant des ordres aux vendangeurs qui s'empressent de se placer devant leur rang. Avec l'âge, sa voix ressemble à celle de Jean. La journée commence dans une tranquille routine que rien ne semble pouvoir troubler. L'orage d'hier a éclairci le ciel et le soleil est revenu. Il fait frais ce matin, une fraîcheur vivifiante. Les grappes de raisin sont lourdes, ce qui oblige chacun à redoubler de précaution. Antoine la salue d'un revers du menton, comme si de rien n'était. Il y a longtemps qu'il ne prend même plus la peine de se justifier. Elle fait la moue et sent alors poser sur elle le regard inquiet de Gabriel. Derrière lui, la petite brune aux yeux clairs, l'œil brillant, sourit. Menue, elle paraît fragile. *Ses sourcils nets et arqués lui donnent une expression de vulnérabilité permanente*, remarque Mathilde en se disant que c'était tout à fait le style de filles à tomber folle amoureuse de Gabriel, si rassurant et si protecteur.

Tassée sur son siège, placée plus près des vignes que la veille, les épaules basses, la vieille Julie qui a voulu absolument assister au début du travail, croise ses mains sur sa canne. Ses doigts s'entortillent et se tordent les uns les autres. Ses yeux semblent se promener par-dessus les vignes, puis tout à coup se figent. Elle vient d'apercevoir Rémi qui, les cheveux ébouriffés, son bandana rouge noué autour du cou arrive, comme à son ordinaire, en retard. Sa mâchoire se crispe. Rémi s'immobilise un instant devant elle, et l'embrasse furtivement en murmurant un inaudible bonjour. Il empeste la bière, une hérésie pour elle. Elle recule, comme offensée. Le sourire narquois, affichant une moue désabusée, Rémi hausse les épaules et comme s'il était sur une scène de théâtre, fait un geste de la main à son père et envoie des baisers du bout des doigts à sa mère, puis d'un pas dansant va se placer au côté de Gabriel. Ce dernier, après lui avoir adressé un clin d'œil complice, presque paternel, lui tend un sécateur. Malgré la différence de leur caractère, les deux frères s'entendent bien. Gabriel tempère la fougue de Rémi et Rémi apporte la fantaisie qui manque à Gabriel. Après Jean, c'est le seul que Rémi écoute.

La vieille Julie les observe et soudain ne les reconnaît plus. Elle presse très fort les paupières pour ne plus les voir. Ses lèvres minces comme deux traits inflexibles bougent imperceptiblement. Elle réfléchit intensément. Deux rides sévères s'entrelacent sur son front soucieux. Elle pleure alors de déception et de fatigue et happe du bout de la langue les larmes qui coulent sur ses joues.

Maintenant à demi endormie, elle voit voler vers elle d'étranges papillons noirs. Elle a peur. Bientôt ils la frôlent de leurs longues ailes effilochées. Elle aspire une grande bouffée d'air et ferme ses poings. Peu à peu des souvenirs l'assaillent. Comme d'un miroir voilé, une image se détache, celle d'un garçonnet aux boucles brunes abattant à coup de fronde les vitres de la cuisine, puis elle le voit se balancer au fond du jardin, un petit chat noir sur ses genoux. Bientôt elle croit entendre le chaton miauler. Elle aimerait se boucher les oreilles, mais n'y parvient pas, sa main droite restant crispée sur sa canne. Le petit garçon semble tout près d'elle. Il l'effleure. Elle a chaud. Des perles de sueur suintent sur son front. Elle voudrait le serrer dans ses bras. Sa main gauche se tend et papillonne dans le vide. Aveuglée par une lumière vive et blanche, la vieille Julie ferme les yeux puis tout s'éteint dans sa tête, alors elle reste ébahie, la bouche ouverte, le visage légèrement incliné, comme en attente.

Un cri retentit. Tout le monde s'interroge du regard, d'où provient-il ? Tout paraît si paisible. Un soleil rassurant répand son éclat sur les vignes qui ondulent à peine. Bientôt on aperçoit une montgolfière de couleur rouge qui semble planer au-dessus d'eux. Est-ce l'un de ses passagers qui, pris de panique, a hurlé sa peur ? Rien n'est moins sûr. La voilà qui glisse doucement au loin, emportée par le vent. Ce hurlement provenait-il de la forêt toute proche ? La saison de la chasse n'est pas encore ouverte. Ce qui semblait certain à tous, c'est qu'il s'agissait d'une voix humaine. Une voix de femme, supposent même certains. Antoine croit l'avoir déjà entendu. Il y a un longtemps. Alors qu'il se concentre pour essayer de raviver sa mémoire, il aperçoit un homme qui, arrivé au bord des vignes, l'appelle. Il s'agit de l'un des ouvriers qui préparent la serre au fond du domaine. Grand, bronzé, les cheveux noir de jais, le visage aux traits réguliers, il a un faux air d'Alain Chamfort. Agacé, Antoine se dirige vers lui. Leur dialogue est bref. Après avoir levé les bras au ciel, Antoine le suit.

L'ambiance n'est pas aussi joyeuse et conviviale que jadis. Personne ne chante désormais en cueillant le raisin, même la grosse Lulu fini par y renoncer. Il faut dire qu'elle a perdu nombre de ses fans, la plupart des anciens étant morts depuis longtemps. La Berthe avec laquelle elle avait failli s'entretuer à la naissance du petit Jean avait été emportée par un cancer voilà bientôt deux ans. La grosse Lulu qui avait la rancune tenace n'était même pas allée à son enterrement. La Fernande, qui s'était fait un tour de rein, ne pouvait pas participer aux vendanges cette année, mais toujours aussi discrète qu'autrefois, on ne pouvait de toute manière pas compter sur elle pour égayer l'atmosphère. Le petit Jean, qui a hérité de sa réserve, n'est pas non plus un boute-en-train. Là, il parle avec Gabriel, sans se soucier de ce qui se passe autour d'eux. Son rire fait écho au sien. À leur droite, un étudiant, coiffé à la Mort Shuman, un walkman branché sur les oreilles, se dandine, en coupant les grappes, devant les yeux enamourés de la fille qui se trouve juste derrière lui. Une grande blonde, moulée dans un legging noir ultra collant et un bustier orange fluo, et dont le front est barré par un foulard bleu, tenue hétéroclite qui, de loin, la fait ressembler à une guerrière elfique.

Rémi, lui, semble beaucoup s'amuser, virevoltant au milieu des vignes comme un danseur. Mathilde l'entend rire aux éclats. Elle a l'impression que, contrairement à Gabriel, il prolongera longtemps son adolescence. *Son refus de grandir qui se traduisait par un manque d'investissement à l'école et dans toute activité sérieuse, ne masque-t-il pas une profonde vulnérabilité ?* se demande-t-elle. *Cet enfant rit trop et sans raison*, poursuit-elle encore, *mais n'aime pas autant la vie qu'il ne l'affiche, une tristesse mélancolique suivant très vite, trop vite, ses périodes d'exaltation*. Depuis quelques semaines, elle pense qu'il serait sage qu'elle l'emmène en consultation chez un psychologue ou un psychiatre. Elle en avait déjà parlé à Antoine, mais celui-ci s'y était opposé farouchement.

Tout à coup, Mathilde s'étonne. Le chapeau de la vieille

Julie a glissé sur ses genoux, et l'un de ses souliers est à terre. Son pied gauche est déchaussé. *Donner une image aussi négligée ne lui ressemble guère, elle est si fière*, songe Mathilde en la parcourant d'un œil inquiet. Sa tête s'est affaissée sur sa poitrine. *Peut-être est-elle tombée dans un sommeil profond ?* Dans sa main droite, sa canne est légèrement oblique. Personne ne s'en est aperçu. La grosse Lulu, qui est très proche de la vieille Julie, semble uniquement concentrée sur son travail. Plus grosse que jamais, elle a moins de dextérité qu'autrefois. Déjà toute en sueur, elle s'éponge le front à l'aide d'un grand mouchoir à carreaux. Mathilde quitte son rang et s'approche à pas lents de la vieille Julie pour éviter de la réveiller. Surprise par la blancheur de cire de son teint et par le tremblement des veines de ses tempes qui palpitent d'une manière saccadée, elle lui prend machinalement le pouls. Il est faible. Visiblement la vieille Julie vient de faire un malaise. Elle lui tapote les joues. La vieille Julie entrouvre les yeux, glisse sa main sur le poignet de Mathilde et l'agrippe. Les cheveux de cette dernière se détachent, cascadant comme une rivière blonde sur ses épaules. La vieille se redresse, comme si elle désirait y plonger son visage. Mathilde les rassemble rapidement en chignon. La vieille Julie la couve alors d'un regard bienveillant. Sa bouche tremble. Mathilde, qui a l'impression qu'elle veut lui dire quelque chose, se penche davantage vers elle. Elles restent les yeux dans les yeux quelques secondes puis ceux de la vieille Julie prennent la dureté de la pierre. Elle serre ses mâchoires à se briser les dents, comme pour contenir une dernière douleur. Ses yeux s'éclaircissent devenant plus qu'une tache pâle et lumineuse. Sa canne, cette canne qui l'avait accompagnée depuis les années cinquante, tombe à ses pieds. La vieille Julie vient de rendre l'âme. Gabriel est le premier à accourir vers elle. Il l'examine minutieusement et esquisse un geste d'impuissance.

Antoine, revenu de la serre, en apprenant la mort de la

vieille Julie, reste comme pétrifié. Les bras ballants, le regard au loin, on dirait que toute son énergie l'a quittée. En voyant son trouble, Jean, qui est pourtant très ému, se comporte comme le patriarche de la famille, qu'il n'a jamais cessé d'être. Malgré son âge, il prend les choses en main. Il ordonne à Gaspard de faire continuer le travail.

– Gaspard, tu le sais, pour elle, rien ne comptait plus que ses vignes. Elle ne voudrait pas qu'on s'arrête de vendanger pour elle, alors on te laisse la main.

Puis il demande à Mathilde de rentrer à la maison pour appeler le médecin afin qu'il constate le décès. Sa voix n'a jamais été aussi claire et aussi ferme. Ensuite, il saisit Antoine par le bras, lui chuchote quelque chose à l'oreille comme pour l'apaiser et ensemble ils portent la vieille Julie jusqu'à sa chambre, dont ils tirent les rideaux. Quelques minutes plus tard, alors qu'il cherche un chapelet dans le tiroir d'une commode du salon, Jean pointe du doigt l'horloge. Celle-ci marque 9 h 10, l'heure de la mort de sa femme. Il appelle Antoine pour lui en faire part. Celui-ci se souvient alors qu'il avait entendu un cri dans les vignes, le jour de la mort de *fous le camp*, le chat de la vieille Julie. Ce chat passait la majeure partie de son temps dans les vignes, et un matin, il l'avait retrouvé mort au milieu du vignoble. Il n'ose pas s'en ouvrir à Jean, tant cela lui paraît incohérent. Il l'entend déclarer qu'il ne remonterait plus jamais l'horloge.

– Elle restera ainsi jusqu'à la nuit des temps.

Il se tourne vers Mathilde tout d'un bloc.

– Il faut prévenir Clothilde.

Celle-ci acquiesce puis s'exécute aussitôt. Elle aime beaucoup sa belle-mère, douce, compréhensive, elle parle peu, mais a toujours le mot juste. Remariée deux ans après leur propre mariage, avec François Langlois, un ancien préfet, elle vivait auprès de lui à Lyon, mais venait régulièrement les voir. Son départ avait beaucoup peiné la vieille Julie, qui avait la fâcheuse tendance à vouloir garder tous les siens autour d'elle. À ses yeux, François Langlois avait beau être un ex-préfet et un ancien résistant, n'appartenant pas au monde des vignes, elle le considérait comme un « jean-foutre », surnom d'ailleurs qu'elle lui donnait. La vieille Julie n'avait pas été sensible à l'histoire d'amour de Clothilde et de François Langlois, pourtant digne de paraître dans un roman, tant elle était touchante. Lors de la débâcle, il avait secouru Clothilde et Antoine, mais à cause d'un bombardement, leur route s'était séparée. Chacun de leur côté, ils avaient fait des démarches pour se retrouver, et celles-ci avaient finalement abouti vingt et un an après. François Langlois, qui avait connu l'horreur des camps de concentration, savourait la vie avec une passion communicative. Dès que Mathilde l'avait vu, elle avait compris qu'il s'agissait là d'un homme exceptionnel, ce que Jean ne cessait d'ailleurs de souligner, en certifiant qu'il avait appartenu au réseau Alliance.

– Alliance ou pas, il nous a enlevé Clothilde, et sans les vignes, cette pauvre fille va s'étioler, pestait la vieille Julie à chaque fois qu'on faisait référence à son glorieux passé.

Si Antoine avait marqué une certaine réticence à cette union, en voyant sa mère heureuse, il avait fini par l'accepter. Force était de constater que depuis qu'elle vivait avec lui, Clothilde était épanouie. Comme à son ordinaire, Clothilde, qui n'est pas expansive, n'exprime aucune émotion. Après l'avoir remercié, elle dit simplement : « Nous serons là demain matin » et raccroche.

Pendant ce temps, le médecin est arrivé. « Pas comme vous, mais à sa manière, c'était une figure du village, elle va leur manquer » lance-t-il à Jean et à Antoine en les quittant d'un air peiné.

Jean fait oui de la tête. Fernande entre, elle s'est proposé de faire la toilette mortuaire de la vieille Julie. Jean lui sourit. Depuis qu'il l'a sauvée de la rage haineuse de son ex-mari, la Fernande lui voue une reconnaissance sans borne, et plus le temps passe, plus elle lui témoigne de la gratitude. C'était comme si elle se rendait compte après coup à quel sinistre destin il l'avait soustraite.

Quelques heures plus tard, sur son lit de mort, habillée de sa plus jolie robe, une robe de taffetas noir, un crucifix posé sur la poitrine, un chapelet entre les mains, la vieille Julie, dont les traits se sont détendus, n'a jamais paru aussi jeune. Quatre bougies, placées à chaque coin de son lit, l'éclairent d'une lueur dorée qui adoucit son visage, lui donnant la sérénité qu'elle n'a jamais eue de son vivant. Elle est presque belle. Antoine, une cigarette éteinte au bord des lèvres, la veille. Antoine, qui regrette de ne pas être celui qui a recueilli son dernier souffle, tient absolument à être seul auprès d'elle et Jean, fatigué, le laisse faire.

La grosse Lulu est la première à être venue bénir la vieille Julie.

– Sans elle, ça ne sera plus pareil ici, murmure-t-elle à Jean, en s'effondrant dans ses bras.

Pleurant à chaudes larmes, elle va se recueillir dans les vignes, en proposant à Mathilde de l'accompagner.

– Vous entendez leur gémissement ? Elles ont perdu leur maîtresse. Ce cri, c'étaient elles, j'en suis sûre, répète-elle au moins trois fois.

Puis, en fixant Mathilde de ses yeux ronds, elle souffle :

– Les vignes comptent sur vous pour prendre la suite, pas sur Antoine, j'en suis convaincue. Depuis le début, elles vous ont choisie, Mathilde ».

L'enterrement de la vieille Julie, qui a lieu trois jours plus tard, est rapide. Peu de villageois se sont déplacés.

Le maire, quelques amis viticulteurs. Le clocher sonne le glas, ce qui paraît anachronique tant le ciel semble vibrer de vie. On entend des pépiements d'oiseaux. Jean et Antoine, les traits défaits, pénètrent côte à côte dans l'église. Elle est si silencieuse que le bruit de leurs pas résonne. Mathilde et Clothilde, entourées de Gabriel, de Rémi et de François, suivies de Fernande, de Gaspard, du petit Jean, entrent à leur tour. Ils sont bientôt rejoints par la grosse Lulu, qui arrive tout essoufflée, un bouquet de pivoines blanches à la main. Elle va les déposer devant le cercueil de la vieille Julie, pendant que Gabriel, Rémi et le « petit Jean » allument les bougies qui l'entourent. Après un long signe de croix, la grosse Lulu, les yeux embués de larmes, fait une génuflexion. Comme elle a du mal à se relever, Antoine va vers elle pour l'aider. Elle s'appuie sur son bras, un triste sourire aux lèvres.

Le prêtre commence. Il lit un verset de l'Ecclésiaste : « Une génération passe, une génération vient et la terre subsiste toujours.». La porte de l'église grince. Bernard Noël entre et s'installe sur le côté. Bernard Noël est comme les bonnes bouteilles de vin qui se bonifient en vieillissant. Ses cheveux gris adoucissent ses traits un peu forts et mettent en lumière la beauté grave de ses yeux mordorés. Avec l'âge, il a encore gagné en charisme. Mathilde ne peut s'empêcher de croire que, solide et sincère, il devait être un mari fiable et sécurisant.

Au nom de tous, Gabriel évoque la vieille Julie, parlant d'elle comme d'une arrière-grand-mère aimante et attentive, ce qui provoque chez Rémi un rictus dubitatif. Bientôt, le prêtre invite l'assemblée à réciter ensemble le « Notre Père », puis le « Je vous salue Marie ». La vieille Julie vouait à la mère du Christ un réel culte, ce que rappelle Jean qui, à son tour, fait son éloge en la décrivant comme une épouse solide et loyale. La cérémonie se termine par un *Hymne à la joie* retentissant. La grosse Lulu est la dernière à sortir de l'église. En se tournant vers l'autel, après avoir respiré longuement, elle fait trois fois le signe de croix et pas des petits, mais jusqu'au nombril, que la vieille Julie considérait comme le lien qui les unissait tous à la Vierge Marie. L'air rasséréné, elle tend alors son visage vers la lumière du plus grand vitrail et s'en va à pas lents. Arrivée sur le parvis, elle respire longuement, profondément, puis essuie ses larmes en regardant Antoine, Gabriel, Rémi et le petit Jean porter la bière jusqu'au fourgon funéraire. Le prêtre, assisté de deux enfants de chœur, afin de symboliser l'esprit de la vieille Julie qui monte au ciel, libère deux colombes que Jean lui a apportées la veille. Un instant, les oiseaux survolent la défunte et s'en vont à tire-d'aile en direction du soleil.

Après avoir adressé un signe de la main à la grosse Lulu, qui semble figée par le chagrin, Jean, d'une voix ferme où pointe l'émotion propose à l'assemblée de rejoindre le cimetière à pieds. Un cortège se forme. Ses deux petits-fils, chacun de leur côté, lui donnent le bras. Sur le même rang, et marchant au même rythme, Antoine, les yeux au loin, avance. Derrière eux, Clothilde, main dans la main avec François Langlois, Mathilde tout près du maire. Au troisième rang, Fernande, Gaspard, le petit Jean, la grosse Lulu, le Claude qui boite. Viennent ensuite quelques viticulteurs de la région, dont Bernard Noël.

Deux minutes plus tard, arrivés devant la tombe, chacun bénit une nouvelle fois, la vieille Julie. La grosse Lulu, jette des feuilles de vigne sur le cercueil juste avant que les fossoyeurs ne le glissent dans le caveau. Dans le silence, on entend les cordes grincer.

Bernard Noël serre Jean dans ses bras. Les deux hommes s'estiment et ça se voit. Il embrasse ensuite Gabriel et Rémi. Il aime les enfants et a longtemps rêvé d'avoir un fils. Malheureusement, le destin s'est acharné à lui refuser cette joie. Paola a fini par lui donner Alexandra. Il plisse les yeux en pensant à sa fille. Paola s'en est si peu occupée, que la fillette, se considérant comme un poids pour sa mère, est devenue anorexique. S'étant fait la promesse de la sortir de cet enfer, contre l'avis de Paola, qu'il n'écoute plus depuis des lustres, il a décidé de partir un mois en Guadeloupe avec Alexandra. Il espère que ce tête-à-tête entre père et fille va les rapprocher et l'aider à comprendre ce qu'il peut faire pour la sauver. Il donne une poignée de main à Antoine, ce dernier, la bouche pincée, les doigts serrés, répond machinalement à son geste de politesse. Cela fait au moins dix ans que les deux hommes s'évitent. Dix ans plus tôt, en effet, Bernard Noël, rentré à l'improviste, avait trouvé Antoine étroitement enlacé à Paola sur le canapé du salon. Avant de le mettre dehors, il lui avait aligné une bonne droite. Se sentant coupable, Antoine n'avait pas riposté. Les yeux baissés, il était parti sans un mot. Paola, elle, lui avait juré qu'il ne s'était presque rien passé.

– Quelques baisers volés, avait-elle murmuré d'une voix sensuelle et un rien provocante.

Il avait eu envie de la gifler tant elle mentait mal et tant sa peau sentait l'odeur de son amant. C'est ce jour-là qu'il avait réalisé qu'il ne pourrait jamais extirper Antoine du cœur de Paola. Sans un mot, il était monté à l'étage. Il avait entendu Alexandra pleurer derrière la porte de sa chambre où Paola l'avait enfermée. Fou de colère, il était redescendu, l'enfant dans ses bras, et était parti en claquant la porte. Il s'était réfugié dans l'appartement qu'il possédait aux Rousses. Il était revenu deux jours après. Il avait alors minutieusement retiré toutes ses affaires de la chambre conjugale et s'était installé près de la chambre d'Alexandra, bien décidé à ne vivre désormais que pour elle, et c'est ce qu'il avait fait. Il esquisse un mauvais sourire. Paola, qui redoutait de perdre le train de vie qu'il lui donnait, avait mis tout en œuvre pour le séduire. Il lui avait cédé quelques fois, mais plus rien n'avait été comme avant, jamais il n'avait réintégré la chambre conjugale. Aujourd'hui, la mort de la vieille Julie lui fait prendre conscience qu'il faut qu'il remette en ordre ses affaires. Dès demain, il irait chez le notaire modifier son testament. Il voulait tout léguer à Alexandra. Il croise le regard de Mathilde. Avec les années, tous les deux ont appris à se connaître et à se respecter. Elle lui sourit. *Quel dommage que cette si jolie femme ne soit pas heureuse ! Comme moi, les vignes sont son seul réconfort*, soupire-t-il. Mathilde, elle, observe Antoine dont l'esprit semble ailleurs. Elle le voit se frotter le front comme s'il avait mal à la tête. Elle s'aperçoit, en suivant son regard, qu'il a les yeux rivés sur un petit chat noir qui vient de s'allonger sur la tombe voisine. Déconcertée, elle ne peut s'empêcher de trouver qu'il ressemble à *Fous le camp*, le chat que la vieille Julie avait tant aimé.

III

La douleur de Clothilde

Clothilde se sent infiniment triste. Si elle s'attendait à apprendre la mort de la vieille Julie, un jour ou l'autre, elle ne pensait pas que sa disparition allait provoquer chez elle une réelle sensation de vide. Avant de retourner dans le Midi, où elle résidait désormais avec son mari François Langlois, elle se rend seule devant les vignes. Comme à chaque fois qu'elle vient et repart du domaine, elle tient à leur dire au revoir. Pendant des années, comme pour laver son chagrin, elle s'était occupée d'elles, sans rechigner, et ces dernières lui avaient rendu le dévouement qu'elle leur donnait, en l'apaisant. Petit à petit, elles avaient fait d'elle la fille de la maison. Dans le fond, elle était l'enfant que Jean et la vieille Julie n'avaient jamais eu. Elle sourit. Ensemble, ils avaient traversé tant d'épreuves. Une famille, voilà, ce qu'ils étaient, une famille dont l'une des pièces maîtresses venait de disparaître à tout jamais. Elle frissonne. *Jean sans la vieille Julie va-t-il tenir encore longtemps ?* Elle soupire. Si Jeanne, la grand-mère de Mathilde, était le grand amour de Jean, aurait-il pu vivre réellement sans la vieille Julie ? Elle seule savait cadrer ses rêves et l'épauler efficacement quels que soient ses projets. Elle l'avait soutenu contre vents et marées, même lorsqu'elle n'était pas d'accord avec lui. *Elle a toujours été là quand il a eu besoin d'elle. Comme avec moi d'ailleurs*, réfléchit-elle. Bourrue, revêche, la parole acerbe, mais présente dans les moments difficiles.

Clothilde sourit en se rappelant du jour où la vieille Julie, lasse de la voir sans cesse pleurer, l'avait entraînée dans les vignes en clamant solennellement : « Voilà votre salut », et le temps lui donna raison. La vieille Julie avait eu le courage de s'opposer à Pierre, quand en 1943, revenu quelques jours au domaine, il avait menacé de lui enlever Antoine. Alors que Jean en était resté bouche bée, elle avait réagi promptement. En giflant son fils de toutes ses forces, elle avait hurlé :

– Je veux que tu foutes le camp d'ici !

Puis, d'un pas alerte, elle était allée dans sa chambre et avait rassemblé ses affaires dans une valise qu'elle avait déposée devant la porte d'entrée. Malgré l'amour qu'elle lui portait, elle n'avait pas hésité à prendre parti contre lui, pour Clothilde et pour Antoine. Pierre avait baissé la tête et n'avait pas protesté. Le lendemain, il était parti du domaine. La vieille Julie était la seule personne qu'il respectait. Si Jean était intervenu, il se serait opposé à lui. Il se moquait ouvertement de la douceur de Jean qu'il prenait pour de la faiblesse :

– Mon père est un phraseur et un idéaliste, disait-il souvent.

C'était la dernière fois qu'elle l'avait vu vivant. Depuis ce jour-là, malgré tous ses défauts, Clothilde vouait à la vieille Julie une reconnaissance sans borne. Lors de l'assassinat de Pierre par la Résistance, si elle-même n'avait ressenti qu'une sorte de soulagement, elle avait consolé de son mieux la vieille Julie. Jusqu'au bout, celle-ci avait cru pouvoir un jour ramener Pierre dans le droit chemin. Sa mort avait mis fin à son espérance :

– Son âme va brûler en enfer, répétait-elle alors depuis comme une litanie, le regard noyé de larmes.

Accusant Jean d'être responsable de cette tragédie, elle ne lui adressait plus la parole. Ne voulant plus quitter son lit, elle s'était enfermée pendant plus de huit jours dans sa chambre. Refusant de s'occuper des vignes, elle restait dans le noir, les yeux fixés au plafond. Patiemment, Clothilde s'installait près d'elle et lui parlait d'Antoine, de ses jeux, de ses progrès à l'école. Le front buté, la vieille Julie faisait semblant de ne pas entendre ou répliquait inlassablement :

– Ce petit n'a pas besoin d'une vieille bique comme moi, ici, si je mourais, je ne ferais faute à personne, surtout pas à Jean, qui s'empresserait d'épouser la meurtrière de mon Pierrot.

Et quand elle lui disait qu'elle lui manquerait, elle la foudroyait du regard. Elle finit même par lui lancer :

– Vous croyez que je ne sais pas que vous me préférez Jean, tout le monde ne voit que par Jean. Jean est si courageux, Jean est si intelligent, Jean, Jean, Jean !

Le septième jour, la vieille Julie avait évoqué Pierre.

– Il avait une tête d'ange quand il était petit et pourtant déjà, il était mauvais. Les vignes ne l'aimaient pas. Il s'amusait à planter son couteau dans les ceps, comme si c'était des arbres dont il voulait retirer la sève.

En la dévisageant, elle lui avait demandé :

– Pourquoi vous êtes-vous attachée à lui ? Il vous a fait tout perdre, votre carrière de cantatrice, votre famille.

– Sans doute parce que c'était un mélange de cruauté, mais aussi de tendresse. J'avais l'impression qu'il ne parvenait pas à contrôler ses émotions et je lui pardonnais.

La vieille Julie avait fait la moue.

– Vous êtes comme Jean. Vous croyez que Pierre était fou. Pourtant il était si brillant à l'école, toujours premier de classe.

Clothilde se revoit lui répondre :

– La folie a mille visages.

Courroucée, celle-ci avait aussitôt rétorqué :

– Pierre n'était pas dingue. Le diable s'était simplement emparé de son cœur. Il aurait fallu l'en extirper. Jean n'a jamais voulu que je le fasse exorciser, mais je n'aurais pas dû l'écouter. L'Église me l'aurait purifié et rendu plus propre qu'un sou neuf. Il n'aurait pas fréquenté des malfrats, n'aurait pas rejoint ces chiens de la Gestapo, et aujourd'hui ne serait pas mort.

Le huitième jour, alors qu'elle lui avait apporté une grappe de raisin pour son petit déjeuner, la vieille Julie était sortie d'un bond de son lit en hurlant qu'elle vivante, on ne cueillerait pas du raisin vert sur ses terres ! Elle s'était habillée, rendue à la cuisine, avait donné des ordres à la petite bonne qui astiquait les cuivres, puis s'en était allée voir les vignes. Elle y était restée un moment. Une fois revenue, elle était redevenue celle qu'elle avait toujours été, autoritaire et intransigeante. Jamais plus elle ne parla de Pierre. Pierre, aujourd'hui encore Clothilde est persuadée que chez lui tout était vice, cruauté, envie de faire souffrir l'autre. Longtemps il avait hanté sa mémoire. Après la guerre, son souvenir lui avait même retiré son désir de rechanter. À chaque fois qu'elle avait tenté de se produire devant un public, elle revoyait son visage planer au-dessus d'elle et aucun son ne parvenait à sortir de ses lèvres. Il était le contraire de François, son François. Si elle vivait à ses côtés, c'était grâce à la vieille Julie.

– Qu'est-ce que tu attends Clothilde ? Les vignes t'attendront. Il te plaît ce Langlois, et bien, fais-toi passer la bague au doigt. Tu as bien mérité d'être heureuse. À ton âge, un homme qui veuille bien de toi, c'est inespéré ! Tu as déjà raté le Bernard Noël qui s'est entiché de la gitane, ne laisse pas passer celui-là !, avait-elle ajouté perfide, en fronçant les sourcils.

Quand elle lui avait dit sa crainte d'être la risée du

village en se mariant juste après son fils, la vieille Julie avait bougonné :

– Par Dieu, on s'en moque. S'ils n'ont que ça à raconter. En 1940, les rumeurs qu'ils ont fait courir étaient bien pires.

Clothilde sourit. Elle est heureuse avec François. Tous les jours ils s'évertuent à rattraper le temps perdu. Ils voyagent beaucoup, sortent beaucoup, profitant pleinement de la vie. Depuis quelque temps, François se confie davantage sur son passé, son séjour dans les camps, son inaptitude à refaire surface à son retour :

– J'avais laissé tellement d'amis là-bas. Inconsciemment, je m'en voulais d'être vivant, dit-il souvent.

François a trois fils d'un premier mariage avec lesquels Clothilde s'est efforcée de restaurer les liens. François lui en est reconnaissant. Sans elle, il lui assure qu'il y aurait renoncé. De son côté, il a su se montrer proche d'Antoine. Il l'appelle souvent, plaisante avec lui, l'aide à étendre son réseau pour vendre le vin. Ils ne sont jamais parvenus à créer des relations père-fils comme elle l'aurait souhaité, mais il était arrivé trop tard dans la vie d'Antoine. En y réfléchissant, Clothilde réalise que le seul père qu'a eu Antoine, c'est Jean. Il l'a élevé, structuré, consolé, aidé à grandir. *Si Antoine se remet de la mort de la vieille Julie, se remettra-t-il de celle de Jean ?* se demande-t-elle. *Ce qui empêche Antoine de laisser éclater ses côtés sombres, c'est sa peur de le décevoir,* songe-t-elle. Un instant, elle pense à Mathilde. Antoine ne la rend pas heureuse, pour elle, c'est manifeste. Ses mains se joignent en prière :

– Seigneur, faites qu'Antoine se rende compte de la chance qu'il a d'avoir Mathilde à ses côtés.

Au loin, elle aperçoit la grosse Lulu qui, un encensoir attaché au poignet, s'apprête à bénir les vignes. Elle lui fait un petit signe amical. Celle-ci se rapproche et s'effondre dans ses bras.

– Madame Clothilde, au village, ils continuent à croire que c'était une vieille peau, notre pauvre madame Julie, mais je vous assure que ce n'était pas vrai.

– Bien sûr que c'est faux, la vieille Julie était une belle personnalité et beaucoup de ceux qui la critiquent encore aujourd'hui devraient prendre exemple sur elle, approuve doucement Clothilde.

– Pour sûr, sourit la grosse Lulu. Puis, en pointant les vignes du doigt, elle s'exclame comme en extase :

– Regardez-les, elles frémissent au vent, entendez-les, elles fredonnent. Je crois qu'elles saluent votre départ, mais elles espèrent votre retour. Vous verrez madame Clothilde, vous reviendrez un jour.

Surprise, Clothilde l'embrasse sur les deux joues, comme on embrasse les enfants et s'en va à reculons pour garder le plus longtemps les vignes dans sa rétine. Un chat noir passe alors entre ses jambes, manquant de la faire tomber.

IV

Un chat bien étrange

Depuis la mort de la vieille Julie, malgré quelques journées de grisaille, le temps s'ingénie à vouloir rester calme et bien ensoleillé, s'ancrant dans d'exquises et délicates chaleurs d'été indien. Nous sommes déjà mi-octobre. Dans le jardin, le parfum des glaïeuls s'exhale au soleil comme un encens enivrant, presque envoûtant. Mathilde a mis une brassée de ces fleurs majestueuses dans la chambre de la vieille Julie. Cette dernière les préférait aux roses de Jean, qu'elle jugeait trop fragiles et trop sophistiquées. Mathilde l'avait vue très souvent soupirer en regardant Jean s'acharner à les croiser et les entrecroiser afin de créer chaque année une nouvelle variété. Mathilde se souvenait que sa grand-mère adorait les roses. La vieille Julie le savait-elle ? Y avait-il un lien ? Est-ce pour cette raison que Jean en avait fait sa passion ? Il avait donné à ses plus belles roses un nom qui commençait par « J », l'initiale du prénom de sa grand-mère, ce qui n'avait sans doute pas échappé à la sagacité de la vieille Julie. Il y avait la *Jolie-Jolie*, la *Joujou*, la *Jamie*, la *Jena*.

Cela fait déjà un mois que la vieille Julie a été enterrée. Sa mort n'avait pas affecté le travail des vendanges, au contraire, il s'était instauré une sorte de complicité sereine entre tous les vendangeurs, comme si chacun voulait, pour rendre hommage à la vieille Julie, que cette cuvée soit la meilleure d'entre toutes. S'il y avait eu moins de rires dans les travées, une sorte de bonhomie bienveillante avait régné. Les vendanges s'étaient terminée par une paulée mémorable où Antoine avait annoncé avec solennité que le vin de cette dernière récolte porterait à jamais le nom de la vieille Julie, et avait offert à chacun une bouteille ornée d'une étiquette où il s'étalait en lettres d'or. Jean vait ajouté qu'il s'agissait d'un très bon cru et du haut ciel, si celui-ci existait, la vieille Julie devait être fort satisfaite. Chacun des vendangeurs s'était fait la promesse de revenir l'année suivante, comme si la mort de la vieille Julie les avait unis à jamais, au domaine.

Après les vendanges, il y avait eu comme un grand vide, où tout le monde avait repris sa vie, comme il pouvait. Jean ne supportant plus de dormir dans le lit qu'il avait partagé depuis presque soixante ans avec la vieille Julie, s'était installé dans une autre chambre. Refusant de se laisser glisser vers les rives grises de la mélancolie et de la tristesse, il s'était plongé prestement dans une nouvelle passion, la généalogie. Désormais, tous les mercredis, il se rend aux archives départementales de la Côte-d'Or à Dijon. À quatre-vingt-neuf ans, il conduit encore, ce qui inquiète Antoine, qui redoute qu'il ne finisse par avoir un accident. Jean fait fi de ses peurs en clamant qu'il avait fait si souvent le trajet de Chassagne-Montrachet à Dijon que sa voiture connaissait le chemin mieux que lui. Gabriel lui a subtilement proposé de l'emmener, en l'invitant à déjeuner près de la fac, ce que Jean a décliné gentiment, mais fermement. Rémi, qui voit dans l'attitude de Jean un acte de rébellion, le soutient mordicus. Fernande, qui est distraite et d'humeur massacrante depuis la mort de la vieille Julie, chaque mercredi, guette le retour de Jean, en faisant semblant d'arracher quelques mauvaises herbes devant le portail du domaine, curieux manège qui intrigue beaucoup Mathilde. Elle en a déduit que la disparition de la vieille Julie a réveillé chez elle la peur de perdre Jean. Elle ne la regrette pas le moins du monde, il est manifeste que seul Jean lui importe. Mathilde la trouve bien ingrate, car si la vieille Julie n'avait pas toujours eu la manière de lui montrer son affection, elle avait toujours été là pour elle. Elle s'était beaucoup occupée du petit Jean. Ce dernier, très réservé comme à son ordinaire, n'avait jamais eu le moindre mot au sujet de la vieille Julie. Son séjour en Australie semblait être sa seule préoccupation, comme Gaspard, qui n'arrêtait pas de lui faire mille recommandations.

Si le souvenir de la vieille Julie plane au-dessus des vignes, Mathilde a l'impression que tous s'efforcent de l'oublier. Même Antoine, qui profite allégrement que Bernard Noël soit parti en voyage avec sa fille pour aller lutiner sa femme, n'en parle plus. Mathilde a pris conscience qu'elle aimait la vieille Julie plus qu'elle ne le pensait. Cette dernière était difficile à connaître et savait habilement échapper à la curiosité des autres et personne ne pouvait avoir de l'emprise sur elle, ce qu'elle admirait. Mathilde se souvient avec émotion de cette façon qu'elle avait de regarder les gens quand ils cherchaient à l'impressionner. Elle les fixait intensément en serrant ses lèvres et, immanquablement, ses interlocuteurs détournaient la tête, gênés. Elle l'avait cru incapable de complicité avec quiconque jusqu'au jour où elle l'avait surprise en train d'échanger des sourires pleins de sous-entendus avec le petit Jean.

Seule la grosse Lulu semble comme elle imprégnée d'une profonde nostalgie. Chaque soir, elle la voit se rendre aux pieds des vignes. Pâle, hagarde, mélancolique, elle caresse leur feuillage et leur parle des heures durant. Cet étrange comportement n'a échappé à aucun des membres de la famille. Rémi s'en amuse, Antoine s'en agace, Jean imagine que c'est la manière qu'elle a trouvée pour évacuer son chagrin, Gabriel, qui redoute une psychose, suggère de la ramener très vite à la réalité. Partageant l'avis de son fils aîné, Mathilde, un soir, la rejoint devant les vignes. D'une voix douce et claire, elle l'invite dès le lendemain matin à trier avec elle et Fernande des vêtements et des objets ayant appartenu à la vieille Julie. Après avoir roulé ses yeux ronds et essuyé quelques larmes qui glissent en abondance sur ses joues, la grosse Lulu, qui était à genoux, se redresse doucement en souriant.

– Madame Mathilde, c'est un honneur pour moi.

Puis ensemble, elles restent longtemps à regarder les vignes frémir sous les assauts d'un vent allègre et joyeux.

– La vigne n'appartient à personne et se rit des orgueilleux. Je crois, madame Mathilde, que c'est elle qui nous possède tous, murmure la grosse Lulu à son oreille, après avoir vérifié qu'il n'y avait personne autour d'elles.

Le lendemain, à huit heures tapantes, la grosse Lulu sonne à la porte de Mathilde, un large sourire aux lèvres. Sur ses talons arrive Fernande. Mathilde les conduit jusqu'à la chambre de la vieille Julie, où elle les invite à mettre dans des cartons les vêtements destinés au Secours catholique. C'est un pêle-mêle d'habits gris ou noirs. Seules quelques robes réservées aux cérémonies, mariages, baptêmes, communions, souvent de couleur bleue ou lilas, sont présentables. Au-dessous se trouve une magnifique robe blanche en soie et en dentelles de Chantilly, qui tranche avec le reste : sa robe de mariage. Mathilde, qui admire sa traîne généreuse, la met à l'écart. Donner ou jeter une telle robe lui paraît sacrilège.

– Le moins qu'on puisse dire, c'est que la vieille Julie ne faisait pas de frais de toilette, même chez l'abbé Pierre, ils vont les refuser, plaisante Fernande, ce qui lui vaut la désapprobation de la grosse Lulu qui fait la moue.

– Madame Julie n'était pas comme les femmes de maintenant à toujours vouloir faire la fière, ronchonne-t-elle.

Fernande se mordille les lèvres. La vieille Julie était la personne la plus orgueilleuse qu'elle n'ait jamais connue, seulement, contrairement à beaucoup de femmes, elle ne jouait pas sur son apparence pour montrer sa supériorité, sans doute trop pingre pour ça. Elle sourit en se demandant pourquoi la grosse Lulu, que la vieille Julie n'arrêtait pas de houspiller de son vivant, lui vouait une telle affection. Aussi loin qu'elle se souvienne, la grosse Lulu avait toujours vénéré la vieille Julie, en la portant aux nues, ce qui n'était pas son cas. Elle avait souvent pensé que Jean gagnait son paradis en étant marié avec cette vieille femme sournoise et acariâtre, sans cesse prête à vous asséner quelques méchancetés. Quand elle avait vu la voiture du docteur s'engager dans l'allée du domaine, elle avait cru que c'était Jean qui était mort. Son cœur s'était mis à battre la chamade, un ruisseau de sueur avait perlé sur ses tempes, et un instant elle avait eu des difficultés à respirer. En apprenant qu'il s'agissait de la vieille Julie, elle avait été soulagée. Depuis, elle était persuadée qu'elle aurait bien du mal à survivre à la mort de Jean. Si elle aimait Gaspard de tout son cœur, elle savait que Jean était tout pour elle, le guide, le confident, le père qui lui avait manqué. Elle baisse les yeux, non, si elle voulait être franche avec elle-même, elle n'avait jamais aimé Jean comme un père. En fait, pour elle, il était l'homme idéal. Elle avait si souvent rêvé de lui. Si elle avait été belle et plus instruite, elle aurait tout fait pour le séduire. Aujourd'hui encore, elle se souvient du jour où il les avait sauvés, elle et le petit Jean. Elle se rappelle avoir souhaité que le temps reste à jamais suspendu quand il l'avait portée dans ses bras jusqu'à sa voiture. Elle soupire. Là, elle redoute qu'il ne survive pas à la vieille Julie. Ses yeux se perdent dans le vide, ce que remarque la grosse Lulu qui lui donne alors une accolade.

– Madame Julie va te manquer à toi aussi, ma pauvre fille.

La Fernande redresse la tête avec une infinie tristesse mêlée d'étonnement, mais acquiesce d'un mouvement de menton. Elle s'efforce de sourire, en relevant les coins de sa bouche, puis renonce.

– Madame Julie, qui avait horreur du gaspillage, n'aimait pas les fleurs coupées, si elle voyait son caveau, et tout ce que j'ai dû jeter. Toutes les deux, on pourrait lui préparer des chrysanthèmes, des bruyères en pot, comme ça, sa tombe serait fleurie toute l'année, propose la grosse Lulu, un sourire satisfait aux lèvres.

Mathilde ouvre la boîte à bijoux de la vieille Julie. Avant de repartir pour Lyon, Clothilde avait pris cinq paires de boucles d'oreilles ainsi qu'une longue chaîne en or. Mathilde, elle, avait choisi sa bague de fiançailles qu'elle devrait faire raccourcir pour la porter. Il ne reste plus que quelques broches, une épingle à chapeau en platine et deux petites montres Lip, qui datent des années trente, bijoux qu'elle s'empresse de proposer aux deux femmes. Fernande, après avoir bredouillé des remerciements, se saisit de l'une des montres et la plonge au fond de sa poche. Les lèvres pincées, le menton en avant et le dos cambré, elle essaie de se donner un semblant de contenance, mais visiblement paraît mal à l'aise, ce qui surprend Mathilde. *Redoute-t-elle que l'âme de la vieille Julie, à travers ses bijoux, ne la tourmente ?* s'interroge-t-elle. La réaction de la grosse Lulu est tout à fait inverse. Après avoir fondu en larmes, elle accroche une broche sur son chemisier du côté gauche, tout près de son cœur.

– Comme ça, j'aurai l'impression qu'elle est toujours à côté de moi pour me protéger, chuchote-t-elle, puis elle glisse fièrement la dernière montre à son poignet.

En s'apercevant qu'elle ne parvient pas à la fermer, elle est décontenancée. Comme exaspérée, elle détourne son regard. Mathilde et Fernande la sentent perdue dans ses pensées. Soudain les muscles de son cou tressaillent, son nez se froisse, ses lèvres s'arrondissent en O. Bientôt, elle s'immobilise bouche bée, comme figée dans une angoisse morbide et pointe son index droit vers la fenêtre. La grosse Lulu désigne un petit chat noir confortablement installé sur son rebord qui les observe de ses grands yeux d'or. Mathilde reconnaît aussitôt le chat du cimetière. D'une patte douce, mais sûre, il pousse le battant et voilà qu'il plonge tout de go sur le lit, avec un ondoyant mouvement de la queue. Sans leur prêter la moindre attention, il s'étale langoureusement sur l'un des oreillers. Mathilde songe effarée qu'il s'est placé du côté où dormait la vieille Julie. En se léchant délicatement les pattes, il les observe l'une après l'autre en clignant malignement des paupières, les oreilles orientées vers elles. Rivés sur elles, ses yeux les scrutent avec une intensité troublante. Il incline la tête de côté tout en les examinant. Les trois femmes le fixent avec stupeur. Ses yeux jaunes striés de gris ressemblent étrangement à ceux de la vieille Julie. Comme elle, le chat louche légèrement.

L'émotion qui submerge la grosse Lulu est si forte qu'elle se sent mal. Sa poitrine se soulève puis elle vacille. Mathilde la fait asseoir sur le côté droit du lit, et l'aide à respirer profondément pour calmer les battements trop rapides de son cœur. Ensuite, elle lui éponge délicatement le front, puis les joues à l'aide d'un petit gant de toilette que Fernande vient d'humecter d'eau bénite, eau bénite trouvée dans l'une des nombreuses Vierges en plastique que la vieille Julie aimait à ramener de Lourdes. Après être demeurée silencieuse un long moment, la grosse Lulu secoue la tête de gauche à droite, dans un mouvement dérisoire de négation. Le chat lui donne un petit coup de patte, comme pour lui signifier qu'elle le dérange. La grosse Lulu le contemple alors d'un air incrédule. Il soutient son regard, la toise, puis comme s'il la jugeait sans importance, se retourne et se couche de tout son long sur l'oreiller. La grosse Lulu hausse ses sourcils et reste ainsi une fraction de seconde, comme figée.

– Non, ce n'est pas possible, finit-elle par bredouiller.

Elle se redresse sur un coude, s'adosse à la tête du lit, prenant bien soin de ne pas frôler le chat, et ferme ses paupières. Elle serre ses lèvres comme si cela l'aidait à se concentrer et à réfléchir. Soudain, son visage s'illumine, la lumière semble s'être faite dans son esprit.

– À chaque fois que je suis allée voir la tombe de madame Julie, il était là, murmure-t-elle d'une voix blanche, en pointant du doigt le chat.

Elle retient sa respiration et lance, en encadrant sa bouche de ses deux mains, comme si elle redoutait d'éventer un secret :

– C'est sa réincarnation. Après s'être signée par trois fois, en évoquant la Vierge Marie, elle se met à prier à voix haute, les joues inondées de larmes, les yeux fixés au plafond, émerveillée. La Fernande s'approche alors du chat. D'un geste preste, elle le retourne, c'est une minette. Furieuse, celle-ci la griffe méchamment au poignet. Au lieu de rabrouer la chatte, La Fernande se joint à la grosse Lulu en récitant à son tour un vibrant « Je vous salue Marie ». Consternée, Mathilde, après les avoir regardées bouche bée, sourit :

– Voyons, cette minette n'est qu'un chat, il y a certainement une explication rationnelle à tout ça.

Comme si elles ne l'avaient pas entendue, les deux femmes continuent leur incantation. Mathilde se dirige vers la fenêtre pour la fermer. Elle penche la tête, hume l'air, il est tiède et réconfortant. Elle tend sa main au dehors, il pleut, une pluie douce de fin d'été, une ondée au goût de feuilles. «Un heureux présage», aurait dit la vieille Julie. Une corneille jaillit soudain d'un marronnier de la cour et s'envole en battant énergiquement des ailes et en croassant bruyamment.

V

Un cadavre encombrant

Antoine déteste les étés finissants, les jours qui raccourcissent, les nuits qui deviennent plus sombres, la chaleur qui s'en va, et cette impression que le temps passe avec une inexorable lenteur. Il a horreur du mois de septembre, synonyme de rentrée scolaire, rentrée dont le nom résonne partout à la radio, à la télévision et dans les journaux. Cela lui rappelle de mauvais souvenirs. Il se revoit petit, dans son tablier gris, une ardoise noire dans son cartable et des cahiers aux couvertures bleues sur lesquels s'étalait son nom en lettres rondes tracées avec application par la maîtresse de l'année. Des odeurs de craies remontent à ses narines. Il se rappelle des coups de règles sur ses doigts, de ses oreilles tirées, et du bonnet d'âne dont on l'avait souvent affublé. Moins que Gaspard, sourit-il, mais quand même. Il se demande comment il avait pu faire un fils aussi doué que Gabriel, si studieux et si sage. Là, pour le premier jour de la rentrée, il accompagne Rémi inscrit en seconde au lycée viticole de Beaune. Rémi lui ressemble davantage, turbulent, intelligent à sa manière, il a du mal à s'adapter au système scolaire. Antoine est persuadé que, comme lui, les vignes vont l'aider à s'insérer dans la société, c'est pour cette raison qu'il a choisi pour lui ce type d'études. Au début, Rémi avait protesté, puis avait fini par se résigner. Là, assis à ses côtés, il se contente d'afficher une mine renfrognée. Antoine sourit, il était pareil à son âge, en perpétuelle rébellion.

Pendant ce temps, un homme arrive à la porte du domaine. Un coup de sonnette vif et rapide. Étonnée, Mathilde croit que Rémi, qu'elle sait étourdi, a oublié quelque chose et entrouvre sa porte, en souriant. Son sourire s'efface aussitôt. Surprise, elle se retrouve face à face avec un homme qui la toise avec arrogance. Sa casquette à la main, il se dandine d'un pied sur l'autre, en mâchonnant sa lèvre inférieure d'un air satisfait. Comme il est en bleu de travail, elle le reconnaît presque aussitôt. C'est l'ouvrier qui avait retrouvé les restes du cadavre, le jour de la mort de la vieille Julie, celui qui ressemblait vaguement à Alain Chamfort. Amusée, elle constate que vu de près, il est beaucoup moins beau que le chanteur et beaucoup plus suffisant. En mâchonnant bruyamment un chewing-gum, il décline son identité : Patrizio Ramella et souhaite parler à Antoine. Elle s'apprête à l'éconduire, en précisant qu'Antoine est absent, mais il a déjà mis un pied contre la porte pour l'empêcher de la refermer et exige de voir Jean. Mathilde, qui n'apprécie pas ses manières cavalières, a envie de lui dire que Jean n'est pas là non plus, mais Ramella avance, l'épaule droite en avant, ce qui oblige Mathilde à reculer. Il se met à hurler :

– Monsieur Jean, c'est Ramella, je dois vous voir !

Mathilde est envahie par un mauvais pressentiment. Cet homme, tatoué sur l'avant-bras gauche, et muni d'une chevalière à l'auriculaire droit a tout du parfait voyou.

Jean, qui se trouve à l'étage dans la chambre de Rémi pour qui il pose un poster de Mort Schuman, répond aussitôt.

– J'arrive !

Mathilde invite Ramella à entrer. Ne se faisant pas prier, celui-ci promène un regard inquisiteur sur tout ce qu'il voit, scrutant la maison avec attention. Pointant son index sur l'un des tableaux que Mathilde a peint, il y a déjà bien longtemps, il dit d'un ton péremptoire :

– Ça doit valoir un sacré paquet de tunes, pas vrai ?

Ne relevant pas sa remarque qu'elle trouve terriblement grossière, Mathilde le fait asseoir au salon, espérant ne pas avoir à être trop longtemps seule avec lui. Ramella la dévisage sans aucune gêne, une lueur malsaine dans le regard, ce qui, loin de la troubler, l'exaspère. Un petit pli de contrariété creuse un instant son visage, puis elle se reprend en le fixant avec hauteur. La voix de Jean rompt le silence.

– Je vous attendais, dit-il à Ramella.

Ce dernier, surpris, fronce les sourcils puis tapote la table du bout des doigts comme pour se calmer. Il se racle la gorge, et d'un ton contenu, en cherchant ses mots, il leur apprend que le jour de la mort de la vieille Julie, il avait retrouvé dans la serre des ossements humains. En percevant le léger tressaillement que Jean ne réussit pas à réprimer, il esquisse un rictus de satisfaction.

– Je l'ai signalé à Antoine, votre petit-fils, qui m'a assuré qu'il ferait le nécessaire.

Jean observe Ramella avec une attention accrue.

– J'ai respecté le temps du deuil, chuchote Ramella en faisant le signe de la croix.

Puis, une lueur de défi dans les yeux, redressant fièrement son menton, sur un ton de confidence, il se jette à l'eau :

– Vous comprenez, ce macchabée n'est pas tombé tout seul au fond du puits de la serre. Quelqu'un l'y a aidé.

Jean acquiesce d'un signe de la tête, ce qui encourage Ramella à continuer.

– Ce mort pourrait faire jaillir la honte sur votre famille, ce qui serait dommage.

Une expression de dédain illumine le regard de Jean, qui, d'un geste ferme, invite Ramella à se lever. Malgré son âge, il émane de lui une telle autorité que Ramella s'est aussitôt exécuté. Les mains tremblantes, il a du mal à se contenir.

– Nous pourrions avertir la police, jette-t-il, la mâchoire tendue, en quêtant une réaction chez Jean.

Comme il ne bronche pas, Ramella, désarçonné, finit par lâcher :

– Sauf si nous trouvions un arrangement.

Jean soupire. Son visage présente tous les degrés de l'exaspération.

– Vous n'aurez pas à prévenir la police, je vais le faire moi-même.

Le front moite de sueur, les bras ballants, Ramella reste comme figé une fraction de seconde puis, se sentant impuissant, se met à vociférer qu'il vérifiera. Calmement, Jean, qui lui a saisi le bras droit, le raccompagne à la porte sans un mot.

Une fois parti, Jean inspire profondément avant de souffler fort comme s'il se libérait d'un poids.

Dans la foulée, il s'adresse à Mathilde :

– Mathilde, tu diras à Antoine que cette enflure de Ramella sort d'ici et que j'appelle Mourion. Il est à la retraite, mais il va bien nous trouver une solution, une fois de plus.

Mathilde s'attend à ce que Jean lui donne une explication, mais il s'en va comme si rien ne s'était passé.

Le soir, elle questionne Antoine, mais ce dernier reste évasif. Il précise simplement qu'il s'agit d'un cadavre qui date de la Seconde Guerre mondiale et qu'il n'y a pas là de quoi fouetter un chat.

Bien que les résultats de l'Institut médico-légal de Dijon soient tombés rapidement et aient confirmé les dires de Jean : les restes retrouvés sont anciens, 1945-1950 ont noté les légistes, une quinzaine de jours plus tard, le domaine est envahi par une escouade de gendarmes. Des chiens, accompagnés par des maîtres-chiens reniflent de partout pour vérifier s'il n'y a pas d'autres corps. Pendant ce temps, leur capitaine, Arnaud Betram, interroge assidûment Jean. Sorti major de sa promotion, il a l'œil vif des hommes qui ne s'en laisse pas conter. Immédiatement, Jean, qui a l'habitude de juger rapidement ses interlocuteurs, sent qu'il a en face de lui un perfectionniste marqué par la volonté et la détermination. Il sait obscurément qu'il va falloir « jouer fin ». Betram affiche tout de suite la couleur. Ce qui l'intrigue, c'est qu'on ait retrouvé parmi les restes non seulement une insigne SS qui appartenait à un officier supérieur, mais surtout une montre datant, d'après les experts, de 1965.

– Comment expliquez-vous ça, monsieur ? demande-t-il à Jean, en le fixant droit dans les yeux.

Jean ravale sa salive, mais ne laisse transparaître aucune émotion. Calmement, il se lance dans un cours d'histoire en évoquant les services du renseignement allemand, l'Abwehr, installés dans l'hôtel de l'urbaine rue Pasteur et aux 9 et 10 du boulevard Carnot. Il précise qu'ils avaient démantelé nombre de réseaux, dont Alliance, puis émet l'hypothèse que l'officier qui venait de ressurgir de terre, faisait certainement partie de ce service.

Betram fait la moue.

– Vous semblez en être sûr.

Jean fait non de la tête, puis ajoute qu'il y avait eu des représailles à la fin de la guerre, et que ce cadavre avait atterri dans son puits, sans qu'il ne le sache.

Le gendarme le contemple d'un œil sceptique.

– Je me suis renseigné sur vous, Jean. Vous êtes un ancien chef de la Résistance. Jean hausse les épaules.

Betram poursuit d'une voix qu'il veut plus douce.

– On m'a dit de vous que vous saviez fédérer les hommes, leur insuffler de l'élan, les conduire à donner le meilleur d'eux-mêmes.

Betram fait tournoyer son stylo entre son pouce et son index, puis le pose lentement devant lui.

– Ce qui m'amène à conclure que rien de ce qui se passait sur votre domaine et dans le village ne pouvait vous échapper.

– Eh bien, cette affaire nous prouve que vous vous trompez, réplique fermement Jean.

Malgré son grand âge, Jean est beaucoup plus coriace que le gendarme ne l'avait envisagé. Sa dignité vigoureuse l'impressionne. Les yeux de Betram vacillent, traduisant son besoin de réflexion. Redoutant de blesser Jean, il désire peser chacun des mots qu'il s'apprête à dire avant de les prononcer. Pour la première fois, il l'appelle par son prénom :

– Jean, je sais que vous ne partagiez pas les mêmes opinions politiques que votre fils...

Le patriarche l'interrompt aussitôt.

– Pierre n'en avait aucune. Seuls l'argent et la vie facile le motivaient. Il était régi par une sorte de folie.

Betram s'étonne.

– Il travaillait pour l'Abwehr ?

– Pierre se mettait au service de tous ceux qui le payaient grassement. Il aurait vendu père et mère pour un peu de fric. Il a été tué par une partie de mon groupe de Résistance, il allait dénoncer nombre de familles que nous protégions.

Un instant, Betram s'interroge. Jean aurait-il ordonné l'exécution de son propre enfant ? Comme s'il devinait sa pensée, ce dernier sourit tristement :

– Pierre était un vaurien, mais ma femme et moi l'aimions.

Betram décide de changer de stratégie et rebondit aussitôt sur sa phrase.

– Des familles juives, je suppose. Jean, vous avez été en Israël en juin 1965, pourquoi ?

Jean, surpris, serre machinalement les lèvres.

– Voir un ami.

– Ismaël Jacob, que vous avez sauvé en 1943 ?

Jean oscille du menton.

– Oui, lui et son frère Salomon. Mon groupe se composait aussi de passeurs. On se faisait un devoir d'aider les familles juives, qu'on cachait chez des fermiers dans le Morvan.

– Ce qui est curieux, c'est qu'après votre départ d'Israël les frères Jacob, devenus soudainement riches, ont acheté une scierie.

– Coïncidence, réplique Jean.

– À votre avis, il venait d'où cet argent providentiel ? insiste le jeune gendarme qui n'en démord pas.

Jean fait un signe d'impuissance.

– La fille d'Ismaël se souvient que son père était allé échanger des billets français à Jérusalem dans les jours qui ont suivi votre arrivée, poursuit Betram implacable.

Le visage contracté, le viel homme se tait et croise les bras. Le capitaine soupire, puis se lève.

– Quoi qu'il se soit passé ici, vous savez qu'il y a prescription, monsieur.

Jean se contente de caresser le chat noir qui vient de s'installer sur ses genoux, et qui, comme lui, regarde le jeune gendarme avec une sorte d'ironie désabusée. Ses yeux bleus deviennent plus insondables encore que la profondeur d'un lac.

Sur le pas de la porte, Betram se ravise.

– Nous ne trouverons pas d'autres dépouilles, n'est-ce pas, monsieur ?

Jean, qui semble soulagé, ce qui n'échappe pas à la vigilance du gendarme, se passe une main dans les cheveux et rétorque du tac au tac :

– Je vous le confirme. Il n'y a aucun cadavre ici, capitaine Betram.

D'un pas rapide, Arnaud Betram descend les marches

du perron. Il jette un long regard à l'ensemble du domaine. Tout semble si paisible ; les arbres, la vigne au loin qui frissonne. Soudain, sa mémoire s'active. Il se souvient que sur le dos de la montre, il y avait six chiffres, ce qui l'intrigue. Le policier se demande s'il ne s'agit pas d'un numéro SS. En se promettant de vérifier, il se dit que Jean, qu'il a senti tout au long de l'entretien sur la défensive, lui cache la vérité. Il allume une cigarette, aspire une ou deux bouffées, et regarde les volutes de fumée s'évaporer dans l'air. Si Jean a tout cadenassé, verrouillé, bétonné, il est convaincu que quelque chose filtrerait un jour ou l'autre. Son expérience le conduit à penser que la plupart des gens, au contraire de Jean qui sait se contrôler, finissent par lâcher quelque chose. À ce propos, la fille d'Ismaël Jacob lui revient en mémoire. Volontiers bavarde, un rien exaltée, elle lui avait parlé de Jean comme d'un héros. Dans l'ouvrage qu'elle venait de publier en Israël, son père Ismaël avait écrit : « *Rien ne pouvait l'arrêter, Jean, dans sa quête de vérité et de justice. Jean était un Juste* », avait-elle claironné. Betram décide de la rappeler au plus vite et de se faire envoyer le livre, certain qu'il y trouverait la clef de toute cette histoire. Il rejoint à pas lents le groupe de gendarmes qui vient de passer au peigne fin toute la serre. Ils ont même retourné le grand pré situé devant le dortoir des vendangeurs, en vain. D'un signe de tête, il leur ordonne d'arrêter leur investigation. Il voit au loin arriver Antoine. Il marche jusqu'à lui et lui tend la main en l'abaissant sensiblement au moment où il allait la lui serrer. C'est un truc qu'il avait appris à l'école supérieure de la gendarmerie, cette main esquivée oblige l'autre à baisser le regard pour la saisir, ce qui le place d'emblée en position d'infériorité. Antoine relève très rapidement la tête, ce que Betram interprète comme une tendance à la rébellion. *Cet homme est beaucoup plus instinctif que son grand-père*, constate-t-il en soulignant qu'il l'imagine volontiers tuer quelqu'un sous le coup de la colère. Il se demande si ce n'est pas lui que Jean couvre.

– Vous avez vu dans quel état vous avez mis notre terrain, tout ça pour une vieille dépouille ! lance Antoine d'un ton rageur.

– Un ancien SS, précise Betram.

Antoine fixe son regard sur le grade de Betram. Jeune et déjà capitaine. Instinctivement, il le range parmi les carriéristes ambitieux. Il a la tête d'un premier de classe, ces premiers de classe qu'il a toujours cordialement détestés. Se sachant intelligents, ils l'affichent clairement en traitant les autres avec dédain.

Il prend son temps pour répondre.

– Et alors ?

Betram a un sourire contrit.

– Un grand-père résistant, un père gestapiste, cela n'a pas dû être facile pour vous de choisir votre camp.

– Mon père m'a abandonné, mon grand-père élevé, le choix m'a paru simple même si j'étais un gosse en 1945.

– Oui, mais après ? insiste Bertram.

– Après quoi ? soupire Antoine en soulevant les épaules.

– Vous auriez pu vouloir régler vos comptes avec le passé, termine Betram après avoir tiré une longue bouffée de cigarette.

– Avec qui ? Mon père, il a été tué par la résistance fin 1944.

– Vous auriez pu avoir envie de prouver à votre grand-père que vous n'étiez pas comme votre père par exemple, avance Bertram.

Antoine éclate d'un grand rire triste.

– Vous croyez que c'est moi qui ai zigouillé ce SS. Je n'étais même pas adolescent à l'époque.

– Il a pu être tué plus tard, suppose Betram.

Antoine écarquille les yeux, surpris. *Visiblement, il est sincère*, note Betram qui décide pourtant d'enfoncer le clou.

– Dans les années soixante, par exemple.

Antoine paraît médusé.

– De mieux en mieux, et je l'aurais pêché où ce nazi, dans une brocante ?

– Vous non, mais votre grand-père ?

– Il était déjà vieux en 1960, réplique Antoine, mais Betram le sent troublé, ce qui l'incite à continuer.

– Comme ancien chef de réseau de la résistance, il était capable de mettre en place une traque et de fomenter une exécution. Qu'en pensez-vous ?

– Rien, marmonne Antoine en serrant les poings.

Puis il s'énerve en exigeant des dédommagements pour son terrain.

– Vous me devez réparation, vous m'entendez ! crie-t-il.

– Ne vous inquiétez pas, mes hommes vont remettre tout ça en état, rétorque Betram en prenant congé.

Antoine soupire, soulagé. Cependant, il est convaincu que Betram, qu'il devine coriace, reviendra. Il sait que rien de ce qui se passait dans le domaine ne pouvait échapper à Jean. Il le croit donc profondément impliqué dans la mort du SS. *Putain, pourquoi il ne me parle pas, je n'ai plus quinze ans*, murmure-t-il en se promettant de surveiller Jean. *Ça serait dommage, qu'à son âge, sa réputation soit ternie par la mort d'un salaud.*

Une demi-heure après le départ des gendarmes, Antoine voit arriver Mourion. L'homme marche lentement, comme s'il voulait se fondre dans le paysage. Il jette des coups d'œil de droite à gauche. Manifestement, il a gardé ses réflexes de maquisard. Après lui avoir adressé un bref salut, celui-ci sonne à la porte de Jean. Antoine constate qu'ils se donnent une grande accolade, qui lui semble plus chaleureuse qu'à l'ordinaire. Pour lui, il ne fait aucun doute qu'ils sont complices. Il est probable qu'ils ont réglé le sort du SS ensemble. Il rit. *Betram aurait bien du mal à faire cracher la vérité à ces deux-là*, songe-t-il, soudain rassuré.

Jean reçoit Mourion dans sa cuisine, comme au temps de la guerre. Leur conversation se fait par chuchotements. Les deux hommes ne se parlent que par petites phrases comme les gens qui ne se sont pas vus depuis très longtemps, qui ont trop à se dire, mais qui se comprennent mieux par les yeux et le silence. Précautionneusement, Jean lui sert un grand cru. Après l'avoir fait tournoyer dans un verre de cristal et admiré sa robe d'un rubis fané, il le lui tend.

– Buvons à la mémoire des victimes du colonel SS Ackermann, souffle-t-il en plissant les yeux, et ils trinquent presque joyeusement.

VI

La promenade de Jean

L'automne s'est enfin décidé à s'installer. La fraîcheur est là, parsemant avec ses gelées matinales de belles étoiles de givre de-ci de-là. Le jour a du mal à naître comme cela arrive souvent, lorsque l'obscurité d'un ciel nuageux masque la lumière. Tout est immergé dans le brouillard. Le petit chemin qui conduit aux vignes se découvre au regard au fur et à mesure que l'on avance. Vu de plus près, le paysage semble émerger d'un rêve. Jean, qui s'est levé très tôt aujourd'hui, marche lentement. De loin, on a l'impression qu'il frôle à peine le sol. Des feuilles mortes craquent sous ses pas. Avant, il aimait tant leur parfum mêlé à l'odeur de la terre mouillée. Il reste un long moment face aux vignes, immobile, ne se lassant pas de les contempler. *Elles sont si belles et si vibrantes de vie*, songe-t-il. Il lève le nez, respire à fond comme pour s'enivrer de leur odeur, puis d'un pas joyeux, se promène à travers leurs rangs, caressant au passage quelques ceps. Sur l'un d'eux, dans la pénombre, il aperçoit une toile d'araignée scintillante de rosée qui lui ramène en mémoire une aube de 1944.

Ce matin-là, accompagné de Jeanne et de Mourion, il conduisait cinq enfants juifs jusqu'au petit village de Courbouzon, dans le Jura, où deux couples de fermiers étaient chargés de les accueillir. À mi-parcours, de loin, ils avaient aperçu une patrouille allemande, ce qui les avait obligés à changer leur itinéraire. Ne voulant prendre aucun risque, ils avaient alors opté pour un chemin de chèvres. Le sentier était si escarpé qu'ils avançaient péniblement, devant même parfois s'agripper aux arbres les plus fins pour se maintenir en équilibre. Jean se souvient que, redoutant la pluie, il avait levé la tête pour observer le ciel entre les branches d'un grand frêne. Ses yeux s'étaient ensuite posés sur l'enfant qui le précédait. Il voit encore sa petite main se tendre pour saisir une toile d'araignée, si semblable à celle d'aujourd'hui. Elle s'étendait tel un joyau précieux sur les feuilles d'un buisson. Il avait fait orage la veille et le terrain était glissant. Avant qu'il ne puisse réagir, le petit était tombé dans le vide. Il croit encore entendre son cri.

Pétrifiée par l'horreur, leur colonne s'était arrêtée. Jean était descendu dans le talus pour lui porter secours. Le malheureux s'était brisé la nuque. Ses grands yeux étonnés fixaient l'araignée collée au bout de ses doigts. Dans un sanglot, il avait appelé sa mère puis, le visage perclus de douleurs, était mort dans les bras de Jean. Jamais ce dernier ne s'était senti aussi impuissant. Jean l'avait recouvert d'un tas de feuilles en se promettant de revenir l'enterrer au plus vite, ce qu'il avait fait au retour. Les fermiers lui avaient donné une pelle. Mourion avait posé un clou sur le tronc du pin près duquel les deux hommes venaient de l'ensevelir. Jeanne les regardait en fumant une cigarette, les yeux embués de larmes, en leur faisant promettre que lorsque la guerre serait finie ils reviendraient le chercher pour lui donner une sépulture plus honorable.

– Savez-vous pourquoi Ézékiel boitait ? avait-elle ensuite murmuré.

Jean et Mourion, qui n'avaient pas remarqué le handicap

de l'enfant, avaient fait non de la tête.

– À Paris, il a été battu par un colonel SS, un certain Ackermann, avait-elle poursuivit d'un ton morne.

C'était la première fois que Jean entendait ce nom. Elle avait expliqué qu'il devait son salut à une infirmière de la Croix rouge qui, quelques jours plus tard, l'avait fait évader, en le faisant entrer dans une valise.

– À cinq ans, on tient si peu de place, avait-elle soupiré. Jean se rappelle avoir vu des larmes couler sur les joues de Mourion. Lui était trop en colère pour pleurer. Il avait fermé ses poings dans ses poches. À partir de ce jour-là, son cœur s'était mis à crier vengeance. D'autres souvenirs se bousculent dans sa tête et l'assaillent. À la Libération, Mourion et lui étaient revenus sur les lieux, et n'étaient pas parvenus à retrouver l'endroit de la tombe. Des bûcherons avaient abattu beaucoup d'arbres, ce qui leur avait fait perdre leurs points de repère. Une angoisse sourde l'étreint, des images violentes ressurgissent, il voit du sang couler sur un mur de fleurs mauves. Il ferme les yeux comme si cela l'aidait à chasser cette dernière image.

Brusquement, il sent un frôlement sur le bas de son pantalon. Il se baisse. C'est le chat noir qui est en train de s'enrouler langoureusement autour de ses chevilles. Depuis que cette étrange minette s'est installée au domaine, elle ne le quitte guère. Jean constate qu'elle est toujours auprès de lui dans les grands moments. Elle était présente lors de l'interrogatoire en règle du capitaine de gendarmerie, et encore là lorsque, avec Mourion, ils avaient évoqué le passé. Jean s'est aperçu que souvent elle l'observe en dodelinant de la tête, ce que Jean interprète comme un signe d'approbation. Là, il se penche vers elle et la caresse longuement. La chattte ronronne de plaisir, en poussant des petits miaous satisfaits. Elle se lèche ensuite la patte droite et la glisse sur son oreille gauche, comme si elle réfléchissait profondément, ce qui fait rire Jean. Cet animal l'amuse. Comme la vieille Julie, il a toujours préféré les chats aux chiens. Régis par l'esprit de meute, trop hiérarchiques, le besoin de ces derniers d'avoir un maître oblige à les dominer, ce que Jean n'aime pas. Comme beaucoup, Jean est fasciné par le côté énigmatique des chats. Et là, avec la chatte noire, il est servi. À ce jour, elle garde son mystère. Jean a fait en vain le tour du village. Personne n'avait perdu un chat et toutes les chattes qui avaient mis bas, avaient encore tous leurs petits. Après une enquête minutieuse, il s'était aperçu que tout le monde ne signalait la présence de la chatte noire qu'après la disparition de la vieille Julie. La première fois qu'on l'avait vue en fait était le jour de son enterrement. Jean sourit. La grosse Lulu clamant de partout qu'il s'agissait de la réincarnation de la vieille Julie, par dérision Rémi avait décidé d'appeler la chatte « Juju ». En l'entendant, la grosse Lulu avait crié au sacrilège. Le soir même, elle était revenue avec un encensoir pour bénir l'animal qui humait voluptueusement les parfums qui s'en échappaient. Jean, qui ne croyait pas à la réincarnation, mais simplement à un étonnant hasard, aurait bien voulu avoir une explication rationnelle à lui donner, mais n'en trouvait aucune. Si la vieille Julie voit tout cela du haut du ciel, elle doit en rire. Qu'on l'imagine réincarnée en chatte l'amuserait à coup sûr. La découverte d'Ackermann au fond du puits, par contre, la contrarierait certainement. Elle redouterait vraisemblablement que cela n'entache la réputation du domaine. Voir ses vignes polluées par le sang d'un SS devait lui être insupportable. De son vivant, elle aurait fait brûler au moins vingt cierges en l'honneur de la Vierge Marie afin de chasser à tout jamais ce mauvais esprit des vignes. Jean est convaincu qu'elle aurait tenu la dragée haute à Betram, mieux qu'il ne l'avait fait. Elle l'aurait immédiatement classé parmi les blancs-becs et l'aurait défendu avec son acharnement habituel. Plus d'une fois, pendant la guerre, elle lui avait sauvé la mise, alors là, elle n'aurait fait qu'une bouchée de ce petit capitaine de gendarmerie. S'il n'avait pas été question d'amour entre eux, avec le recul, il convenait bien volontiers qu'elle avait été une compagne de vie exemplaire. Malgré son fichu caractère, elle l'avait toujours soutenu, même et surtout dans les moments difficiles.

Tout à coup, Jean, surpris, s'arrête. Il vient d'apercevoir une touffe d'herbes hautes d'environ quatre-vingt centimètres au beau milieu du rosier qui borde le début du dernier rang de vigne. Il se penche, se saisit de trois ou quatre feuilles. Il les observe. Elles sont longues et fines et ressemblent à une main composée de multiples doigts. Malgré l'automne, elles ont gardé leur couleur verte et sont à peine desséchées. Il ne connaît pas cette variété et se demande comment cette étrange plante a pu pousser ici. Alors qu'il se concentre, Jean entend au loin une voiture, puis un claquement de portière. *C'est probablement Antoine qui, une fois de plus, n'a pas passé la nuit chez lui, qui rentre au petit matin*, soupire Jean. Il se demande comment son petit-fils peut préférer Paola à Mathilde. L'an dernier, lorsqu'il lui avait posé la question, la réponse d'Antoine avait été simple : « Mathilde est trop parfaite, Paola me ressemble.» Longtemps, Jean avait médité la réflexion d'Antoine, sans la comprendre. Pour lui, il n'y avait pas de doute possible, Mathilde était la femme idéale pour n'importe quel homme. Si cette dernière s'efforçait d'offrir l'image de l'épouse dévouée, il ne fallait pas être grand psychologue pour sentir son trouble. Depuis quelque temps, chaque fois qu'Antoine s'exprime, un petit rictus ironique plisse machinalement ses lèvres. Jean est convaincu que Mathilde sait pour Paola, et que si elle s'est battue les premières années pour sauver son couple, désormais, elle a sombré dans une sorte d'indifférence empreinte de mépris.

Aujourd'hui, il est persuadé qu'elle finira par quitter son petit-fils, sans doute le jour où les enfants ne seront plus là. Il n'avait jamais osé aborder le sujet avec elle. Il soupire, en pensant qu'une malédiction pèse sur la famille. De génération en génération, aucun couple n'a été heureux ici. À chaque fois, les vignes devenaient le seul lien qui les unissait.

VII

Les frasques de Rémi

Le ciel de quatre heures pâlit entre les nuages tout ballonnés de pluie qui s'enfuient en toute hâte vers l'est. *Il ne pleuvra pas aujourd'hui*, sourit Jean. Il est content. L'automne, qui vient de se terminer, a été exceptionnellement ensoleillé, ce qui est bon pour la vigne. Il se demande tout à coup s'il verra la prochaine récolte. Depuis la mort de la vieille Julie, il ressent comme un grand vide. Elle a emporté avec elle toute une partie de sa vie. Il n'a plus personne le soir à qui parler. Ils n'étaient jamais d'accord sur rien. Elle l'agaçait souvent, mais elle était là. Avec elle, il avait tant de souvenirs communs. Aujourd'hui, c'est à peine s'il ose évoquer les temps d'autrefois. Si Antoine l'écoute encore égrener quelques pages passées, il perçoit chez lui un léger agacement. Il semble que la quarantaine révolue, il veuille se tourner résolument vers un avenir tout ruisselant de modernité. Les mots « progrès » et « technicité » roulent sans cesse sous sa langue. Il les emploie à tout propos. Mathilde est la seule qui semble prendre plaisir à entendre ses histoires. Gabriel et Rémi sont trop jeunes encore pour y porter de l'intérêt.

Depuis quelques jours, il a l'impression d'être en décalage avec la réalité, pas à la manière de la vieille Julie, qui avait perdu la raison, non, sa tête marche encore, mais il a la sensation d'être en inadéquation complète avec les mentalités, l'esprit de l'époque actuelle. Le pire est sans doute qu'il n'a plus envie de faire des efforts pour s'y conformer. Jean se redresse. Rejoindre le troupeau de ceux qui macèrent la nostalgie des années anciennes et qui désespèrent du temps qui passe jusque-là lui ressemblait si peu.

Il tousse. Plonger dans des hiers à jamais révolus, se perdre parmi les fantômes d'autrefois, lui paraissent une perspective bien triste. Il n'a pas envie de devenir comme les personnages de Patrick Modiano, romancier qu'il aime lire désormais, pas envie du tout, mais il a l'impression que malgré lui, le passé le happe. Jean souffle. *Comme les années s'envolent vite*, constate-t-il. *Cette fuite du temps, ce temps qui vous glisse entre les doigts, impalpable, mais avec la ponctualité absolue d'un métronome est exaspérante*, réfléchit-il encore en songeant que sa vie allait finir comme toutes les vies trop longues, dans une sorte d'acceptation résignée. Philosophe, il dit à voix haute : « Ce qui fut a été, ce qui devait être est. »

Jean respire à pleins poumons, pour chasser toute nostalgie. Une bonne odeur de cire mêlée à des effluves de vanille effleure ses narines. Une pensée rassurante lui traverse l'esprit. Cette maison, malgré l'absence de la vieille Julie, n'a rien perdu de son âme. Qu'en adviendra-t-il lorsqu'il aura lui-même disparu ? Mathilde a un goût si sûr qu'il est probable qu'elle la transformera très vite. Jean avale une gorgée de café. Il le garde longtemps en bouche pour le savourer. Il prend ensuite une pastille Valda. Pendant la guerre, les restrictions s'appliquant aux produits les plus ordinaires, ces gestes simples lui avaient tellement manqué. Il se lève de son fauteuil. Délicatement, il pose un disque sur le gramophone. *C'est autre chose que les mange-disques et les tourne-disques d'aujourd'hui*, sourit-il. Une musique à la fois grave et légère s'élève, une rengaine de Tommy

Dorsey. Jean s'assoupit, se laissant bercer par la mélodie. Lorsqu'il se réveille, Rémi est penché sur lui. Les cheveux noirs, le visage bronzé, les yeux d'un bleu presque marine, il est d'une époustouflante beauté. Jean n'en avait jamais pris conscience auparavant, mais là, cela lui semble si évident. Un instant, il se recule comme pour mieux le contempler. Il admire ses épaules larges, ses pectoraux qui se développent insensiblement, la délicatesse de son buste fin, sa taille étroite d'adolescent, sa démarche presque chaloupée de jeune mâle, ses longues jambes.

Jean a une sorte de flash. Il revoit Pierre. Lui aussi était beau. Avec son visage aux traits réguliers éclairé par ses yeux lumineux, il ensorcelait tout le monde. *Rémi lui ressemble un peu, mais moins qu'Antoine*, se dit-il encore, comme pour se rassurer. D'un geste impérieux, Jean l'invite à s'asseoir en face de lui. Un long sourire effilé sur les lèvres, semblant un rien amusé, Rémi s'exécute.

Sans lui prêter la moindre attention, Jean bourre calmement sa pipe puis lentement pointe son index sur lui. Sa voix s'élève, coupante.

– Tu sais pourquoi je t'ai demandé de venir ?

Avec la grâce impertinente que donne l'extrême jeunesse, l'adolescent ouvre les mains devant lui en signe d'interrogation.

Le patriarche le fusille du regard. Malgré l'air désinvolte que Rémi affiche, il est troublé. Le petit rire qu'il émet sonne faux.

Jean lui tend alors les feuilles qu'il a ramassées ce matin dans les vignes.

– Tu reconnais ça ?

Rémi change totalement d'attitude. Rougissant jusqu'aux oreilles, il arrondit ses épaules comme s'il voulait se protéger. Mordillant fiévreusement sa lèvre inférieure, il se tait. Jean le voit mettre toute son énergie à serrer les dents en mâchonnant frénétiquement le chewing-gum qu'il a dans la bouche.

– Petit chenapan, moi qui ai traversé deux guerres, je ne connaissais pas cette plante. Il a fallu que je consulte mon encyclopédie pour trouver ce dont il s'agissait, et maintenant, je sais.

D'un geste du poignet, Rémi dégage la mèche de cheveux qui barre son front, visiblement mal à l'aise.

– Dis-moi ce que c'est, murmure Jean en plongeant ses yeux dans ceux de son arrière-petit-fils.

Ce dernier secoue doucement la tête comme s'il voulait repousser sa réponse.

Jean, d'une voix ferme, insiste :

– Alors !

Rémi redresse crânement le menton. Il hausse les épaules et lance presque fièrement :

– Du cannabis.

– Tu plantes donc de la drogue au milieu de nos vignes, réplique Jean.

La bouche de Rémi s'ouvre en grand, un peu comme celle d'un tout petit enfant.

– C'est tellement planant de pouvoir fumer quelques pétards de temps en temps.

– Et tu n'as pas trouvé d'autres moyens de rêver, ironise le vieil homme.

– Ben y a plus de guerre et pas de SS à mettre dans les puits, répond avec insolence Rémi.

Jean tire une bouffée sur sa pipe et souffle, enveloppant de fumée la tête de Rémi qui ne bronche pas.

– Tu ne serais pas là si des types comme moi ne s'étaient pas battus contre les boches. Foutre des nazis dans les puits ici ou ailleurs n'avait rien de réjouissant. Ce n'était qu'une question de justice.

– Oui, mais ça devait être excitant, avance Rémi.

– On vivait tous les jours avec la trouille au ventre, craignant pour nos vies et celle de nos familles. La guerre n'a rien d'enivrant, pauvre petit couillon. Un homme équilibré n'en tue pas un autre par plaisir et ça n'a rien d'exaltant, crois-moi, réplique Jean en le toisant des pieds à la tête.

– Cette époque m'aurait plu. Je suis sûr que j'aurais aimé dégommer des salauds, et les voir crever m'aurait vachement apaisé, s'exclame-t-il d'un ton presque joyeux.

Un instant, Jean demeure comme interdit. Ses yeux d'un bleu si pur d'habitude deviennent gris, flambant d'une colère sourde si perceptible, qu'instinctivement, Rémi recule sur sa chaise.

– Tu n'as jamais vu ce que la violence peut engendrer comme souffrance. Tu n'as jamais côtoyé la saleté, l'odeur du sang mêlée à celles de l'urine et de la transpiration, tu regardes trop la télévision, s'emporte Jean, furieux.

Rémi le devine si contrarié qu'il redoute qu'il ne le frappe. Il cherche le mot à dire pour l'apaiser, mais n'y parvient pas. Troublé, il respire profondément. Le sang lui monte aux tempes, ses lèvres tremblent, ses paupières frémissent, son œil gauche tressaille et bientôt de grosses larmes coulent sur ses joues.

Jean lui tend son mouchoir et murmure alors doucement :

– L'heure n'est pas aux pleurs, garnement, mais aux réparations.

Rémi acquiesce.

De sa main droite, il lui saisit le menton pour l'obliger à le regarder droit dans les yeux.

– Je te donne deux heures pour arracher tes plantations. Si ce n'est pas fait dans ce laps de temps, j'en parle à tes parents. Tu acceptes ce marché ?

Rémi se redresse et lâche un oui franc et sonore.

– Tout cela reste entre nous. En revanche, si je m'aperçois que tu continues à consommer ce genre de saletés, notre pacte ne tient plus. Okay fiston, rajoute Jean, en lui tirant à nouveau l'oreille.

– Mon frère n'aurait jamais fait ça, n'est-ce pas ? souffle-t-il en lui demandant pardon.

– Non jamais, mais tu n'es pas ton frère, murmure le vieil homme en le prenant dans ses bras.

Il passe sa main dans les cheveux de l'adolescent, une lueur d'affection brille dans son regard. Rémi la perçoit, ce qui le rassure. Gabriel est si intelligent et si raisonnable qu'il a toujours l'impression que tout le monde le préfère à lui.

Le visage du patriarche s'éclaire d'un sourire plein de connivence.

– Va, mon petiot.

Puis il le rattrape par la manche.

– Tu es plus passionné que ton frère, souviens-t-en.

L'adolescent est aux anges. Plus passionné ? Lui qui ne trouve d'intérêt à rien se demande bien pourquoi Jean lui dit ça, mais se promet d'y réfléchir sérieusement.

C'est alors que la chatte noire entre dans la pièce, furieuse. Elle fonce droit sur Rémi, se plante devant lui et miaule bizarrement en le fixant d'un air mécontent. Rémi lui parle gentiment et le félin lui répond. Ses miaulements deviennent de moins en moins agressifs et il finit par se calmer. Jean les observe avec stupéfaction. Il est encore plus surpris quand la chatte suit Rémi lorsqu'il sort de chez lui. Il est si déconcerté qu'il les regarde par la fenêtre. La minette accompagne Rémi d'un pas déterminé. Sur ses talons, elle semble le surveiller. Pour la première fois, Jean a un doute. *Cet animal a le même comportement que la vieille Julie, se pourrait-il qu'il soit habité par son esprit ? Se pourrait-il que la grosse Lulu ait raison ?* Il se promet d'en parler au curé du village, puis se ravise. *Non, il est préférable qu'elle s'adresse à un magnétiseur.* Lorsque la chatte réapparaît, environ deux heures plus tard, elle est d'humeur câline. Elle se couche nonchalamment à ses pieds et s'endort. Elle émet un petit ronronnement à peine perceptible tant elle est paisible.

Le lendemain, dès qu'il a déjeuné, Jean va inspecter les vignes. Très vite, il constate avec satisfaction que Rémi a tenu sa promesse. Les plantations ont été arrachées. Pourtant cette nuit, il a beaucoup pensé à lui. Il y a chez le jeune homme quelque chose qui l'inquiète. Il passe facilement d'une humeur à l'autre. Souvent, une mélancolie profonde suit ses grands moments d'exaltation. Il l'a surpris plusieurs fois en train de pleurer sans raison dans sa chambre alors que quelques jours auparavant il rêvait à des projets mirobolants, partir en Inde, construire un bateau, réaliser une pièce de théâtre. Son attitude lui rappelle douloureusement les excès de Pierre. *Et si la folie de Pierre était transmissible et si Rémi en avait hérité ?* s'inquiète-t-il, soudain chagriné. Il avait éprouvé les mêmes craintes pour Antoine.

Alors qu'il se perd dans ses réflexions, il entend la sirène d'une ambulance. Il s'étonne. Le bruit paraît tout près. Un mauvais pressentiment l'assaille. Il quitte les vignes, presse le pas. Il y a si longtemps qu'il ne court plus. Arrivé devant l'annexe de la maison où logent Antoine et Mathilde, il voit une ambulance. Deux ambulanciers portent quelqu'un sur une civière. Mathilde et Gabriel sont penchés sur le blessé. Jean se rapproche. Dans le brancard, Rémi, le visage plus pâle qu'un linge, lui sourit tristement.

– Que s'est-il passé ? demande-t-il aussitôt.

En état de choc, Mathilde chuchote, à peine audible :

– Il a essayé de se pendre au radiateur de sa chambre à l'aide d'un foulard. Heureusement Gabriel est arrivé à temps. Il l'a sauvé.

Gabriel, qui tient la main de son frère, explique sobrement.

– Ce crétin avide de sensations fortes s'est serré le cou jusqu'à l'évanouissement. On l'emmène à l'hôpital pour vérifier qu'il n'aura aucune séquelle, ce qui sera sûrement le cas.

Mathilde, qui visiblement a eu très peur, couvre son fils de baisers.

– C'était juste pour voir, maman, sanglote-t-il.

– Où est Antoine ? questionne Jean.

– Chez sa maîtresse, où veux-tu qu'il soit, rétorque d'une voix froide Gabriel.

Jean reste un moment interdit.

Mathilde, sans un mot, monte dans l'ambulance, suivie de Gabriel qui s'installe auprès d'elle.

– Ce soir, il faudra qu'on en parle, lui glisse Jean à l'oreille.

Elle aquiesce.

L'ambulance est à peine partie qu'Antoine arrive. Jean, qui le guettait derrière sa fenêtre, sort de chez lui et l'apostrophe.

– Antoine, Rémi est à l'hôpital. Que tu sois un mauvais mari est déjà peu glorieux, mais un mauvais père, moi vivant, je ne le tolérerai pas.

Interloqué, Antoine n'ose rien répliquer.

D'un ton péremptoire et d'une voix ferme et froide, le patriarche lance alors :

– Tu remontes dans ta voiture et tu vas immédiatement à l'hôpital général de Dijon. Rémi vient de faire une grosse bêtise. Ton garçon a besoin de toi, tu ne dois pas lui faire défaut.

Comme Antoine ne bouge pas, il ajoute :

– Moi et Gaspard, on va s'occuper des vignes, file.

Une heure plus tard, Antoine est au chevet de Rémi. Déjà remis, celui-ci rit aux éclats. Un rire si pur, si charmant, véritable source de fraîcheur. *Un rire d'enfant*, pense son père en lui pinçant affectueusement la joue. Antoine sent sur lui les regards lourds de reproches de son fils aîné. Gabriel, le visage fermé, le toise avec une arrogance si empreinte de mépris qu'Antoine ne peut s'empêcher de baisser la tête. Mathilde, les yeux fixés sur Rémi, ne lui prête aucune attention. Lorsqu'elle se retourne enfin vers lui, c'est avec une indifférence glaciale. D'un ton neutre, en soulignant qu'elle aurait pu lui être fatale, elle lui décrit la sottise de Rémi.

Ce dernier qui semble le moins malade des trois, l'interpelle en désignant d'un mouvement du menton Mathilde et Gabriel :

– Pap, dis à ces deux faces de carême que je n'ai pas besoin de psychiatre. Je vais tout à fait bien. C'était juste un jeu.

Antoine lui caresse la joue du bout des doigts.

– On verra, on verra.

Pendant ce temps, Jean, Gaspard et Fernande travaillent dans les vignes du domaine. Jean, qui connaît bien Gaspard, le sent tendu. Lorsqu'il lui a raconté ce qui s'était passé, il l'avait vu pâlir, sensiblement gêné. *C'est tout juste s'il ne se remet pas à bégayer, ce qui chez lui est mauvais signe,* remarque-t-il. Jean, qui le connaît par cœur, est convaincu qu'il lui cache quelque chose. Il décide alors de le faire parler sans le brusquer.

– Gaspard, si tu savais que Rémi avait fait d'autres bêtises, tu me le dirais, n'est-ce pas ? Tu ne le couvrirais pas ?

Gaspard est livide.

– Oui pour sûr patron, mais...

C'est alors que Fernande, qui se trouve derrière eux, et qui visiblement a tout entendu, intervient.

– Ce n'est pas le petiot qu'il couvre.

Puis, les yeux furibonds, elle se tourne vers Gaspard.

– Ben, dis la vérité à monsieur Jean !

Gaspard bredouille qu'il n'y arrive pas.

Jean le contemple, effaré. Il vient tout juste de réaliser que c'était Antoine que Gaspard veut protéger, comme lorsqu'ils étaient enfants.

– S'il est question de la liaison d'Antoine avec la femme de Bernard Noël, Paola, je suis au courant, et ce, depuis longtemps.

L'aveu de Jean délie aussitôt la langue de Gaspard.

– Ce que vous ne savez pas patron, c'est qu'hier, muni d'une fronde, Rémi est allé dégager toutes les vitres du domaine des Noël. La Paola qui a le sang plus bouillant que la braise est sortie en furie, l'a poursuivi jusqu'ici. Elle lui aurait arraché les yeux si je n'étais pas intervenu pour la calmer. Vous savez comme elle est mauvaise, elle l'a traité de tous les noms en hurlant qu'elle finirait bien par les chasser lui, son frère et sa mère du domaine. Peut-être que le petiot y a cru, patron, vous comprenez. Je voulais en toucher deux mots à Antoine ce soir.

Jean, soudain, se souvient d'avoir vu sur le poignet droit de Rémi des griffures. Il avait cru que c'était l'œuvre de la chatte noire mais, à bien y réfléchir, c'était probablement des traces d'ongles. Il sent alors monter une sorte de colère sourde à l'encontre de son petit-fils.

– Je compte sur toi pour le lui apprendre. Il faudrait qu'on s'unisse pour le convaincre de mettre fin à cette liaison.

Gaspard lève les yeux au ciel.

– Patron, il n'y arrivera pas, patron. Il l'a dans la peau, cette garce.

La Fernande l'approuve, en dodelinant pensivement du menton.

Jean saisit le bras de Gaspard.

– Son devoir est de choisir sa famille et ses enfants, je saurai le lui rappeler.

VIII

Les retrouvailles inattendues

Mathilde a quitté Chassagne ce matin, un petit matin de novembre un peu terne, mais ensoleillé, pour s'enfoncer dans les brumes de la capitale. Jamais Paris ne lui a paru aussi triste. Les bruits, les odeurs uniformes l'assaillent jusqu'à l'écœurement. Elle relève la tête. *Le temps est décidément maussade*, songe-t-elle en contemplant les épais nuages gris qui accablent le ciel. Il suffirait d'un zeste de lumière pour que le paysage devienne agréable. En plus, il fait froid, un froid hivernal qui vous glace les os. *Dans moins d'un mois, nous serons à Noël, et ce sera le premier Noël sans la vieille Julie*, réfléchit-elle en pressant le pas et en ajustant le col de son manteau. Tout est profondément calme. Elle ne perçoit que le bruit de ses talons sur les pavés. Elle a rendez-vous à la galerie de la rue Saint-André-des-Arts avec Emmanuelle Ferrante, sa directrice. Elle doit préparer avec elle sa prochaine exposition. Emmanuelle Ferrante est une pétulante brune d'une cinquantaine d'années. Enjouée, d'un optimisme à toute épreuve, elle sait valoriser les artistes et, ce qui est essentiel, vendre leur travail. D'une sensualité charmeuse et directe, elle lui rappelle Paola. Elles ont les mêmes yeux noirs, battent des cils d'une manière similaire, bougent avec une grâce identique leur somptueuse chevelure sombre et leur bouche expriment une gourmandise semblable. Mathilde l'observe en notant cependant qu'elle a une classe que Paola n'aurait jamais : elle met discrètement en valeur ses origines, en cultivant savamment son accent, un accent exquis à peine perceptible. Depuis une semaine, Mathilde s'est aperçue qu'elle arrivait à redonner son prénom à son ex-amie sans souffrance. Elle se surprend même à éprouver une sorte de compassion confuse pour elle. Mathilde frissonne et pousse à l'arrière une mèche de ses cheveux. Elle réalise qu'elle n'aime plus Antoine depuis longtemps. Qu'est-ce qui chez lui a bien pu lui plaire autrefois ? Elle a beau tourner et retourner cette question dans sa tête, essayer de faire ressurgir d'anciennes émotions, elle ne trouve rien. Enfin, presque rien. Est-ce ce qui la rend désormais plus indulgente à l'égard de Paola ? *Sans doute*, soupire-t-elle. Antoine avait-il fait le mauvais choix, en l'épousant, comme l'avait toujours pensé Paola? Mathilde secoue la tête, peu convaincue. Ils se ressemblaient trop pour vivre un amour paisible. Le quotidien aurait vite raison de leur passion. Mathilde est persuadée qu'Antoine en a conscience, mais pas Paola. L'attitude qu'elle avait eue avec Rémi le prouvait. Elle espérait encore qu'Antoine divorcerait pour elle, ce qu'il ne ferait jamais. Comme tous les Dalager, Antoine ferait passer la réputation de son domaine, de ses vignes, avant tout. La solidarité familiale et le souci du qu'en-dira-t-on sont importants chez lui. C'est ce que lui avait inculqué la vieille Julie et ce qui a toujours guidé chacune de ses décisions. Le mois dernier, quand Jean lui a reproché sa liaison, il a aussitôt changé de comportement. Il est rentré tous les soirs et s'est occupé davantage de Rémi. Il a même essayé de se rapprocher d'elle, mais pour Mathilde, c'était trop tard.

Bientôt, il se met à pleuvoir : une pluie lourde et dense. Mathilde ajuste son foulard sur ses épaules et ouvre son parapluie. Rouge, il est la seule touche de couleur de la rue. Elle rit, cela lui rappelle une photographie de Robert Doisneau. La galerie est toute proche. À travers la vitrine, de dos, elle aperçoit la silhouette d'un homme. Grand, élégant, les cheveux bruns et courts, sans doute un client. Il n'a rien d'un artiste. Il doit être charmant, tant elle voit Emmanuelle minauder, tout sourire. À petits pas feutrés, Mathilde s'approche. L'homme se retourne. Elle vacille. Des yeux mordorés se plantent dans les siens : c'est Rodolphe, son premier amour. La surprise manque de lui arracher un cri, mais elle serre les dents, en prenant une grande inspiration. Ses paupières papillonnent au rythme de ses battements de cœur. C'est à peine si elle entend la voix suave d'Emmanuelle les présenter l'un à l'autre.

– Mathilde Dalager, Rodolphe Meyer.

Rodolphe la contemple d'un air posé, sans marquer ni émotion ni surprise. Ses traits se durcissent légèrement, il la salue d'un mouvement de tête et lui tend tranquillement la main, Mathilde la sienne, qu'il retient une fraction de seconde, puis relâche comme à regret. Emmanuelle, qui n'y prête aucune attention, lance d'un ton enjoué :

– Ma chérie, monsieur Meyer est fan de ton aquarelle. Celle où l'on voit tes vignes baignées par le soleil couchant.

Mathilde incline doucement le menton. Elle sent le rouge lui monter aux joues. Machinalement, elle lisse une mèche de ses longs cheveux. Effarée, elle regarde mmanuelle poser avec un gracieux sans gêne sa main sur l'avant-bras de Rodolphe, l'entraînant vers d'autres tableaux.

– Venez voir les œuvres que nous allons retenir pour la prochaine exposition, dit-elle.

L'air taquin, elle ajoute :

– Votre avis nous sera précieux.

Visiblement, Rodolphe lui plaît, et ce dernier ne semble pas insensible à son charme. Il lui répond d'une voix égale, mais si vibrante. Ses lèvres bougent à peine quand il s'exprime, mais ses yeux sont rieurs et emplis de lumière. Mathilde, qui n'a rien dit jusque-là, sent une sorte d'anxiété latente l'envahir. Réservée, elle a conscience qu'elle n'a pas l'aisance verbale d'Emmanuelle, qui étale son savoir et son charme, avec une délectation presque joyeuse. Certaine de l'effet qu'elle produit chez les hommes, elle les observe avec la gourmandise d'un jeune chat, impatient de dévorer sa proie. Mathilde admire son aptitude à trouver les bons mots et ses réparties pertinentes. À ses côtés, elle se sent bien terne. Cela lui rappelle ce qu'elle éprouvait lorsqu'elle était amie avec Paola. Comme elle, elle correspondait à la définition qu'André Breton donna de la beauté : « La beauté sera convulsive ou ne sera pas.» Toutes les deux appartenaient à la race des femmes vives et effervescentes, femmes qui faisaient tourner la tête aux hommes. Instinctivement, Mathilde avale sa salive, habitude qu'elle avait prise enfant pour calmer ses émotions. Elle annonce alors qu'elle a une liste de tableaux qu'elle apprécie particulièrement. En la cherchant dans son sac, elle fait tomber un stylo que Rodolphe ramasse et lui tend. Cette fois-ci leurs regards se croisent vraiment. Elle y voit un tel reflet de tendresse, de douceur, d'admiration extasiée, qu'elle en rougit jusqu'à la racine des cheveux. D'un geste agacé, Emmanuelle se saisit de la liste tendue par Mathilde. Après l'avoir parcourue d'un coup d'œil rapide et condescendant, elle adresse un sourire complice à Rodolphe, en l'entraînant vers la sélection qu'elle a préparée. Volubile, ignorant souverainement la présence de Mathilde, elle lui décrit par le menu chacune des toiles, en quémandant son avis. Celui-ci est souvent pertinent. Sa culture picturale est solide. Mathilde se souvient qu'il aimait dessiner autrefois. Elle ferme brièvement les paupières afin de mieux se laisser bercer par sa voix qui lui paraît encore plus enveloppante, plus sécurisante que que dans sa jeunesse.

Soudain, son visage s'illumine. *Est-ce le hasard qui la conduit dans cette boutique, et lui a fait choisir l'une de mes aquarelles, ou a-t-il reconnu ma manière de dessiner ?* s'interroge-t-elle. À chaque fois qu'il dirige ses yeux vers elle, Mathilde est émue. Elle ressent comme une petite décharge d'électricité, ce qui lui rappelle ses quinze ans. Comme ils s'aimaient alors. Des images se bousculent dans son esprit, Rodolphe qui l'attendait devant le lycée, Rodolphe qui donnait du pain aux cygnes du parc Darcy, Rodolphe qui s'évertuait à lui expliquer les mathématiques et qui finissait par lui faire ses exercices. Cette dernière évocation la fait sourire. Soudain, comme dans un mauvais rêve, elle voit Rodolphe prendre congé. Son cœur se met à battre la chamade, tout juste retrouvé, voilà qu'elle le perd. C'est à peine si elle réalise qu'il lui glisse sa carte de visite dans sa main droite. Elle n'a pas le réflexe de lui donner la sienne en retour et se contente de repousser ses cheveux derrière ses oreilles.

Emmanuelle fait la moue, visiblement contrariée. Ses yeux se plissent comme si elle réfléchissait.

– J'inviterai monsieur Meyer, le jour de l'exposition. Moi aussi j'ai sa carte, fanfaronne-t-elle en battant des cils.

Une fois Rodolphe parti, Emmanuelle se montre plus rapide dans le choix des œuvres. Elle semble pressée d'en terminer. Mathilde, l'esprit tout à Rodolphe, la laisse faire. La sélection finie, Emmanuelle, d'un ton neutre, avec une civilité factice, lui propose d'aller boire un pot, ce que Mathilde refuse immédiatement. Après avoir jeté un regard au-dehors et constaté qu'il pleuvait encore, elle quitte la galerie. Agrippée à son parapluie, elle marche précautionneusement. Le sol est lisse et argenté comme un miroir. Devant elle des passants arc-boutés luttent à la fois contre le vent et l'eau. La pluie qui tombe, oblique et drue, mouille ses chevilles, ce qui est une sensation plutôt désagréable. Mathilde accélère le pas. Elle serre la carte de visite de Rodolphe qu'elle a placée au fond de la poche de son manteau, comme si elle redoutait de la perdre. Un instant, elle se demande si elle oserait l'appeler le lendemain et s'il ne serait pas plus judicieux d'attendre qu'elle soit rentrée à Chassagne. N'allait-il pas la trouver trop empressée ? Mathilde soupire. Elle avait remarqué son alliance, une large alliance en or blanc. Jamais elle n'avait autant regretté de ne pas avoir eu le courage autrefois d'avoir tout tenté pour le retrouver. Une douleur oppressante la submerge alors. *Comme la vie aurait été différente, si je l'avais épousé*, regrette-t-elle, les larmes au bord des yeux. Comme elle avait été naïve de croire qu'Antoine le lui ferait oublier.

Elle entend tout à coup quelqu'un marcher derrière elle. Elle frissonne, mais n'a pas le temps d'avoir peur. Une main qu'elle reconnaît aussitôt saisit le manche de son parapluie. Rodolphe est là. Il lui sourit. Doucement, il lui prend le bras. Ils restent un long moment sans rien dire, se contentant d'être ensemble, heureux. Arrivés à la station de métro la plus proche, ils s'arrêtent, rient et continuent leur route. Rodolphe fredonne en anglais *Strangers in the night* de Franck Sinatra et saute à pieds joints dans les flaques d'eau comme un tout petit enfant. Mathilde se rappelle alors combien elle aimait sa fantaisie autrefois. Il chante faux, mais c'est si bon de l'entendre. Il l'entraîne bientôt dans un restaurant italien. Le lieu a un côté cosy et romantique, des nappes blanches, des fauteuils de velours parme, des lampes dorées à la lumière douce. Il paraît tout à fait adapté à des retrouvailles. Mathilde se demande soudain si leur si belle rencontre est due seulement au hasard et si Rodolphe ne l'avait pas programmée. Comme s'il devinait sa pensée, ce dernier lui prend la main comme pour en lire les lignes de la paume.

– Il était écrit que nous devions nous retrouver. J'ai un peu triché, mais si peu.

Mathilde s'étonne.

– Il y a deux mois, en passant dans le quartier, j'ai vu l'un de tes tableaux. Je suis entré. Je voudrais pouvoir te dire que j'ai reconnu ta manière de dessiner, la délicatesse de ton coup de crayon, en réalité rien de tout ça. Je me suis basé sur des critères beaucoup plus logiques. Certaines de tes aquarelles représentent la Bourgogne, et ton nom d'artiste est Matt, le début de Mathilde, puis j'ai cuisiné Emmanuelle Ferrante qui a fini par lâcher le morceau.

Ébahie, Mathilde le dévisage.

– Revoir tes tableaux m'a donné envie de te retrouver. Tu es l'amour de ma jeunesse, Mathilde, et savoir ce que tu es devenue me tiraillait tellement, murmure Rodolphe en baissant les yeux comme s'il avouait une faute.

Mathilde sourit.

– Il suffisait qu'une femme dans la rue te ressemble pour que j'essaie de la rattraper pour vérifier si ce n'était pas toi, ajoute Rodolphe, presque tristement.

Il agite sa main droite en éventail comme s'il voulait chasser de mauvais souvenirs. Puis avec gaieté, il change de sujet. Il évoque son travail, les conférences qu'il anime dans le monde entier. Mathilde le trouve bien différent du lycéen d'autrefois. Il est à la fois plus sérieux et plus séduisant. Il discute avec un tel brio qu'il est difficile de ne pas se laisser happer par son enthousiasme. Elle s'étonne que leur ancienne complicité rejaillisse aussi vite. En un clin d'œil, les voilà sur le terrain de la confidence. Ils se confient leur vie, leurs espoirs, leurs défaites. Elle apprend qu'il n'a pas épousé la fille avec laquelle il était fiancé à New York, mais qu'il s'est marié beaucoup plus tard, ce qui accentue encore son chagrin. Tout était possible alors ! Elle est vraiment contrariée quand Rodolphe lui avoue qu'il avait retrouvé sa trace à Manhattan, deux jours après qu'elle soit partie en Bourgogne.

Il lève les yeux au ciel.

– Le temps est passé. J'ai fini par ramener à ma mère la belle-fille dont elle avait toujours rêvé, juive du bout des orteils jusqu'à la pointe des cheveux, psychiatre comme moi.

Il souffle, mi-amusé, mi-ironique :

– Sur le papier, ce mariage avait tout pour réussir, dans la réalité, ce fut un gentil fiasco. Au bout de dix ans, j'ai voulu divorcer, mais j'y ai renoncé en apprenant que ma femme venait de déclarer une sclérose en plaques. Depuis, ma passion pour mon travail m'aide à accepter la situation.

Il cligne des yeux, comme il le faisait autrefois, quand il avait un problème.

– Pour éviter l'attachement, ma vie cabote de maîtresse en maîtresse.

Il porte son verre à ses lèvres, boit une gorgée qu'il semble savourer particulièrement.

Mathilde décèle un léger mouvement de son œil gauche.

– Je n'ai pas eu d'enfants et toi ? marmonne-il d'un ton où l'on sent un profond regret.

Mathilde décrit alors dans un étrange méli-mélo, la trahison de Paola, la tristesse de son union avec Antoine, son amour pour ses fils et l'affection qu'elle porte à ses beaux-parents.

– Jean est un homme vraiment exceptionnel, et j'étais plus attachée à la vieille Julie que je ne le pensais, susurre-t-elle.

Puis, en penchant sa tête de côté, elle rajoute :

– Et puis, il y a les vignes. Je ne peux pas m'éloigner d'elles trop longtemps. Elles m'apaisent toujours.

Rodolphe l'écoute avec une bienveillance émue.

– Je connais de réputation le grand-père d'Antoine. Jean Dalager a sauvé des juifs pendant la guerre. Avec un tel sang dans ses veines, un tel exemple, ton mari ne peut pas être mauvais.

– Il ne l'est pas, rétorque aussitôt Mathilde, mais ce n'est pas Jean, et surtout, trop différents, nous ne sommes pas faits l'un pour l'autre.

Rodolphe oscille gravement du menton.

– Nous l'étions, nous, n'est-ce pas Mathilde ?

Mathilde fait oui de la tête.

Ils sont les derniers à sortir du restaurant. Il la raccompagne à son hôtel. Ils marchent lentement comme s'ils voulaient retarder le moment où ils auront à se séparer. Rodolphe lui caresse la joue du bout des doigts, effleure sa nuque, l'enlace puis l'embrasse. Leurs lèvres se joignent. Leurs souffles s'entremêlent. Mathilde s'abandonne. Une sorte d'allégresse diffuse l'envahit.

– Demain, on passe la journée ensemble, murmure-t-il en quêtant son approbation.

Mathilde se serre contre lui et chuchote «oui» à son oreille. Il attend qu'elle soit entrée dans le hall de l'hôtel pour s'en aller. Son pas est léger, dansant. Brusquement, il fait volte-face et court vers elle. Il la rejoint près de l'ascenseur. Mathilde ne dit rien, glissant simplement sa main dans la sienne.

Le lendemain, Mathilde s'éveille dans les bras de Rodolphe. Leur nuit d'amour avait été douce et tendre. Dehors, le ciel avait beau déverser des tonnes de pluie, ils s'en moquaient, se laissant enivrer par leurs caresses, leurs odeurs, la chaleur de leurs corps tièdes et souples. Jamais Mathilde n'avait ressenti un tel plaisir. Gémissante, entièrement soumise aux lèvres et au sexe de Rodolphe, une sensation brute et profonde l'avait submergée, lui faisant perdre presque conscience. Chaque grain de sa peau s'était enflammé sous ses baisers vertigineux. Rodolphe l'avait pénétré lentement, divin supplice, centimètre par centimètre. Elle, si prude, avait alors enroulé ses jambes à ses cuisses pour lui donner un accès plus profond. Dans ses veines, son sang s'était mis à bouillonner de désir. Elle voulait le sentir glisser en elle, la remplir jusqu'aux tréfonds. Puis, ensemble, ils avaient trouvé leur rythme, allant et venant, encore et encore. Quand enfin, elle avait ouvert les yeux, elle avait vu son visage au-dessus du sien, son regard droit et fier, fixé sur elle. Il était heureux. C'est à ce moment-là que la peur de le perdre à nouveau l'avait envahie.

Mathilde caresse le visage de Rodolphe, comme si elle voulait en redessiner les contours. Rodolphe s'abandonne, le visage éclairé d'un sourire radieux empreint de connivence. Il ferme les yeux, concentré sur le plaisir qu'elle lui offre, puis à son tour glisse ses mains dans ses cheveux. Il laisse perdre sa bouche dans son cou, et l'embrasse en bougeant lentement la tête. Ses lèvres s'attardent ensuite sur ses seins pour remonter jusqu'au lobe de son oreille qu'il mordille. C'est moins passionné que la veille, mais aussi efficace. À l'unisson, ils jouissent en silence, les doigts enlacés. Puis Rodolphe la prend dans ses bras. Il ouvre la porte-fenêtre. Ils sont tous les deux sur le balcon, offrant leurs corps nus aux turbulences d'une pluie drue et froide. L'eau dégouline sur eux. Ils rient comme deux enfants. Après être rentrés dans la chambre, ils se sèchent dans les draps, comme apaisés. Mathilde aurait envie que cet instant soit éternel, malheureusement, très vite, la réalité les rattrape. Rodolphe jette un coup d'œil à sa montre.

– Je dois partir.

D'un revers de main, Rodolphe effleure ses lèvres.

– On se reverra. On va s'organiser.

Mathilde sourit tristement. Elle se sent à la fois vide et en même temps remplie d'une énergie nouvelle, vibrant de l'intensité de leurs étreintes. Des bouffées de larmes lui montent aux yeux. Une demi-heure plus tard, quand Rodolphe se hâte vers la bouche du métro, après lui avoir laissé sur la tempe un baiser froid et léger, ne se retournant pas une seule fois vers elle avant de disparaître dans la foule, insensible à sa douleur, elle reste un long moment immobile, comme tétanisée, consciente que le retrouver va se teinter de douleur. En début d'après-midi, après avoir traîné au musée du Louvre, elle reprend le train pour Dijon. Elle est pressée de revoir les vignes, les seules à savoir adoucir ses chagrins.

IX

L'amertume de Paola

Le ciel en mouvement prend d'étranges couleurs, mélange de bleu, de gris et de mauve. Des nuages ballonnés de pluie glissent vers l'ouest. Un vent allègre fait palpiter les feuilles qui sont déjà tombées des arbres et, dans de fugaces bourrasques, les éparpille de partout dans l'allée. Il en précipite une grande partie dans le bassin qui se trouve devant la maison. Paola soupire, les poissons que Bernard y avait mis cet été sont morts depuis longtemps et l'eau qui y croupit est si sale qu'elle est presque noire. Novembre est le mois que Paola aime le moins. Elle se rappelle que son père lui disait lorsqu'elle était enfant, qu'il avait été nommé fort justement «brumaire», lors de la Révolution, car c'était le mois des brumes, le mois le plus sombre de l'année. À l'époque, elle se souvient s'être plusieurs fois moquée de lui, mais l'âge venant, comme son père, elle avait tendance à déprimer à l'approche de l'hiver. Ranger ses tenues légères jusqu'au printemps suivant et ressortir pulls, collants et écharpes était devenu pour elle un rituel déplaisant. Non seulement il fallait faire le deuil de l'été, mais novembre, avec la Toussaint et le 11 novembre, était le mois de la commémoration des morts, ce qu'elle trouvait détestable. Elle, elle aurait voulu qu'on fête chaque jour la joie d'être vivant. À quoi ça servait de raviver la mémoire des gens disparus sinon à se plonger dans une nostalgie malsaine ? Bernard disait que c'était en novembre que la répression de l'Allemagne nazie contre les juifs avait commencé, le 9 novembre 1938 exactement avec la Nuit de cristal et que c'était pour cette raison qu'il exécrait ce mois, le mois de l'obscurantisme. Cette réflexion qu'il avait tendance à rabâcher chaque année l'avait toujours étonnée. La famille de Bernard était cent pour cent bourguignonne, alors pourquoi se souciait-il autant des juifs ? À part à Dijon, à l'époque, à Chassagne, il n'y en avait pas la queue d'un. Elle regarde la pendule. Dix-sept heures, la nuit est bientôt là. Elle allume la lampe. La lumière chaude et dorée, qui va accompagner doucement la tombée du jour, la réconforte.

À vrai dire, Paola se sent seule. Ce sentiment avait commencé à poindre après la mort de sa mère, qui s'était éteinte l'année précédente, et depuis, il n'avait jamais cessé de croître. Même si elle n'était jamais d'accord avec elle, celleci l'écoutait, essayait de la comprendre, ce qui, quelque part, l'aidait à canaliser son angoisse. Paola se sert une rasade de whisky. Dans le fond, elle n'a jamais eu de bons rapports avec les autres femmes. Elle hausse les épaules. Même avec sa mère qui avait fini par lui préférer Bernard qu'elle considérait comme le fils dont elle avait toujours rêvé et qu'elle n'avait jamais eu. Ses derniers mots avaient été pour lui. Jusqu'à son souffle ultime, elle avait porté sur elle son regard désapprobateur. Souvent, elle l'avait vue scruter Alexandra, guetter chez elle la moindre faille, redoutant sans doute qu'elle ne lui ressemble. Paola boit lentement. L'alcool est devenu pour elle, au fil des ans, un compagnon bien trop fidèle. Elle a de plus en plus besoin de la sensation réconfortante qu'il lui apporte. Elle regarde son verre en transparence comme si elle y cherchait son passé. Elle réfléchit. À part Mathilde, Paola n'a jamais eu aucune amie. Considérant l'ensemble des femmes comme des ennemies naturelles, elle n'avait fait aucun effort pour s'en faire. Elle tord sa bouche dans une mimique ironique. *C'est étonnant comme les autres femmes m'ont toujours exaspérée*, s'amuse-t-elle.

Elle rit. Elle n'a même pas été fichue d'aimer sa propre fille. Elle était tombée enceinte par accident, un oubli de pilule, un moment d'égarement contre lequel elle avait pesté des jours durant. Naturellement, elle avait vécu sa grossesse comme un long calvaire. Quand Alexandra était née avec un mois d'avance, n'en pouvant plus de la sentir bouger dans son ventre, elle se souvient du profond soulagement qu'elle avait éprouvé. Elle se rappelle sa déception lorsqu'elle l'avait vue. Toute petite, plus ratatinée qu'une vieille pomme de terre, elle lui avait semblé hideuse. Les jours suivants, elle avait ressenti une intense frayeur en redoutant que sa poitrine ne soit abîmée par l'allaitement. Devant ses lamentations, le médecin avait fini par l'autoriser à lui donner le biberon. Une fois arrivée à la maison, elle avait joué la malade pour ne pas être chargée de cette corvée. Bernard, heureux de prendre sa place, ne s'était pas fait prier. Elle se souvient s'être activée pour retrouver sa ligne afin de plaire à Antoine.

Paola se mord nerveusement la langue. Elle revoit Alexandra petite. Pleurnicharde, s'accrochant toujours à ses basques, la supporter lui était difficile alors. Elle redoutait qu'elle ne fût débile tant sa fragilité la rendait stupide. Alexandra avait peur de tout, même le vol d'un papillon la déconcertait, ce qui était inconcevable pour Paola qui a été une fillette joyeuse et intrépide. Peu à peu elle avait laissé Bernard s'en occuper, ce qu'il avait fait avec plaisir. Avec une infinie patience, il avait accompagné ses premiers pas, calmé ses cauchemars, aidé à ses devoirs, lui avait appris à nager et mille choses encore. *La connivence entre le père et la fille s'est installée*, soupire Paola en soulignant qu'ils sont désormais si proches que personne ne peut plus s'interposer entre eux. Alexandra l'avait étonnée en réussissant à l'école. Paola souffle bruyamment, cette idiote a fini par tout gâcher en tombant malade. Grosse et molle pendant toute son enfance, elle était devenue aussi maigre qu'une trique à l'adolescence, caractéristique de l'anorexie, une maladie de petite bourgeoise aigrie et perfectionniste. Paola secoue la tête. Alexandra lui a toujours fait honte. Elle se souvient d'avoir lâché la main de sa fille un jour, en apercevant Mathilde entourée de ses deux fils, troublée par leur inexorable beauté. Après cette rencontre, le désir de façonner Alexandra et de la rendre belle l'a tenaillée longtemps. Elle l'avait mise au régime, au sport, mais rien, Alexandra s'est acharnée à vouloir rester laide. Myope, elle porte des lunettes, et comme ses dents avançaient, elle a eu droit jusqu'à treize ans à un appareil dentaire. Elle croit entendre la voix de sa mère :

– Gentille petite chenille se transforme toujours en beau papillon.

Paola hausse nonchalamment les épaules. Bernard lui a fait une fille moche, qui le resterait jusqu'à la nuit des temps. Un moment, elle avait pensé avoir un enfant d'Antoine et puis, à la perspective d'être enceinte à nouveau, elle y avait renoncé.

Paola soupire. Ce matin, Bernard vient de lui téléphoner pour lui annoncer qu'ils rentrent à la maison. Ils ont terminé leur longue croisière autour du monde. S'étant parfaitement habituée à leur absence, elle appréhende de les revoir tous les deux. Le père et la fille si complices qui l'ont toujours exclue de l'univers qu'ils se sont créé. Depuis le début, Bernard a reporté tout son amour sur Alexandra en la gâtant outrageusement. Rien n'est jamais trop beau pour elle. Cela l'ennuie doublement, car elle ne peut plus recevoir Antoine chez elle, ce qu'elle trouvait bien plus pratique que l'appartement qu'il a loué pour elle à Beaune. Antoine, si lâche qu'il s'est plié aux diktats du vieux Jean, en ne venant plus la voir tous les soirs. Comme pour s'excuser, il a murmuré qu'il était très attaché à son fils Rémi et qu'il a peur pour lui. Quand elle lui a dit que le morveux a simplement simulé une pendaison pour faire l'intéressant, Antoine l'a enveloppée d'un regard effrayé. Il a même eu un mouvement de recul.

Paola tousse. Elle préfère cependant Rémi à Gabriel, le fils aîné d'Antoine. D'une beauté lisse et froide, blond, ce dernier ressemble à Mathilde. Il a sa façon un peu hautaine de vous toiser. Les quelques fois qu'elle l'a rencontré au village, elle a senti sur elle son regard méprisant. En apprenant par Antoine qu'il allait devenir médecin, elle avait ri. Cela lui avait confirmé qu'il était bel et bien le fils de sa mère. Dans sa tombe, le grand-père de Mathilde devait se réjouir, à travers Gabriel, la continuité familiale perdurait. *Il ne doit pas en revenir le vieux*, ricane-t-elle. Elle hausse les épaules en considérant qu'Alexandra n'avait rien d'elle et qu'elle était pleinement la fille de son père. Rien que de penser à elle lui donne mal à la tête.

Elle redoute de retrouver l'atmosphère qui avait précédé le départ du père et de la fille. Avec ses longs cheveux ternes, le menton reposant dans la paume de ses mains, Alexandra n'avait cessé de la regarder avec une expression interrogative mêlée de tristesse. Elle épiait chacun de ses mouvements, ouvrait parfois la bouche comme pour parler, puis se taisait, les larmes au bord des yeux. Paola aurait préféré qu'elle l'accable de reproches, mais Alexandra demeurait résolument muette. À contrario, Bernard avait été prolixe en mots qui blessent, éraflent et déchirent.

– Que tu sois une mauvaise épouse j'en ai pris mon parti, mais une mauvaise mère, ça, jamais je ne te le pardonnerai, avait-il fini par lui asséner.

Elle se verse une lichette de cognac au fond de son verre et l'avale d'un coup. Comme il était loin le temps où il l'aimait. Désormais, Bernard la contemplait avec une indifférence glaciale. Même le désir si fulgurant qu'il avait d'elle avait disparu. Ils n'ont pas fait l'amour au moins depuis cinq ans. Sans le sexe, elle a perdu peu à peu l'emprise qu'elle avait sur lui. Paola se recroqueville dans le coin du canapé, entourant ses genoux de ses bras. Depuis longtemps elle le soupçonne d'avoir des maîtresses. À vrai dire, elle s'en moque éperdument. Elle s'en réjouit parfois en estimant que si Antoine consentait un jour à divorcer, les écarts de Bernard lui seraient utiles. Elle aime Antoine comme aux premiers jours et rêve de pouvoir un jour finir sa vie avec lui. Elle est persuadée que Jean est le seul obstacle à leur bonheur. Toute sa vie, il a eu pour unique boussole le devoir et a tenu à engluer Antoine là-dedans. Tant qu'il vivrait, Antoine, qui a toujours voulu être pour lui le petit-fils idéal, refuserait de quitter sa famille. Elle ricane méchamment. *Pour la vieille Julie c'est réglé, il ne reste plus que lui, et à quatre-vingt-neuf ans, le vieux n'en a plus pour longtemps.* Elle est convaincue qu'Antoine ne supporterait pas le huis clos avec Mathilde. Déjà, elle anticipe. L'héritage serait sans doute suffisamment important pour qu'il laisse la direction du domaine à Gaspard. Antoine ne serait là que pour empocher le pognon. Elle s'imagine qu'ensemble ils pourraient s'exiler sur l'île de la Réunion et qu'ils pourraient enfin couler des jours heureux.

Soudain, un bruit met un terme à ses rêves. Elle sursaute. La vitre de la porte-fenêtre se brise. Une pierre dévale au milieu du salon. Une brise entre et souffle à travers la pièce chassant les rideaux l'un vers l'intérieur, l'autre vers l'extérieur. De loin, on dirait deux drapeaux blancs. Elle tourne la tête en grimaçant. *Le fils d'Antoine recommence à me persécuter*, pense-t-elle en se levant d'un bond de son fauteuil.

– Petit connard !, hurle-t-elle alors en apercevant au loin une silhouette qui s'évanouit dans l'obscurité.

Elle hume l'air, il y plane une fragrance poivrée qui lui rappelle l'odeur d'Antoine. *Rémi s'asperge du parfum de son père*, constate-t-elle. Il l'admire probablement et désire lui ressembler et c'est sans doute pour cette raison qu'il la déteste. Elle réfléchit. Il faudrait qu'elle change de stratégie avec ce môme, elle pourrait peut-être s'en faire un allié. Sauvage, rebelle, il ne doit pas beaucoup s'entendre avec sa mère. Mathilde est si sage, elle ne doit pas savoir comment s'y prendre avec un tel feu follet. Antoine lui a d'ailleurs dit qu'elle est beaucoup plus proche de son aîné. Elle éclate d'un rire léger. *Au moins, ce gamin n'est pas comme ma fille, il n'a pas du sang de navet dans les veines*, songe-t-elle en ramassant les éclats de verre répandus sur le sol. Elle revoit Alexandra, sa façon gauche de se déplacer, de regarder les gens de côté avec un embarras manifeste. *Elle est si timide qu'elle ose à peine relever les yeux quand on lui parle, même avec moi, sa mère, surtout avec moi d'ailleurs*, déplore Paola en soupirant. Elle ne supporte pas cette façon qu'elle a de toujours sembler s'excuser. Ni son tic de langage, son sempiternel « N'est-ce pas ? », qui concentre avec ces trois mots absurdes le sentiment d'incertitude qu'elle éprouve en permanence. Elle ne peut s'empêcher de s'imaginer que si elle avait eu une fille avec Antoine, elle leur aurait ressemblés. Leur sensualité, leur vivacité communes n'auraient pu que rejaillir en elle, joyeuse et vivante. Par intermittence, elle avait bien essayé de trouver de l'intérêt à Alexandra, mais viscéralement, elle n'était jamais parvenue à s'y attacher. Aurait-elle aimé un enfant d'Antoine ? *Sans doute davantage*, réfléchit-elle.

Elle aspire nerveusement l'air glacé du soir. Prise d'un violent frisson, elle serre ses bras autour d'elle puis se ressaisit et ferme soigneusement les volets.

X

Les demi-confidences de Jean

À peine revenue au domaine, avant même d'avoir défait sa valise, Mathilde éprouve le besoin viscéral d'aller voir les vignes. Démunies de leurs feuilles, nues, tendant leurs ceps vers le ciel gris, elles paraissent fortes et fragiles à la fois. Mathilde s'en approche. Elle sent à travers elles passer le vent. Un vent froid, glacial et humide. *Pourvu qu'elles n'aient pas à souffrir d'un hiver trop rigoureux*, espère-t-elle. Elle rit. Quitter Antoine lui serait facile, mais quitter les vignes lui paraît impossible. Les vignes sont comme ses enfants, elle les a soignées, protégées, aidées à s'épanouir. Elle s'est réjouie de leur bien-être, de leur succès. Au fil des ans, il s'est créé entre elles un lien indéfectible. Là, elle les écoute. C'est une longue plainte qui égrène leur regret de l'été. Les vignes aiment s'étaler, revêtues de leur feuillage vert frémissant, sous le soleil brûlant, heureuses de se sentir lourdes de raisins, et redoutent les temps de neige. Du bout des doigts, Mathilde caresse deux ou trois ceps, comme pour les rassurer.

– Le vin a été bon cette année, il le sera encore, chuchote-t-elle.

Elle est étonnée de ne pas voir la grosse Lulu. *Peut-être a-t-elle enfin renoncé à bénir les vignes tous les soirs ?* D'un revers de main, elle caresse la chatte noire qui vient s'enrouler en ronronnant autour de ses mollets.

Mathilde ferme les yeux. Le visage de Rodolphe lui apparaît, à la fois souriant et grave. Le revoir l'a comme revivifiée. Elle s'est sentie à nouveau si femme, si heureuse et si légère. Il a fait renaître en elle tout un monde oublié, la chaleur des émotions à fleur de peau, la tendresse des mots, la subtilité des caresses. En un instant, il l'a replongée dans la douceur de leur amour de jeunesse. Il lui manque déjà. Comme une jeune amoureuse inquiète, elle s'interroge. Pense-t-il à elle à cet instant ? A-t-il vraiment été heureux de ce moment partagé ? Ne l'a-t-elle pas déçu ? Elle est si différente de la jeune fille qu'elle était naguère, et elle connaît en fait si peu l'homme qu'il est devenu. Soudain, elle est terrifiée à l'idée qu'il pourrait à nouveau disparaître de sa vie et la laisser sans nouvelle. Mariés chacun de leur côté, leur histoire pourra-t-elle perdurer dans le temps ? Homme de devoir, elle est convaincue que Rodolphe ne quittera jamais sa femme malade, même pour elle. Elle sent monter en elle un irrépressible sentiment de tristesse qu'elle ne parvient pas à réfréner. Elle essuie une larme au bord de ses yeux. Un instant, elle songe qu'il aurait été préférable qu'elle ne le revoit jamais, là, elle est déjà dans l'attente d'une lettre et de leur prochain rendez-vous et c'est une forme de souffrance. Elle dénoue ses cheveux et les laisse aller au vent.

Elle aperçoit Jean. Appuyé sur la canne de la vieille Julie, il contemple les vignes. Depuis quelque temps, il n'oublie jamais de sortir muni de la canne de sa femme. C'est une sorte de rituel qu'il s'impose. C'est la manière qu'il a trouvée pour montrer qu'elle est toujours à ses côtés. On voit ses lèvres bouger. Lui aussi parle aux vignes. Parfois même, il leur fredonne des chansons. D'un pas dansant et souple, Mathilde le rejoint.

– La grosse Lulu n'est pas là ?

Jean lui adresse un clin d'œil.

– La grosse Lulu est à Lourdes. Elle m'a promis de revenir avec une provision d'eau bénite pour arroser les vignes jusqu'à cet été.

La minette noire tourne autour d'eux, la queue en l'air.

Jean ajuste sa casquette sur sa tête.

– Alors, cette exposition ?

Mathilde, après avoir répondu qu'elle aurait lieu le 18 décembre comme prévu, rajoute qu'il est probable qu'il faille qu'elle retourne à Paris avant, pour peaufiner les choses. Comme lorsqu'elle mentait enfant, elle rougit. Jean s'en aperçoit, la fixe un instant dans les yeux, puis acquiesce d'un mouvement du menton.

Lentement, il sort sa pipe de la poche de son veston et l'allume.

Mathilde alors, lance dans un demi-murmure :

– Jean, autrefois vous avez connu le colonel SS Ackermann !

Le vieil homme aspire une longue bouffée de tabac, puis plisse les yeux.

– Cet homme appartient à un passé révolu.

– Sauf qu'il vient de ressurgir dans notre présent, dit-elle d'un ton ferme.

Il serre gravement les lèvres. Son visage tout entier se durcit.

– C'est le mort que l'on a retrouvé dans le puits, n'est-ce pas ?

Jean paraît hésiter.

– Peut-être.

Le félin s'est placé aux pieds de Jean comme s'il voulait l'assurer de son appui.

– Non, c'est certainement lui. Vous ne me demandez pas comment je le sais ?

– À quoi bon raviver toute cette boue, Mathilde ?

– Le capitaine Betram m'a interrogée, il est persuadé

que le cadavre du puits a été tué en 1965. Or, cette année-là, au mois d'octobre vous et votre ami Mourion, sous le prétexte d'une réunion d'anciens combattants, vous vous êtes rendus à Paris. Je me souviens de la scène mémorable que vous a faite la vieille Julie, car vous êtes revenus seulement au bout de cinq jours. Au printemps suivant, vous avez fait un voyage éclair en Israël.

Mathilde, qui croit percevoir une lueur d'inquiétude dans les yeux de Jean, chuchote :

– Je n'ai naturellement pas donné cette information au capitaine Betram.

Comme Jean continue à se taire, Mathilde poursuit :

– En octobre, Ackermann, sous le nom d'Arman se trouvait, lui aussi, à Paris. Il accompagnait sa femme, une petite actrice en vogue à l'époque, dont la venue avait été annoncée dans la presse. Leur photo est parue dans *Le Bien Public*. Une semaine plus tard, un entrefilet a évoqué sa disparition. Il semble qu'on ne l'ait jamais retrouvé.

Jean la regarde, admiratif.

Sur sa lancée, Mathilde lui explique alors sans mentionner le nom de Rodolphe, qu'un ami juif lui avait signalé l'étrange disparition d'Ackermann en 1965, dont il connaissait la fausse identité et qu'elle avait fait le rapprochement.

– L'ami en question m'a aussi indiqué qu'Ackermann, en 1943 et en 1944, a séjourné plusieurs fois à Dijon.

– C'est David Meyer, ton ami ? Après la guerre, il a rejoint le Mossad, tu le sais ?

C'est au tour de Mathilde d'être surprise.

– Non, il s'agit de son fils. David Meyer est mort il y a cinq ans.

Jean regarde droit devant lui.

– En 1940, il y avait deux sortes de juifs. Les crédules qui ont cru en la France et qui ont fini à Auschwitz, et les incrédules qui se sont enfuis. David Meyer était heureusement un incrédule. Il a rejoint très vite la Résistance et sa femme a vécu sous une fausse identité pendant toute la guerre sans être ennuyée. Avec mon réseau, on a aidé des juifs à passer en Suisse et on a aussi planqué des enfants dans le Jura. Les pauvres gamins, ils avaient tous la mine inquiète de ceux qui savent que leur chemin de vie est pavé de pierres coupantes. L'ensemble de ces gosses était plus mûr que leur âge. La guerre les avait rendus sages et graves.

Jean prend un ton plus doux.

– Jeanne, ta grand-mère, en a sauvé beaucoup. C'était une femme d'un courage exceptionnel et elle avait un extraordinaire sang-froid.

Il rajoute d'une voix presque silencieuse.

– Il y a des souvenirs qui me remontent à la gorge et qui me reviennent comme une brûlure certaines nuits.

Jean évoque alors la mort du jeune Ézékiel, la douleur qu'il avait éprouvée en l'enterrant à la va-vite. Il explique son impossibilité à oublier l'ultime regard de cet enfant.

– Empreint d'incompréhension, il me hante encore, confie-t-il. Il arrive aussi que j'entende encore ses soupirs quand il s'est enfin apaisé dans un dernier sanglot. Tout me revient en mémoire, comme si c'était hier. Comme si le temps ne s'était pas écoulé, comme si son âme était restée pour toujours accrochée aux feuilles éparses qui recouvraient son corps.

Les mains de Jean se mettent à trembler. Pudiquement, il décrit la peine incommensurable de ne pas retrouver ses restes plus tard, sa colère. Il a longtemps imaginé le cadavre d'Ézékiel dévoré par les loups et les rats.

– Il avait des joues rondes, de grands yeux et une bouche en cœur, un bel enfant, murmure-t-il.

Jean soupire.

– Depuis, je ne peux plus supporter l'odeur des feuilles qui jonchent le sol en automne. Cela me donne la nausée.

Quand la douleur du souvenir devient trop forte, je vais marcher dans les vignes. Elles seules savent me consoler.

Jean sort une montre de la poche de son pantalon. Une belle montre à gousset datant des années trente. En argent, elle est en excellent état. On sent qu'on en a pris soin.

– C'était celle de son père. Son nom est gravé en italique derrière. Quand je l'ai récupéré, elle ne fonctionnait plus. Le jour où Ackermann est mort, le mécanisme est reparti tout seul. Ce salaud d'Ackermann avait estropié Ézékiel, ce qui explique pourquoi il avait des difficultés à marcher et juste avant, il avait tué sa mère devant ses yeux, en lui fracassant la tête à coups de bottes.

Mathilde frissonne.

Jean cligne des yeux comme lorsqu'on sort d'un rêve. Il fixe sa belle-fille avec intensité, fronce les sourcils et marmonne :

– À la fin de la guerre, les Américains avaient tellement peur des Russes, qu'ils ont recruté une pléthore d'anciens SS, dont Ackermann. En 1965, voyageant partout dans le monde, il travaillait pour eux comme agent de renseignement. Cette situation le rendait intouchable.

Mathilde attend mais Jean en reste là, n'allant pas plus loin dans la confidence. Soudain, elle a le pressentiment qu'Ackermann avait un lien avec le père d'Antoine, ce qui donnait à Jean une raison supplémentaire de le tuer. Comme s'il devinait ses pensées, Jean lui confirme que son fils faisait effectivement partie des zélés collaborateurs d'Ackermann. C'est lui qui l'avait embauché pour traquer les juifs et le père d'Antoine avait été abattu par la Résistance alors qu'il s'apprêtait à dénoncer des jeunes juifs réfugiés dans le Jura. Mathilde réalise qu'en supprimant Ackermann, Jean avait en quelque sorte lavé l'honneur de la famille Dalager. Elle n'avait pas besoin qu'il lui avoue qu'il l'avait liquidé, elle en était désormais persuadée. Le comment resterait peut-être à jamais un mystère, Jean étant manifestement peu enclin à lui expliquer comment le SS avait atterri dans son puits.

Mathilde réfléchit encore. Sa mémoire s'active. Quelques jours après le retour de Jean, la vieille Julie était apparue comme apaisée. Elle avait le visage de quelqu'un qui s'est réconcilié avec son passé et a accepté son destin, comme si la justice lui avait été enfin rendue. Jean avait tué l'homme qui avait dévoyé leur fils. La vieille Julie, qui connaissait le moindre recoin de son domaine, était au courant pour Ackermann. Cela ne faisait aucun doute. Un instant, elle redoute que Betram, qu'elle a senti fin limier, n'en arrive à la même conclusion qu'elle. Si Jean ne pouvait plus être poursuivi pour avoir tué Ackermann, il pourrait l'être pour avoir indûment pris son argent et l'avoir redistribué à sa guise à ses amis juifs. Où avait-il pu récupérer la montre du père d'Ézékiel, sinon chez Ackermann ? Rodolphe lui avait confié que Jean avait rapporté de l'argent en Israël en 1965, de l'argent qui appartenait aux juifs. Jean connaissait le père de Rodolphe. Se pourrait-il que les deux hommes aient agi de concert, à l'époque ? *Jean ne semble rien redouter, sans doute a-t-il depuis longtemps détruit toutes les preuves ?* Si Jean avait été capable d'échapper à la CIA de l'époque, il lui serait facile de berner Betram. Rassurée, elle pose sa main sur son avant-bras.

– Rentrons Jean, il fait froid.

Jean lui emboîte le pas, et ils avancent vers la maison du domaine, la chatte miaulant à leurs côtés, à jamais complices.

XI

Le mystère de la fille faon

Il est à peine sept heures du matin. Juste avant de partir pour l'école, Rémi, avec sa fronde en bandoulière, rôde autour du domaine des Noël. Il contemple le ciel qui s'étend comme une longue nappe grise. L'absence de nuages et sa couleur presque blanche sont la promesse d'une journée rude et froide. Sur les branches d'un châtaigner, il aperçoit une mangeoire pour les oiseaux. Il se demande qui l'a déposée là. Il s'approche et voit encore quelques boules de graisse, qui s'égrènent de-ci de-là, comme de curieux chapelets. *Un amoureux de la nature sans doute*, soupire-t-il. *Sûrement pas la mère Noël qui, à part elle-même, n'aime personne. Comment mon père peut-il la préférer ?* s'indigne-t-il. Ce matin, il avait failli le questionner à ce sujet, puis s'était tu. Entre eux s'était établi une sorte de pacte tacite. Il dégageait les vitres de la mère Noël quand bon lui semblait, et son père les remboursait à cette infâme mégère sans jamais rien lui reprocher. Rémi aurait aimé pourtant qu'il l'interroge à ce propos. Il aurait enfin pu lui dire tout ce qu'il avait sur le cœur. *La lâcheté des adultes est hallucinante*, remarque Rémi. Celle de son père, celle de sa mère qui ferme les yeux. Seul son arrière-grand-père avait du courage. Il avait sermonné son père et lui avait rappelé son devoir de père de famille. Cela avait eu peu d'effets. Certes, son père rentrait désormais chaque soir au domaine, mais il n'avait pas mis fin à sa relation avec la mère Noël. Il se souvient de la première fois qu'il les avait vus à Beaune, alors qu'il séchait l'école. Attablé avec elle à une terrasse de café, son père la dévorait des yeux. Il déteste cette femme avec toute la force de ses quinze ans. Il la trouve d'une vulgarité crasse. Dans le village, on dit que son mari s'était follement épris d'elle et qu'elle le mène par le bout du nez. *Encore un lâche*, remarque Rémi en secouant énergiquement la tête. *Pendant la guerre, la mère Noël aurait été du côté des boches et se serait fait tondre*, ricane-t-il, un sourire satisfait à fleur de lèvres.

À l'abri du saule pleureur qui se trouve juste en face de la maison des Noël, Rémi, après avoir vérifié qu'il était seul et que tout était calme autour de lui, respire profondément. Il aime les parfums d'automne que brasse la pluie. L'air humide le revigore. Il savoure le silence si particulier du petit matin. Il attend que la bonne de la mère Noël veuille bien ouvrir les volets. Il regarde sa montre. Elle ne va pas tarder. Elle est si craintive que la mère Noël doit la mener à la trique. Il caresse la pierre qu'il glisse doucement dans sa fronde, prenant bien soin de la caler correctement. Un sourire satisfait effleure ses lèvres. Lisse et ronde, c'est un excellent projectile. Soudain, il entend un bruit, un froissement d'herbes. Quelqu'un est en train de marcher vers lui. Le pas est léger. Un chat ? Est-ce Juju qui l'a encore suivi ? Il a souvent l'impression que cette minette le surveille. Elle est toujours là quand il fait des bêtises. Elle l'enveloppe d'un regard courroucé et miaule même parfois. *Elle est pourtant trop gentille*, pense-t-il, *pour être la réincarnation de la vieille Julie.* Il est convaincu que cette dernière aurait su mettre au pas la mère Noël. D'ailleurs, c'est après sa mort que son père avait commencé à découcher et à ne revenir qu'au petit matin. Elle vivante, il n'osait pas, et se contentait de rentrer tard dans la nuit.

Une voix douce s'élève alors :

– Tu te prends pour Thierry la Fronde ?

Étonné, Rémi se retourne et aperçoit une jeune fille, longue et fine. Il lui donne à peu près son âge. Elle paraît si fragile sous sa masse de cheveux auburn, qu'elle ressemble à un faon. Elle est habillée d'un anorak blanc qui semble beaucoup trop grand pour elle.

Il sourit.

– Non, pour Robin des Bois.

Elle rit, un joli rire, simple et léger.

Il se retourne. Elle se cache le visage avec les mains. Il ne voit que ses yeux, des yeux dorés pleins de douceur.

Le vent lui apporte son parfum, un parfum de rose thé. Il ressemble à celui de sa mère, en plus sucré. Quand il était petit, il adorait s'endormir caché sous ses cheveux. L'odeur qui en émanait le calmait. Comme son père, il sait assez vite détecter les composants des différentes fragrances. Il a un bon nez. Son arrière-grand-père affirme que c'est une qualité précieuse dans le métier du vin. Il inspire. À vrai dire, elle sent un mélange de roses et de tarte aux fraises.

– Tu t'appelles comment ? questionne-t-il.

– La fée Morgane, plaisante-t-elle.

– Il n'y a pas de forêt magique à Chassagne, rétorque Rémi en la dévisageant.

– Ce sont les vignes, ici, qui sont magiques, murmure-t-elle alors en se cachant sous la masse de ses cheveux.

Rémi est troublé. Cette fille l'amuse. Elle n'est pas comme les filles du lycée, elle paraît beaucoup plus finaude et surtout beaucoup plus belle.

– Tu es trop jolie pour être la fée Morgane. Elle était moche et méchante, taquine Rémi.

Elle retire ses doigts de son visage.

– Ma mère est magnifique, moi je suis son vilain petit canard, laide à faire déguerpir un hibou.

Trop aiguë, sa voix sonne étrangement, empreinte d'un chagrin qui paraît incommensurable. Rémi, qui est sensible, le perçoit immédiatement. Il essaie aussitôt de trouver des propos rassurants.

– Eh ben, il y a beaucoup de canards qui voudraient être comme toi, rétorque Rémi en la contemplant avec admiration.

Elle ouvre la bouche, la referme, ne sachant pas quoi répondre. Manifestement, elle est surprise, ce que relève Rémi avec une satisfaction diffuse. Se sentant observée, ses yeux papillonnent. Lentement, elle repousse son épaisse chevelure vers l'arrière, comme si elle voulait la nouer en queue de cheval.

Rémi est alors pris par l'envie irrépressible de l'éblouir. Il ajuste à nouveau sa fronde, se concentre.

– Tu ne tues pas les oiseaux avec ça, chuchote-t-elle, avec une pointe d'inquiétude dans la voix.

Rémi fait non d'un revers du menton et fait tournoyer sa fronde autour de sa tête. Elle a une moue paniquée, puis toute sa figure s'empourpre. Rémi ferme les yeux, tire et dégage en une fraction de seconde. On entend un fracas de vitres puis, entre deux volées d'insultes, les hurlements d'une femme. Rémi pousse un hourra satisfait. Il se retourne. La fille aux yeux dorés a disparu. Il regarde tout autour de lui, puis se met à courir droit devant lui, certain de la rattraper, mais au bout d'un quart d'heure, il doit se rendre à l'évidence, la belle s'est évaporée. Il en éprouve comme un profond regret. Contrarié, il reprend le chemin du domaine, en se demandant quand il la reverrait.

Le lendemain, il revient sur les lieux à la même heure, mais elle n'est pas là. Le surlendemain, juste avant de partir à l'école, il y retourne encore. Il fait ça pendant une semaine, en vain. La jolie fille aux allures de biche demeure introuvable. Penser qu'il ne la reverrait peut-être jamais plus l'attriste. Cela lui a même retiré le goût de tirer sur les vitres de la mère Noël. Il est prêt à se transformer en Sherlock Holmes pour la retrouver.

– Il faut que je fasse travailler mes méninges, dit-il à voix haute.

Puis il poursuit intérieurement. *C'est forcément une fille du village, et le village n'est pas bien grand. Pour venir se balader au petit matin, près d'ici, elle ne doit pas habiter très loin*, suppose-t-il, se sentant prêt à mener une enquête minutieuse. Le samedi suivant, alors qu'il se rend en vélo dans le village de Saint-Aubin pour retrouver un copain, voilà qu'il aperçoit au loin une jeune fille à bicyclette qui pédale juste devant lui. Sa chevelure rousse flotte au vent. Il accélère aussitôt. Bientôt, il est derrière elle. Sa taille est fine, ses épaules frêles. Il la rattrape, se place en double file avec elle. Il lui jette un coup d'œil en biais. Elle lui sourit et il se met à siffler une vieille balade canadienne, celle que chante Jean le soir de Noël, en hommage à Georges Beurling, son ami aviateur.

Au bout de quelques secondes, elle siffle avec lui.

– Pas mal pour une fille, s'enthousiasme Rémi.

– C'est mon père qui m'a appris, explique-t-elle en souriant.

Rémi remarque ses jolies dents blanches et bien alignées.

– Tu vas où ?

– Nulle part.

– Curieuse destination, plaisante Remi. Je peux t'y accompagner ?

– Si tu veux.

Au bout de trois kilomètres, elle s'arrête. Rémi en fait de même et ils s'assoient ensemble au bord d'un fossé.

Rémi lui tend une pomme.

Elle fait non de la tête.

Rémi l'observe. Il ne l'avait pas vue aussi menue la dernière fois. Cette finesse lui donne une fragilité qui le touche. En fait, cette fille réveille en lui son instinct protecteur, ce qui lui plaît beaucoup. Il trouve qu'elle ressemble vraiment à un faon, avec son visage triangulaire éclairé par ses immenses yeux à la fois dorés et gris et ses longs cheveux roux qui tombent librement sur ses épaules. Elle a des traits délicats et des sourcils très arqués qui lui donnent un charme innocent. À vrai dire, elle n'est pas vraiment belle, avec son nez un peu grand, et ses lèvres trop fines, mais il émane d'elle quelque chose de bouleversant. À cet instant, il est convaincu que cette rencontre avec cette fille est un hasard heureux. Il aime parler avec elle. Elle est fan de musique, comme lui, elle préfère Mort Schuman à Johnny Halliday. Cinéphile, elle apprécie les vieux films comme Charlot et les Laurel et Hardy, mais ce qui le ravit pardessus tout c'est qu'elle rit à ses blagues. Les autres filles ne se donnent jamais la peine de les écouter en entier.

Elle se cache le visage derrière ses mains.

– Arrête de me fixer. De près, je suis très moche.

– Ben non, c'est bizarre que tu le penses. Tu as une sœur ?

Sa voix s'assombrit.

– Non, je te l'ai déjà dit, j'ai juste une mère qui est ravissante et l'ennui, c'est que je ne serai jamais comme elle.

Elle le répète deux fois de suite puis s'arrête. Des larmes dansent dans ses yeux mais ne coulent pas. Elle se recroqueville, à la manière d'un petit chat, en boule, comme si elle voulait prendre le moins de place possible. Sur ses genoux, ses mains tremblent, une vibration chaotique qui faisait mal à voir.

Rémi reste perplexe. À Chassagne, la seule belle femme qu'il connaît est sa mère, mais ressentant immédiatement son désarroi, il cherche à la rassurer.

– Ben moi, j'ai un frère aîné et non seulement il est beau, mais il est intelligent.

Elle ouvre des yeux ronds étonnés.

– Et alors ?

– Comme il est parfait et que je ne pourrai jamais l'égaler, j'ai dû trouver une astuce.

Elle a une petite moue sceptique.

– Laquelle ?

– J'essaie d'être original.

Elle plisse les yeux.

– En cassant les vitres des braves gens ?

– Je ne casse pas les vitres des braves gens.

– Je t'ai vu à l'œuvre.

Rémi lui adresse un clin d'œil complice.

– La mère Noël est tout sauf une femme bien. Tu dois le savoir si tu habites Chassagne depuis longtemps. Tout le monde le dit.

Elle secoue la tête et passe des doigts nerveux dans ses cheveux qu'elle tire à l'arrière. Elle pousse ensuite un énorme soupir et ouvre grands les yeux, le dévisageant avec une intensité surprenante. Son beau visage se froisse.

Rémi avance ses mains vers elle, comme s'il voulait la prendre dans ses bras. Elle recule.

Sa bouche s'arrondit, elle s'apprête à dire quelque chose et se tait. Un léger silence s'installe.

Après s'être caressé machinalement le menton, Rémi lance :

– C'est quoi ton prénom ?

– Tu me l'as déjà demandé, Morgane.

– Tu te moques de moi !

– Un peu.

Prestement, elle se remet debout. Elle fait quelques pas devant lui. Il lui trouve la grâce d'une ballerine. Elle marche avec précaution, presque sur la pointe des pieds, comme si elle avait peur du sol. Stupéfait, il la voit se saisir de son vélo et l'enfourcher avec l'agilité d'un chat. *Si elle se réincarnait en chat, elle serait sûrement un chat blanc*, songe-t-il.

– Je rentre à Chassagne.
– Moi aussi alors.
Sur la route du retour, ils plaisantent encore, ils fredonnent ensemble le générique de *Thierry la Fronde*, mais Rémi la sent tendue et ne comprend pas pourquoi. Arrivés au cœur du village, elle le quitte devant l'église.
– Tu habites où ?
– Pas très loin.
– Je peux t'accompagner jusque chez toi
– Non, mon père ne serait pas content.
Rémi baisse la tête.
– Samedi prochain, même heure, ici.
Elle fait oui de la tête.
La perspective de la revoir le rend heureux.
Alors qu'ils partent chacun de leur côté, il entend sa voix qui s'élève :
– Salut, Rémi Dalager.
Il est si surpris qu'il freine d'un coup et manque de tomber, ainsi la fille faon le connaît. Il fait demi-tour mais une nouvelle fois, elle s'est comme volatilisée.

XII

La décision de Bernard

Cette année, l'hiver tarde à venir. L'air est tiède et il pleut sans cesse, ce qui n'est pas bon pour les vignes. Des gouttes régulières et obstinées zèbrent les vitres. Dehors, la lune semble avoir du mal à se hisser dans le ciel, c'est à peine si sa clarté enveloppe la cime des arbres. À l'intérieur de la maison, dans la cheminée du salon, un feu nonchalant flambe gentiment, dessinant sur les murs des arabesques d'ombre. Bernard s'en amuse un instant, puis regarde Paola allongée sur le canapé. Les cheveux défaits, plus noirs qu'autrefois, les traits de son visage s'étaient épaissis et durcis avec l'âge et la faisaient ressembler à une matrone corse. Malgré le fait qu'elle s'astreigne depuis des années à une multitude de régimes, elle avait indéniablement grossi. D'une main nonchalante, elle feuillette d'un œil las les derniers magazines de mode. Jamais elle n'a fait l'effort de s'intéresser à leur domaine. Elle n'a jamais participé à aucune vendange, ne lui a jamais posé aucune question sur son travail, se contentant de jouer à l'épouse dévouée seulement lorsqu'il recevait des clients importants. À vrai dire, depuis le début de leur mariage, elle s'est laissée glisser dans une existence oisive, ponctuée par des rendez-vous chez le coiffeur, l'esthéticienne et des virées intempestives dans les magasins de vêtements de marque. Il a un léger rictus.

Depuis plus de vingt ans, la vie de Paola se résume à se peinturlurer pour jouer à la bourgeoise. Avec le temps, perdant toute spontanéité, elle a fini par afficher en permanence la moue arrogante de la femme riche et désabusée. Il hausse les épaules. La dernière petite bonne vient, comme toutes les précédentes, lui demander son congé. Elle a si peur de Paola qu'elle a attendu qu'il rentre pour lui en parler.

Bernard soupire. Avec Paola, rien ne s'est passé comme il l'avait espéré. Lui qui avait toujours cru qu'elle finirait par lui rendre l'amour qu'il lui portait s'était lourdement trompé. Au début, à la manière d'une enfant avide, elle s'était émerveillée du train de vie qu'il lui offrait et se montrait reconnaissante en lui faisant vivre des moments de sensualité intense, qui le bouleversaient alors jusqu'au frisson. Il hoche le menton. Les années passant, le sexe était devenu entre eux comme une sorte de monnaie d'échange. *Comme j'ai été faible avec elle*, s'en veut Bernard, *au point de fermer les yeux quand elle a renoué avec Antoine Dalager.* Aujourd'hui, il regrette presque d'avoir sorti cet idiot à coups de poing lorsqu'il l'avait surpris chez eux. Ce jour-là, fou de douleur, il avait compris que Paola ne l'avait épousé que pour rester dans le sillage de ce falot et qu'elle l'aimerait jusqu'au Jugement dernier. Aujourd'hui encore, elle rêve de partir avec lui et au moindre claquement de ses doigts, elle les laisserait choir, Alexandra et lui, sans regret.

Soumis à l'épreuve du quotidien, leur couple ne durerait probablement pas longtemps. L'amour de Paola pour Dalager repose beaucoup sur la rivalité qu'elle continue à entretenir savamment avec Mathilde Dalager, qu'elle déteste avec la même fougue qu'aux premiers jours de leur querelle. En quittant sa femme, celui-ci perdrait de son attrait. Paola, toujours aussi instinctive malgré l'âge, n'a jamais su analyser ni ses sentiments ni ses émotions, et ne sait même pas ce qui est bon pour elle. Il hausse les épaules. Pendant des années, il avait pensé à elle sans arrêt, s'ingéniant à chercher comment il pouvait se faire aimer d'elle et aujourd'hui, lui qui avait eu si longtemps peur de la perdre est convaincu que si elle le quittait désormais il n'en éprouverait aucun chagrin. Au contraire, il est persuadé que sa vie serait allégée. L'égoïsme dont elle fait sans cesse preuve et qui s'est amplifié avec le temps, l'insupporte. Tout l'agace chez elle, sa manière de faire la moue, de passer sa main dans les cheveux, ses battements de cils. Il en arrive parfois à la trouver laide, trop brune, trop frisée, trop bronzée. Avec l'âge, sa fierté s'est transformée en arrogance, sa spontanéité en vulgarité. Son air de sale gosse qui l'émouvait tant jadis, lui paraît grotesque aujourd'hui. Même son regard a changé, il est devenu au fil du temps d'une implacable dureté et si vide. Sa volonté absolue de vouloir tout prendre avec légèreté, si elle l'amusait autrefois, le dérange désormais profondément. Depuis des années, ils cohabitent tant bien que mal, capables de ne pas échanger plusieurs jours durant. La veille, il avait calculé qu'ils devaient se parler en moyenne trente-cinq heures par an. Leur principal sujet de conversation concernait Alexandra. Bernard ferme ses poings dans sa poche. Il a une vision claire et désenchantée de ce qu'allait être son avenir. Voir s'étirer les jours, les semaines, les mois, les années, comme une masse grise et morne, au côté d'une femme qu'il méprise. Jamais il ne s'est senti aussi découragé, aussi perdu et aussi seul. Comme si on l'avait dévoré jusqu'à la moelle. Paola l'a détruit à petit feu, et ce, sans vergogne.

Il se souvient du mot que lui avait glissé la grosse Lulu lors de leur mariage. « Monsieur Bernard, je vous souhaite de ne pas être trop malheureux, la Paola, elle ne fait pas exprès d'être mauvaise, mais elle l'est souvent. Elle est comme son père. Partout où elle passe, elle apporte la poisse. Vous auriez mieux fait d'épouser madame Clothilde, elle vous aurait convenu.» Il a un petit rictus amer. La grosse Lulu avait raison, Paola ne sème que peine et désolation. Elle a quasiment fait mourir sa mère de chagrin. Lorsqu'elle était tombée malade, elle s'en était aussitôt détournée. Bernard avait dû insister pour la ramener chez eux et là encore, c'est à peine si elle entrouvrait la porte de sa chambre. Elle agissait comme si la vieillesse était contagieuse. Bernard se souvient que Paola se douchait des heures durant après avoir vu sa mère, puis se maquillait frénétiquement. S'il n'avait pas été là, la malheureuse serait morte dans une solitude crasse. Les mots qu'elle lui avait murmurés à l'oreille juste avant son dernier souffle lui reviennent : « Bernard, protégez Alexandra ». Deux jours auparavant, elle avait marmonné « Ma fille ne vous mérite pas, Bernard ». *Comment cette femme généreuse a-t-elle pu engendrer un être aussi égoïste que Paola ?* Il pense souvent à elle, son bon sens lui manque. Il sait que le père de Paola était un alcoolique, peut-être avait-elle hérité de ses mauvais côtés, d'ailleurs, depuis quelque temps, il s'est aperçu que Paola ne crache pas sur le whisky. Les bouteilles de bourbon ne font pas long feu.

Le pire est qu'elle est incapable d'être une bonne mère, elle n'en a même pas la volonté, songe-t-il. Son voyage avec Alexandra lui a permis de réaliser à quel point Paola est nocive pour leur fille. Non seulement elle ne la comprend pas, ne la soutient pas, mais la rabaisse sans cesse. Hier encore, elle n'a pu s'empêcher de lui faire remarquer sa maigreur, qu'elle a qualifiée de repoussante. Narcissique comme elle est, Paola aurait voulu une fille qui lui ressemble, une sorte de prolongement d'elle-même, or, Alexandra n'avait aucun trait de Paola, ni physiquement, ni au niveau du caractère. Bernard avait observé dernièrement que Paola ne l'embrassait jamais vraiment, l'effleurant à peine du bout des lèvres. Quand elle était enfant, elle la prenait rarement dans ses bras. Lors de leur retour, Paola avait reculé instinctivement en la voyant et Alexandra, les larmes aux yeux, s'était immobilisée. Lui n'avait rien trouvé à dire tellement il était décontenancé. Alexandra qui, petite, avait fait tellement d'efforts pour se faire aimer de Paola, depuis quelques mois, semblait y avoir renoncé, la fuyant savamment. Aveuglé par l'amour qu'il portait à Paola, Bernard ne s'en était pas assez soucié. Aujourd'hui, il le regrette amèrement. Cela aurait évité bien des souffrances à sa fille. Se glissant dans des vêtements informes et aux couleurs neutres, Alexandra donne l'impression de vouloir être transparente. Lorsque sa mère est là, c'est pire encore. Sa voix déjà très douce, devient inaudible, et sans qu'elle en ait conscience, elle se met à marcher sur la pointe des pieds comme si elle redoutait de la déranger. Bernard constate que depuis qu'ils sont rentrés, il ne l'a pas entendue rire une seule fois. Il lui semble évident qu'elle était beaucoup plus épanouie lors de leur échappée. Elle souriait, plaisantait même. Soudain, la protéger des griffes froides et avides de Paola lui paraît indispensable.

La priorité est d'assurer son avenir matériel, en faisant d'elle mon unique héritière, réfléchit-il en décidant d'aller dès le lendemain chez le notaire. Convaincu qu'après sa mort, Paola serait incapable de gérer ses vignes, il veut que ce soit Alexandra qui en ait l'entière propriété. Il se promet de lui faire aimer les vignes, de lui enseigner tout ce qu'il sait. Elle est intelligente, elle apprendrait vite. Homme d'honneur, il ne laisserait pas Paola dans la misère. Il lui accorderait une généreuse pension alimentaire, de quoi finir ses jours agréablement. Rien que d'imaginer la déconvenue de Paola à la lecture du testament le réjouit, mais il n'est pas pressé de mourir. Avant, il se donne pour mission de faire de sa fille une femme saine et équilibrée, bien dans sa peau. À la fin de la semaine, il a pris rendez-vous pour elle à Paris, avec un psychiatre de renom : Rodolphe Meyer. Il lui a été recommandé par son médecin, qui lui a précisé qu'il était d'origine bourguignonne, comme si cela était un gage de qualité. Il a rajouté qu'il faisait des miracles et seul un miracle pouvait sauver Alexandra qui pesait à peine 38 kg.

Paola lève les yeux de son magazine, lentement, comme si ce geste lui coûtait. Sa voix résonne dans la pièce.

– Je m'oppose à ce que tu emmènes Alexandra en weekend à Paris. Elle ne fiche rien à l'école, et toi, tu la récompenses en lui payant le théâtre, le concert et autre batifolage.

Bernard hausse les épaules. Il se rapproche de la cheminée et ajoute une bûche.

– Je n'ai pas envie d'en discuter avec toi. Nous partirons vendredi soir.

– Je te rappelle que je suis sa mère

– Si peu, répond Bernard du tac au tac.

Paola plonge ses yeux dans les siens. Froids, distants et sans lumière, ils la dévisagent sans émotion. Il a l'air tellement paisible. Elle se demande comment il fait pour être si placide. Sa sérénité l'apaisait plus jeune, là, elle la trouble. Empreinte d'une indifférence polie, elle lui paraît incongrue. Elle l'observe alors comme si elle ne l'avait pas vu depuis longtemps. Les tempes grisonnantes, les yeux cerclés de larges cernes sombres, la bouche tombante, Bernard a vieilli. L'air las et fatigué, il semble beaucoup moins solide qu'avant. Paola tressaille. *S'il vient à être malade, sur qui pourrais-je m'appuyer ?* s'interroge-t-elle, soudain inquiète. Elle se savait incapable de diriger le domaine. Elle connaissait à peine ses employés. Elle se lève, se rapproche de Bernard qui attise les braises du feu. Bernard ne bouge pas. Son odeur l'effleure. Il sent l'ambre gris. Elle constate qu'il a changé de parfum, ce qui la déconcerte. Elle le sait si habitudinaire qu'elle l'analyse comme un mauvais présage. Immédiatement, elle s'imagine que Bernard a une autre femme dans sa vie, qu'il l'a peut-être rencontrée lors de son voyage avec Alexandra. Comme il est beaucoup plus âgé qu'elle, elle n'a jamais pensé qu'il puisse un jour aller voir ailleurs, mais là, elle se met à douter. Après tout, cela faisait des années qu'ils n'avaient plus de relations sexuelles. *Mais un homme reste un homme*, pense-t-elle. Elle accepterait volontiers qu'il la trompe à l'occasion, mais pas qu'il s'amourache d'une autre. Que deviendrait-elle alors ? Soudain, son visage s'éclaire, l'amour qu'il lui portait ne pouvait être tout à fait mort. Elle secoue sa voluptueuse chevelure en imaginant qu'il lui suffisait de le séduire à nouveau. Elle réfléchit, le mettre à ses genoux allait lui prendre un peu de temps, une semaine ou deux, pas davantage. En relâchant son peignoir, dénudant ainsi une partie de sa poitrine, elle sourit. Consternée, elle s'aperçoit que Bernard demeure impassible. À cet instant, elle réalise que sa reconquête va être bien plus difficile qu'elle ne l'avait imaginée. Les yeux fixés sur les flammes, il semble ailleurs. Elle sent obscurément qu'il ne l'aime plus et en éprouve une sorte de souffrance diffuse. Elle a l'impression que, lui qui avait toujours été là pour elle, ne le serait plus jamais. D'un pas lent, il se dirige vers la porte, et la referme doucement derrière lui. Dans deux jours c'est Noël, fête de la famille, et la sienne a depuis longtemps volé en éclat. Paola n'a même pas décoré la maison. Comme les autres années, ce serait Alexandra et lui qui s'en chargeraient. Il se promet d'aller acheter avec elle un beau sapin, le plus grand et le plus beau possible.

XIV

Le hasard d'une rencontre

Il fait beau sur Paris. Le froid est piquant, mais vivifiant. Bernard rajuste l'écharpe d'Alexandra qui glisse sur son épaule. Elle sourit. Ils viennent tout juste de sortir du cabinet de Rodolphe Meyer et Bernard est content. Non seulement il l'a trouvé compétent, mais il a constaté qu'il savait s'y prendre avec les enfants. C'est la première fois qu'il a senti Alexandra en confiance avec un médecin. Elle a même ri à plusieurs reprises. Cet homme a quelque chose d'infiniment chaleureux qui fait mentir tous les clichés que l'on peut avoir sur les psychiatres. Il se dégage de lui une telle impression de force qu'il en est rassurant. Par ailleurs, on le sent foncièrement bienveillant. D'une voix douce mais ferme, guettant leur réaction, il a précisé que pour les prochains rendez-vous, il recevrait Alexandra en tête à tête. Comprenant la nécessité pour le psychiatre qu'il soit seul avec elle, Bernard n'a pas bronché. Celle-ci s'est simplement retournée vers lui en murmurant.

– Ça ira pour toi, papa ?

Bernard a répondu un oui sonore, ce qui a provoqué un petit sourire amusé chez Rodolphe Meyer.

Bernard plisse les yeux. Des rides imperceptibles griffent le coin de ses paupières. Il est fatigué. Anxieux, il avait mal dormi la veille, le regard fixé sans cesse sur le réveil, de peur de ne pas l'entendre sonner. Il s'était levé tôt, et ensuite n'était pas parvenu à se reposer dans le train, sollicité par Alexandra, qui lui parlait de choses et d'autres. Il l'écoutait à peine, se laissant bercer par la douceur de sa voix.

Il lui jette un coup d'œil affectueux. Elle avance à ses côtés, détendue, rayonnante. Elle qui d'habitude marchait sur la pointe des pieds comme si elle avait peur de déranger, appuie davantage son pied sur le sol. Son pas est léger, mais paraît plus sûr. C'est un signe anodin, mais le regard de père de Bernard y est sensible. Alexandra baisse encore la tête, mais il est convaincu qu'après quelques séances, Meyer va l'aider à se forger une solide confiance en elle. Jamais il ne l'a senti aussi heureuse. Il l'a vue tellement triste et mélancolique qu'il savoure sa gaieté, en louant le ciel d'avoir mis sur sa route le docteur Meyer. Grâce à lui, l'espoir que sa fille retrouve la normalité renaît. À l'entendre, dans quelques années, l'anorexie dont elle souffre aujourd'hui ne serait plus qu'un mauvais souvenir. Il se félicite de l'avoir retirée des griffes des médecins de l'hôpital de Dijon. Non seulement ils la gavaient comme une oie, sans que ça ne donne aucun résultat, une fois revenue à la maison, elle perdait les quelques kilos qu'elle avait pris à l'hôpital, mais sur le plan psychologique, elle régressait. Elle culpabilisait et s'enfermait dans un inexorable silence. On aurait dit qu'elle passait son temps à s'excuser d'exister. Elle se rongeait les ongles jusqu'au sang et plusieurs fois, il avait trouvé sur ses bras des traces de scarifications. Lorsqu'elle sortait, elle enfonçait sa tête dans ses épaules dans l'optique de passer inaperçue. Cette façon de se recroqueviller comme un petit chien battu l'exaspérait. Elle avait aussi un regard vide. On ne voyait que les cernes qui entouraient ses yeux, gris, ce qui lui donnait un air morbide. On l'aurait dit tout droit sortie d'une tombe.

Voilà qu'elle le tire par la manche.

– Papa, j'ai envie d'une brioche. Je sens comme une odeur de cannelle.

Bernard la contemple, ébahi. Il respire, ne sent rien, mais pour un peu, exploserait de joie. La demande d'Alexandra lui paraît miraculeuse. Jamais Alexandra n'avait exprimé le moindre désir de manger. Ému, Bernard lui adresse un clin d'œil complice.

– Au bout de la rue, il y a un salon de thé. On y va.

– En avant, papa !

Cinq minutes plus tard, Bernard regarde avec ravissement Alexandra tourner sa cuillère dans son chocolat chaud nappé d'une crème chantilly onctueuse, et y plonger une petite brioche au sucre. Il a espéré si longtemps qu'elle retrouve l'appétit, que la voir manger avec plaisir lui donne la chair de poule. Il la trouve belle et pleine de vie. *Dix kilos de plus et elle serait magnifique*, songe-t-il.

Il prend une profonde inspiration, puis s'exclame :

– Je crois qu'on est enfin tombé sur le bon médecin !

Alexandra acquiesce.

– Oui j'en suis sûr, merci, papa.

Bernard lui caresse la joue droite du bout des doigts.

–Depuis quelques jours, j'ai l'impression qu'indépendamment du docteur Meyer, ça va mieux ?

Alexandra plisse les yeux.

– Tu as raison papa, en tout cas, je n'ai jamais eu autant envie de guérir.

La bouche d'Alexandra s'arrondit, elle est prête à ajouter quelque chose, mais finalement se tait. Bernard ne le remarque pas. En jetant un coup d'œil furtif à la vitrine de la devanture, son attention est attirée par une silhouette, silhouette qui lui est familière. Ses yeux s'écarquillent : plus jolie que jamais, plus souriante qu'à l'ordinaire Mathilde Dalager avance au bras... et là, Bernard est si surpris qu'il avale de travers un morceau de brioche. Au bras de Rodolphe Meyer ! Il tousse bruyamment.

– Papa, tu manges trop vite, murmure Alexandra en l'enveloppant d'un regard affectueux.

Bernard gratifie sa fille d'un beau sourire. Sentir qu'elle s'inquiète pour lui le touche infiniment. À sa place, Paola aurait haussé les épaules en détournant les yeux. Quelle chance pour lui qu'elle n'ait pas hérité de l'arrogance méprisante de sa mère ! Si Paola avait fait d'elle sa copie conforme, comme il se sentirait seul aujourd'hui ! En réalité, sa fille se montrait toujours délicate et attentionnée, et ce, avec tout le monde, même avec Paola, qui était trop centrée sur elle-même pour s'en apercevoir. Ce qu'il vient de découvrir envahit à nouveau son esprit. Il revoit le visage de Rodolphe Meyer penché vers celui de Mathilde Dalager. Comme ils avaient l'air heureux. Il comprend mieux pourquoi le psychiatre, après avoir souligné qu'il y avait fait ses études, avait presque clamé son amour pour Dijon, ce que Bernard avait trouvé étrangement théâtral. Pour Meyer, Dijon, c'était un peu de Mathilde. Au bras du sémillant médecin, cette dernière, si hautaine et si froide, semblait transformée. Un large sourire affleure sur ses lèvres. *Contrairement à Paola qui continue désespérément à aimer cet imbécile d'Antoine, Mathilde a fini par ouvrir les yeux*, constate-t-il. Il se demande comment les deux amants se sont connus et depuis combien de temps dure leur relation. Il se concentre. Devant ses yeux dansent les mains de Meyer. La main droite qui rédigeait l'ordonnance, la main gauche qui tenait la feuille. À l'annulaire, une alliance en or blanc signalait qu'il était marié. Une aventure donc ! *Rien qu'une aventure ?* réfléchit-il. *Avenant, sécurisant, Rodolphe Meyer a bien le profil d'un homme à femmes*, remarque-t-il.

Il sent sur lui se poser le regard étonné d'Alexandra. Lentement, elle cale une mèche de cheveux derrière ses oreilles, signe qu'elle est inquiète.

– Ça va, papa ?

Bernard acquiesce.

– Bien sûr, mon cœur.

– Tu as vu l'aquarelle qui se trouve dans le bureau du docteur ? Je suis certaine qu'elle représente le vignoble de Chassagne-Montrachet. C'est curieux, n'est-ce pas ?

La mémoire de Bernard s'active. Sur le coup, il n'y avait pas prêté attention, mais c'était effectivement des vignes de Chassagne, et pas n'importe lesquelles, celles des Dalager. La signature du peintre, fine et dansante, était celle de Mathilde. Il en conclut aussitôt que ce n'est pas une simple passade. Rodolphe aime Mathilde. D'ailleurs, en y réfléchissant, celle-ci, exceptionnellement belle, mais un rien austère, n'est pas le type de femme qu'on prend pour maîtresse, non, c'est le style de femme dont on tombe amoureux.

Il se souvient soudain que Meyer avait mentionné au téléphone qu'il avait vécu en Bourgogne. S'agissait-il d'un amour ancien qui avait refait surface ?

– Oh ! Papa, je suis bien certaine que tu n'avais même pas reconnu Chassagne, le gronde gentiment Alexandra.

Bernard hausse les épaules en se réjouissant qu'elle n'ait pas aperçu Mathilde Dalager avec Meyer. Si elle l'avait vu, cela aurait probablement réduit la confiance qu'elle avait en lui. Les adolescents sont si idéalistes quand il s'agit d'amour. Alexandra était au courant de la liaison qu'entretenait sa mère avec Antoine Dalager. Bernard n'avait jamais eu le courage de lui en parler, mais il le voyait dans ses yeux. Peut-être un jour lui reprocherait-elle de les avoir fermés, et elle aurait raison. Il se promet de se rendre chez le notaire au plus vite.

Il la regarde avec bienveillance. Elle baisse la tête, navrée. Bernard connaît trop bien cette expression. Elle n'a plus faim et n'arrive pas à terminer son chocolat.

– Ne te force pas, Alex. Tu as déjà mangé ta brioche, ce qui est formidable.

Alexandra se lève et pointe son index en avant comme

quand elle était petite.

– C'est parti, papa !

Bras dessus, bras dessous, le père et la fille quittent le salon de thé plus joyeux que jamais. Leur soirée, ponctuée des éclats de rire d'Alexandra, apparaît merveilleuse à Bernard. Elle appartient à ces moments privilégiés qu'on voudrait voir durer pour l'éternité. Bernard est si content qu'il propose à Alexandra de prolonger d'une journée leur séjour, mais celle-ci rétorque qu'elle a école dès lundi matin et qu'il est impératif qu'ils rentrent dimanche soir.

– Te voilà bien sérieuse, tout à coup, tu es certaine que c'est à cause du lycée, Alex ? plaisante Bernard.

Alexandra se met à rougir violemment.

– Ma fille a un amoureux, claironne Bernard.

– Ça se pourrait, papa, murmure Alexandra.

– Voyez-vous ça ?

– Il est beau et très drôle. Il dit que je suis différente des autres et que si je me remplumais un peu, je serais canon.

Les joues d'Alexandra s'empourprent encore.

– Même comme ça, il me trouve jolie.

– Mais tu l'es, ma chérie.

– Pas autant que maman.

– Oh ! mais si.

Alexandra fait la moue.

– Maman aurait voulu une fille moins terne que moi.

Bernard perçoit de la tristesse dans sa voix, ce qui le trouble. Quitter Paola lui semble impératif.

– Alex, tu as des traits plus fins que ta mère, tu ressembles à ma grand-mère, elle était très belle et puis, tu es une toute jeune femme. Ce n'est qu'à l'âge adulte que les femmes rayonnent.

Alexandra lève les yeux au ciel, manifestement pas convaincue.

– Il s'appelle comment, ce phénomène ? questionne alors Bernard.

– Je préfère attendre avant de te dire.

– C'est une histoire sérieuse ? poursuit-il tout sourire.

Alexandra papillonne des cils.

– Je crois, papa.

Il lui adresse un clin d'œil complice.

– C'est un garçon de ta classe ? De ton lycée ?

– Non, répond-elle, rouge d'émotion.

Bernard sent qu'Alexandra ne veut plus en parler, aussi n'insiste-t-il pas. *À part à l'école, Alexandra sortant bien peu, où a-t-elle pu rencontrer un jeune homme ?* se demande-t-il. C'est sans doute le frère d'une amie, mais elle en a si peu, à moins qu'il ne soit de Chassagne. Tous les samedis, elle s'en va à vélo et elle revient toujours comme rassérénée. Lui qui croyait que c'était l'air vivifiant de la campagne !

Le lendemain, Bernard et Alexandra se sont encore rapprochés. Ils ne sont plus à l'heure des confidences, mais à celle du bonheur partagé. Bernard a emmené sa fille visiter le Louvre. Il est ému de l'entendre lire à voix haute les explications données sous les œuvres qui l'intéressent. Lors de leur escapade à l'étranger, elle avait du mal à sortir de ses pensées et à s'ouvrir à l'extérieur. Là, elle paraît avide de tout. Il la voit avec amusement se planter devant la Joconde, perplexe.

– Papa, elle a le même sourire que la boulangère de Puligny.

– Oui, en plus grave, ajoute-t-il.

Son regard glisse sur sa montre.

– Ma chérie, il va falloir qu'on s'en aille si on ne veut pas rater notre train.

– C'est dommage !

Devant ce regret, Bernard réitère sa proposition de rester à Paris une journée de plus, mais Alexandra s'y refuse une nouvelle fois.

– D'habitude, ce sont les enfants qui ont envie d'école buissonnière, le gronde-t-elle, en lui faisant les gros yeux.

Alexandra lui passe une main sous le bras et ils quittent le Louvre ainsi, presque collés l'un à l'autre. Bernard en conclut qu'elle tient beaucoup à son amoureux et qu'il va falloir se montrer vigilant. Elle est si fragile et les amours adolescentes durent si peu.

À la gare, ils s'amusent encore sur le quai. Bernard fredonne de vieilles chansons des Beatles, Alexandra esquisse des pas de danse devant lui, heureuse, sans se soucier du regard des gens. Quand le train arrive, elle grimpe ses marches joyeusement. Bernard pose les yeux sur ses chevilles, elles lui paraissent si fines qu'il a comme un coup au cœur. Il se promet une nouvelle fois de tout faire pour qu'elle guérisse. Une fois assise à sa place, elle sort ses devoirs.

– Eh oui, papa, ce n'est pas le tout de m'emmener en weekend, maintenant il va falloir m'aider, j'ai un exercice de maths à rendre demain.

Il acquiesce, et les voilà tous les deux empêtrés dans les équations.

C'est alors que derrière eux, un jeune homme les interpelle.

– Je suis étudiant en biologie et pas mauvais en maths, passez-moi votre problème.

Le livre de maths change de main. Le jeune homme griffonne, explique, commente et moins d'une demi-heure plus tard, Alexandra peut recopier son devoir sur une page double. Bernard jette un œil sur l'écriture de sa fille, elle est comme elle, légère, minuscule, prenant le moins de place possible dans la feuille. Alexandra lui adresse un clin d'œil complice.

– Pour une fois, j'aurai peut-être une bonne note !

– Je puis te l'assurer, claironne derrière eux l'étudiant en biologie.

Bernard lui propose aussitôt :

– Laissez-nous votre numéro de téléphone, on vous dira ça.

L'étudiant lui glisse une carte de visite.

– C'est celle de mes parents.

Bernard lit.

– Jean-Pierre Morelli, 2 rue Garibaldi, avocat, Dijon.

Bernard la dépose immédiatement dans son portefeuille. Il est certain d'avoir déjà entendu ce nom. Sa mémoire s'active. *Mais oui, c'est l'avocat qui s'est occupé du divorce du père Roger, mon maître de chai*, réfléchit-il en se souvenant qu'il en était fort satisfait. Cela réveille chez lui son propre désir de divorcer. Il ferme les poings, bien décidé à l'appeler la semaine prochaine. Pensif, il anticipe déjà toutes les conséquences de sa séparation avec Paola.

Alexandra le tire par la manche.

– Regarde papa, on va bientôt arriver.

Dix minutes plus tard, ils sont sur le quai. L'étudiant les salue et disparaît en riant.

Bernard aperçoit alors les frères Dalager venus chercher leur mère qui a dû prendre le même train qu'eux. Dans sa tête se dessinent les silhouettes de Rodolphe Meyer et de Mathilde Dalager main dans la main, à Paris. Il fixe Gabriel. *Il ressemble à sa mère, mais également à Jean*, songe-t-il. *Il a la même allure, fière et décidée. À ses côtés, Rémi est tout le portrait d'Antoine, en plus beau et plus racé. Ce gamin a tout de l'ado en révolte. Dire qu'il lui a descendu au moins déjà cinq vitres. Comment en vouloir à ce gosse qui exprime ainsi sa colère contre la relation qu'entretient son père avec Paola ?* Si Gabriel le salue d'un mouvement de tête, Rémi se contente de le regarder avec dédain. *Ce gamin me méprise pour avoir accepté la trahison de Paola*, pense Bernard, ce qui renforce son envie d'aller voir l'avocat. *Mettre Paola dehors, c'est retrouver la considération des gens du village et celle sans doute de ce petit morveux.*

– On se dépêche papa, le presse Alexandra.

Bernard la sent déconcertée. Il lla dévisage. Elle est

rouge comme une pivoine. L'un des fils Dalager la troublerait-elle ? En se rappelant des mots qu'elle a prononcés au sujet de son amoureux, il est beau, rassurant, il en déduit qu'il pourrait s'agir de Gabriel. Étudiant en médecine, doux et prévenant, il a tout pour susciter les fantasmes d'une toute jeune fille. Seulement, il a au moins vingt ans. Non ce n'est pas possible, à cause de la liaison de sa mère avec leur père, Alexandra ne s'y aventurerait certainement pas. Bernard presse l'allure. Il ne voit pas les yeux de Rémi braqués sur lui.

Ce dernier n'en revient pas, ainsi, la fille faon est la fille des Noël. Le puzzle s'assemble dans son esprit. Cette ridicule histoire de Roméo et Juliette prend du sens. Tout ce qu'elle lui a confié au sujet de sa mère, indifférente, dure, sans tendresse, aurait dû éveiller ses soupçons. Pourquoi ne lui a-t-elle pas dit la vérité ? Elle savait qui il était. Il se sent trahi.

– Ça va, mon petit diable ? le questionne Mathilde, en lui caressant la joue.

Rémi hausse les épaules.

– Ouais.

– Bon, direction Chassagne ! clame Gabriel en prenant la valise des mains de sa mère.

Pour ne pas être en reste, Rémi se saisit de son grand sac.

Dans la voiture, Mathilde parle de la réussite de son exposition, de la vente de plusieurs de ses toiles. Elle et Gabriel se lancent dans une conversation passionnée sur les différentes manières d'aborder l'art. Derrière, Rémi, les bras croisés, se tait.

– Tu fais la gueule ? demande alors Gabriel qui l'observe dans le rétroviseur.

Comme Rémi ne lui répond pas, il ouvre la boîte à gant.

– Tiens, les fils du maire m'ont donné ça pour toi, dit-il en lui tendant une grande enveloppe kraft.

Rémi s'en saisit vivement. À l'intérieur, il découvre une photographie de mariage, ce style de clichés ridicules où les gens sont rangés les uns derrière les autres comme sur une photo de classe. Au troisième rang, Rémi reconnaît aussitôt Alexandra. Habillée en violet, les cheveux serrés dans un chignon qui lui va mal, le regard tourné vers la gauche, elle a l'air ailleurs. Au deuxième rang, la mère Noël, dans une robe rouge au profond décolleté, maquillée à outrance comme à son ordinaire, grimace. À côté d'elle, le père d'Alexandra esquisse un sourire un peu contraint. D'un geste brusque, Rémi remet la photo dans l'enveloppe et la pose la plus loin possible de lui. Arrivé à Chassagne, il monte quatre à quatre les escaliers et va s'enfermer dans sa chambre. Cinq minutes plus tard, Gabriel frappe à sa porte.

– Tu viens manger ?

– Je n'ai pas faim.

– S'il te plaît, il faut qu'on discute.

En ronchonnant, Rémi entrouvre la porte.

Gabriel lui tend l'enveloppe.

– Tu l'as oubliée dans la voiture, gros malin. Tu as de la chance que ce soit moi qui l'aie trouvée.

– C'est pas tes affaires, t'avais pas le droit de...

Son grand frère l'interrompt en riant.

– Idiot, tu as mal refermé l'enveloppe et la photo est tombée. De toute façon, je le savais pour la fille Noël, je vous ai doublés, il y a une quinzaine de jours. Vous faisiez une balade, à vélo.

Rémi écarquille les yeux d'étonnement.

– Je ne savais pas que c'était la fille Noël.

C'est au tour de l'aîné d'être surpris.

– Ah bon ? Tu te promènes avec une fille dont tu ne connais pas le nom, toi ?

– Ben oui et si je l'avais su, je ne l'aurais pas fait.

Puis il ajoute :

– Tu te rends compte, c'est horrible ! Sa mère couche avec notre père.

Gabriel opine du menton.

– Ça dure depuis des années et toi depuis quelque temps pour te venger, tu dégages les vitres des Noël, et tu ne prends même pas la peine de vérifier que tu sors avec leur fille. Ah quoi ça te sert de jouer les Thierry la Fronde et les Roméo ?

– Pour les vitres, c'est pour protéger l'honneur de maman. C'est mieux que d'être faux-cul comme toi, qui fais semblant de ne rien voir, revendique Rémi. Pour le reste, c'est une erreur.

– Maman ne t'a rien demandé, que je sache. Ne te mêle pas de leurs histoires d'adultes. Notre père tient trop à ses vignes pour partir avec la mère Noël, dis-toi bien ça, soupire l'aîné en regardant son frère avec bienveillance.

– Ce ne sont pas les vignes mais maman qu'il devrait aimer, rétorque l'adolescent.

Gabriel pointe son index dans sa direction.

– Grandis un peu et tu verras que les « devrait » ne sont pas toujours compatibles avec ce qui se passe réellement.

Comme pour braver Gabriel, il lance :

– Je crois que j'ai la fille Noël dans la peau. T'en dis quoi ?

– Que tu as quinze ans !

– Ah ! et c'est tout !

Son frère se frotte le menton.

– Si c'était sérieux, ça foutrait le bordel, mais à ton âge, les amourettes ne durent jamais bien longtemps.

Rémi inspire profondément.

– Elle et moi, c'est pas une amourette, mais je crois qu'il ne faut plus que je la revoie.

Gabriel sourit.

– Ma foi, si tu le dis.

– Tu ferais quoi, toi, à ma place ?

– Mais justement, je ne suis pas à ta place. Fais comme tu le sens. Pour l'instant, viens manger, sinon maman va s'inquiéter.

– De toute façon, tu ne peux pas me conseiller, tu n'as jamais été amoureux, tu ne sais pas ce que c'est. Tu ne penses qu'à ta médecine.

– C'est préférable, si je veux réussir mes examens. Les filles, ça prend trop la tête, tu vois.

Gabriel donne une accolade à son frère et ils descendent ensemble les escaliers en riant.

XV

Les larmes et le sourire d'Alexandra

Alexandra roule à vive allure, pressée de rentrer chez elle. Le vent fait voler ses cheveux, les éparpillant comme un éventail autour de son visage. Elle freine, s'arrête, cherche un élastique dans sa poche et les attache fermement. Elle lance un coup d'œil rapide au ciel, des gros nuages tout cotonneux s'y bousculent. L'air est humide. Il va bientôt neiger. Elle fronce les sourcils. Au loin, elle aperçoit un autre cycliste. Son cœur se met à battre à tout rompre. En le voyant arriver, elle le reconnaît. C'est Manu, l'un des fils du maire. Bien qu'elle le préfère à son frère, elle ne l'apprécie guère. Ses cheveux roux, son visage constellé de taches de rousseur, son nez pointu le font ressembler à un renard. Comme l'animal, il a toujours les yeux aux aguets. On le sent malin, beaucoup plus malin que son lourdaud de frère, mais sournois. Elle se dépêche, remonte sur son vélo et s'en va, sans se retourner. Une sonnette retentit à ses oreilles. Elle se déporte à droite de la route pour laisser passer celui qui en train de la doubler. Se croyant rattrapée par Manu, elle baisse les yeux pour ne pas avoir à lui dire bonjour. Lorsqu'elle les relève, elle s'aperçoit qu'il s'agit de l'abbé du village. Sa soutane noire dansant autour de lui, il avance avec une incroyable énergie. De loin, on pourrait le confondre avec une sorte de montgolfière sur roue. Si elle n'était pas si triste, Alexandra en aurait ri. Le brouillard dépose sur elle son voile humide. Elle frissonne, relève la tête, les yeux fixés sur les haillons de brume qui s'étalent devant elle.

Lorsqu'elle arrive chez elle, le portail est ouvert. Son père n'est pas encore rentré. Tant mieux, il aurait fallu jouer les filles heureuses afin qu'il ne s'inquiète pas. Elle range son vélo dans le garage. D'un geste vif, elle dénoue ses cheveux et s'ébroue comme un jeune chien. Elle aperçoit une lumière à la fenêtre du salon. Sa mère est là. Alexandra n'a pas envie de la voir, et encore moins de lui parler, aussi évite-t-elle de faire du bruit en ouvrant la porte. Elle se défait rapidement de sa doudoune, de ses chaussures et gravit les escaliers sur la pointe des pieds. Une fois parvenue dans sa chambre, elle s'assoit sur son lit et se met à pleurer en silence, les épaules agitées de spasmes, les mains sur les genoux. Elle avait tellement espéré que Rémi viendrait à leur rendez-vous qu'elle avait attendu presque une heure. Debout face à l'église, elle était restée si longtemps immobile qu'elle avait pris froid. L'air était si oppressant, si humide.

Elle tousse. Elle prend une profonde inspiration et peigne sa longue chevelure rousse. Ce geste l'apaise. Ses yeux commencent à la piquer. Son mascara coule le long de ses joues laissant de grandes traces noires. Lorsqu'il avait compris qui elle était, Rémi s'était carapaté. Il s'était peut-être imaginé qu'elle s'était moquée de lui. Elle revoit son regard à la gare. Son expression, de l'étonnement avec une pointe de colère. Elle en était si triste qu'elle se souvient en avoir frissonné. Il était blême. Elle avait serré très fort ses poings dans ses poches pour ne pas éclater en sanglots devant lui, puis s'était mordu la lèvre. Jamais elle n'avait marché aussi droit. Son père, heureusement, ne s'était aperçu de rien. *Comment réagirait-il s'il savait que je suis amoureuse du fils de l'amant de sa femme ?* se demande-t-elle soudain. *Sans doute le vivrait-il comme une damnation.*

Elle retire son pull et se frictionne la poitrine de pommade Vicks. Cette odeur lui rappelle sa grand-mère. Chaque hiver, à chaque rhume, elle l'en badigeonnait, en récitant des bénédictions en italien, ce qui avait le don d'agacer sa mère, qui levait les bras au ciel, en hurlant que c'était là des remèdes de vieille femme. « Ça dure huit jours et basta », rajoutait-elle en haussant les épaules. Le visage de sa grand-mère flotte dans sa tête. Avec son nez trop grand, son menton en pointe, ses lèvres fines, ses yeux tombants, ses cheveux gris rassemblés en un maigre chignon, sa peau lacérée de rides sèches, profondes, elle n'était pas belle, et n'avait sans doute jamais dû l'être, mais il émanait d'elle une grande sérénité et beaucoup de bienveillance. Elle lui avait appris à jouer aux cartes, aux petits chevaux, au rami et lui avait donné le goût des tartes aux pommes, du chocolat noir et des framboises saupoudrées de sucre de glace. Alexandra revoit ses mains, usées, crispées, calleuses, elle avait les mains de celles qui ont travaillé dur toute leur vie. Au contraire de sa mère, discrète, elle parlait peu, mais toujours à propos. Elle s'habillait tout le temps en noir, ce qui lui donnait un air d'éternelle veuve. Quelques jours avant sa mort, elle avait entouré son cou d'une fine écharpe bleu clair, seule note de couleur de sa tenue. Celle-ci lui avait été offerte par son père. Alexandra fronce les sourcils. En réalité, sa grand-mère s'entendait mieux avec son gendre qu'avec sa propre fille. Elle soupire, elle n'avait pas eu la chance de connaître ses grands-parents paternels. Son grand-père était mort pendant la guerre, et sa grand-mère peu de temps après la Libération. Elle se demandait s'ils auraient été agréables avec elle. En observant leurs portraits dans les albums photos de son père, elle leur avait trouvé un air bien revêche.

Alexandra replace une mèche de cheveux derrière ses oreilles, réfléchit. Jusqu'à présent, elle n'avait jamais réalisé que c'était après la mort de sa grand-mère que l'anorexie avait commencé à pointer le bout de son nez. Son absence à ses côtés l'avait projetée dans un face-à-face direct avec sa mère. Sa mère, qu'elle n'arrivait jamais à satisfaire quoiqu'elle fasse et qui ne lui manifestait jamais la moindre affection. Alexandra tremble. Elle a chaud. Le miroir de la salle de bain lui renvoie d'elle l'image d'une fille triste et fragile. Elle se trouve laide. Elle a envie de se griffer le visage avec ses ongles, mais se retient. Les pommettes de ses joues sont si rouges, qu'on dirait qu'elle a trop bu. Son front est brûlant. Des perles de sueur suintent sur le bas de son menton. Elle essaie de contenir le haut-le-cœur qui lui tort la bouche, détourne la tête dans un geste d'impuissance et les doigts enfoncés jusqu'à sa gorge s'en va aux toilettes vomir tout son saoul. Elle reste ensuite assise par terre, les bras repliés sur ses genoux et pleure sans bruit. Des larmes coulent le long de son nez. Du bout de sa langue, elle en avale quelques-unes. Leur goût salé se répand dans son palais. Alexandra se ratatine encore puis fixe ses yeux sur le plafond. Elle a un léger hoquet et tressaille. C'était plus fort qu'elle. Elle ne pouvait s'empêcher de penser à Rémi et à la place qu'il s'était si vite appropriée dans sa vie. Une chose lui semble certaine, son absence lui est insupportable. Intenable. Sans Rémi, elle est persuadée qu'elle va retrouver ses démons. La confiance qu'elle a ressentie ces derniers jours, grâce à lui, commence déjà à s'atténuer. Certes, elle pourrait aller jeter sa douleur et sa souffrance à la face de son psychiatre, Rodolphe Meyer. Elle était certaine qu'il allait l'aider, mais rien ne pourrait remplacer le rire de Rémi, la désinvolture de Rémi, la simplicité vivifiante de Rémi, rien. Elle se relève, s'en va d'un pas lent dans sa chambre, se déshabille et se glisse nue sous ses draps. Leur parfum, un mélange de vanille et de lavande la rassure. Bientôt elle s'endort, en boule, comme une jeune enfant.

Une heure plus tard, elle se réveille sous les yeux inquiets de son père.

– J'ai un gros rhume papa, je suis fatiguée, chuchote-t-elle, n'osant pas lui dire qu'elle s'était fait vomir.

Elle ne l'avait pas fait depuis des mois et elle trouvait inutile de l'alerter.

Il lui tend un bol de soupe. Elle voit que son père a pris soin de mouliner tous les légumes, ce qui la bouleverse. Elle n'a pas faim, sa bouche est encore pâteuse, mais elle fait l'effort de la prendre et d'en boire quelques gorgées. Le liquide glisse dans son palais, fluide et chaud, ce qui n'est pas désagréable. Elle se redresse et se cale sur ses oreillers.

En souriant, Bernard appuie son index sur son front.

– La prochaine fois que je t'emmènerai à Paris, on ira voir Versailles.

Alexandra fait oui de la tête et écoute son père lui dire qu'elle aime marcher sur les pas de la reine Marie-Antoinette qui, comme elle, était proche de la nature. Elle a envie de lui rétorquer que lui donner comme exemple une souveraine décapitée n'a rien de réjouissant, mais émue par les efforts qu'il fait pour elle, pose sa main sur la sienne.

– C'est gentil, papa.

Elle se rappelle qu'il lui lisait beaucoup de contes quand elle était petite, et là, la percevant inquiète, ne sachant comment répondre à son tourment, il avait gardé le même réflexe. Raconter des histoires, l'emmener loin de son quotidien était le seul moyen qu'il avait trouvé pour l'aider à être heureuse.

Jamais sa mère ne s'était donné la peine de lui lire quoi que ce soit. Elle s'était toujours montrée impatiente, agacée et sans indulgence, pointant du doigt la moindre de ses erreurs. Les « Tu n'es bonne à rien », « Tu es moche à faire déguerpir un régiment de zouaves » qu'elle lui serinait, la désemparaient. Aujourd'hui, elle affichait une indifférence froide, se moquant éperdument de ce qu'elle pouvait éprouver. Elle prononçait le mot anorexie avec affectation, n'hésitant pas à souligner qu'elle considérait cette maladie comme une sorte de faiblesse de caractère. Chaque jour, elle l'abreuvait de remarques acerbes.

– Ma pauvre Alexandra, secoue-toi donc un peu, à quoi bon aller voir un psychiatre si tu ne bouges pas, ne cesse-t-elle de lui rabâcher, depuis leur retour de Paris.

Elle n'a même pas pris la peine de savoir qui me soigne et ce qu'il préconise, déplore la jeune fille en terminant sagement son potage. Elle finirait par trouver intéressant leurs weekends à Paris et s'organiserait pour voir son amant, ces jours-là, aussi. Comment avait-elle pu préférer le père de Rémi à son père ? Certes, il était plus jeune, plus beau peut-être, mais tellement moins aimant, moins vrai que son père. Il puait l'égoïsme ce type, la preuve, il n'avait pas eu le courage de tout plaquer pour elle. Elle cligne des yeux. Pourquoi son père avait accepté d'être trahi ainsi pendant toutes ces années, n'est-ce pas là une forme de lâcheté ? Imaginer son père lâche la déconcerte. *Il devait aimer ma mère passionnément et il en a payé le prix, tout simplement*, réfléchit-elle en se disant qu'elle n'avait pas le droit de le juger. *Pour moi, il a été un père merveilleux et a toujours été là quand j'en avais besoin. Sans lui, ma mère aurait fait et ferait de ma vie un enfer*, constate-t-elle.

– Ne t'en fais pas papa, ça ira mieux demain, le rassure-t-elle.

Bernard lui caresse la joue du bout des doigts.

– J'espère bien.

Il l'embrasse sur les deux joues.

– Repose-toi bien.

Sur le pas de la porte, il lui adresse un clin d'œil complice et lance :

– Tu es une Noël et les Noël sont des courageux qui ne baissent pas les bras.

Cette phrase résonne dans la tête d'Alexandra. Pourquoi se laisserait-elle aller ? Rien ne l'obligeait à se résigner et à accepter la fuite de Rémi, rien.

Elle saute aussitôt du lit. D'un pas assuré, elle se dirige vers sa salle de bain, prend une douche chaude, vivifiante. Elle ouvre son placard, choisit son plus joli pull, enfile son jean. Elle se brosse énergiquement les cheveux, les attachent, puis elle se maquille, un léger trait d'eyeliner sur ses paupières, du mascara sur ses cils, du brillant sur ses lèvres et le tour est joué. Elle jette un regard furtif au miroir. *Pas si mal, pas si mal, pas si mal*, répète-t-elle, comme pour se rassurer. Elle fixe sa montre à son poignet, il est 19 h 30. Dehors il fait sombre, peu importe. Doucement, elle quitte sa chambre, s'engouffre dans l'escalier, se saisit de son anorak, enroule son foulard autour de son cou, et sort de chez elle, sans que ses parents ne s'en aperçoivent.

Elle reprend son vélo et s'en va. Connaissant la route par cœur, l'obscurité ne lui fait pas peur. Elle avance joyeusement, essuie d'un revers de main les flocons de neige qui tombent sur ses joues, et contemple avec amusement la lune qui glisse à travers les arbres. Tout est si silencieux autour d'elle qu'elle s'entend pédaler. C'est un bruit régulier et sourd, un bruit qui ressemble à celui d'une pendule. Elle ne rencontre personne. Seul un chien, sorti d'un champ, aboie à son passage et la poursuit pendant quelques mètres, ce qui l'incite à accélérer. En moins de dix minutes, la voilà arrivée devant le domaine des Dalager. Après avoir freiné, elle descend de son vélo calmement. Le tenant à la main, elle avance dans l'allée, une grande allée bordée d'arbres. Au bout de celle-ci se dresse une belle bâtisse ancienne, entièrement en pierres. Son toit en tuiles, ses grandes fenêtres, le lierre qui court sur sa façade lui donnent une aura romantique. Sa large extension sur la droite, plus moderne, reste malgré tout en harmonie avec le corps principal. Alexandra trouve l'ensemble majestueux. *Un véritable paysage d'aquarelle*, soupire-t-elle, fascinée. *Ce lieu à quelque chose d'envoûtant*, songe-t-elle en faisant le tour de la maison. Par son amie Lilou, souvent reçue chez les Dalager, elle sait que la chambre de Rémi se trouve côté jardin, au premier étage de l'extension. En voyant une lumière filtrer à travers les volets, elle sourit, puis sort de sa poche la fronde que lui avait fabriquée Rémi il y a quelque temps. Elle y place une pierre, fait une lancée. La pierre heurte un volet. Alexandra recommence une fois, deux fois, trois fois... Finalement, Rémi finit par apparaître à la fenêtre.

– Qui est là ? demande-t-il en scrutant la nuit.

– C'est Alexandra, tu crois qu'il n'y a que toi qui sais te servir d'une fronde ?

Il hausse les épaules.

– Descends, Dalager, qu'on discute.

– J'arrive, accepte-t-il en refermant les volets.

Cinq minutes plus tard, il la rejoint.

– Tu vas prendre froid, dit-il en hochant la tête.

Alexandra rit, puis, prenant un air plus grave, lui explique sa peur de lui révéler son identité.

– Si tu avais su tout de suite qui j'étais, tu ne m'aurais jamais parlé.

Le jeune homme acquiesce.

Elle lui avoue qu'elle le connaissait depuis longtemps. Elle l'avait vu à plusieurs reprises à l'église avec ses parents.

– Seulement, tu n'as jamais daigné me regarder, et puis, quand j'étais petite, j'étais plus grosse qu'une meule de comté.

Cette remarque amuse Rémi. Il aime son humour, sa façon si particulière de tout tourner en dérision. Jamais il n'a rencontré une fille comme elle. D'habitude, ce sont les moches qui sont marrantes, c'est une manière pour elles d'attirer l'attention, mais Alexandra, elle, est jolie, tellement jolie.

Il ne trouve rien à lui répondre. Il souhaiterait pouvoir être aussi pertinent qu'elle, mais il n'a pas autant d'esprit, il en est convaincu. C'est une vraie fille, et les filles sont bien plus à l'aise que les garçons pour exprimer leurs émotions. Lui, il est comme tous les autres gars, maladroit et parfois lourd. Il se contente donc de l'écouter, en dodelinant du menton. La voix d'Alexandra se fait plus douce. Dans un murmure, elle évoque sa solitude devant la maladie, l'incompréhension de sa mère, la tendresse de son père, puis, tendant son visage vers lui, elle ajoute.

– Être avec toi est un pur bonheur. Ne me lâche pas. Que tu t'appelles Duchenoc ou Dalager, je m'en fous. Et que ton père couche avec ma mère me touche encore moins, ce n'est pas notre problème.

Rémi la contemple, interdit. En une fraction de seconde, il réalise combien elle a raison. Il a été bien bête de refuser de la voir à cause de sa mère, dont elle est la première à souffrir.

La fragilité d'Alexandra masque une sacrée force de caractère, constate-t-il, admiratif. Son cœur se met à battre à tout rompre. Par ces mots, Alexandra ne vient-elle pas de lui dire qu'elle l'aimait ? A-t-il bien compris ? Les filles sont tellement compliquées. Il la contemple médusée, ses yeux mordorés brillent d'un éclat si doux. La voilà qui glisse sa main dans la sienne. Troublé, Rémi la prend dans ses bras, l'embrasse sur les joues, puis, délicatement sur les lèvres. C'est la première fois qu'il embrasse une fille. Elle a un goût de miel, ce qu'il trouve délicieux. Il voudrait que ce baiser dure jusqu'à la nuit des temps. Elle frissonne contre lui, ce qui affirme chez lui son instinct protecteur. Soudain, il se sent fort, invincible, capable de la soulever dans ses bras, et de l'emmener au bout du monde. Il la serre tout contre lui. Il est heureux.

– Bien, fille de la mère Noël, je prends mon vélo et te raccompagne chez toi.

– D'accord, accepte-t-elle en lui caressant doucement la main.

XVI

La bataille de Paola

Une neige froide et lourde tombe lentement d'un ciel gris-noir, donnant l'impression que le temps s'est arrêté. Les arbres s'arrondissent sous son poids et les vignes ne se voient plus. On les devine. Une lune pâle vacille, semblant avoir du mal à trouver sa place dans ce paysage glacial auquel elle donne une touche presque magique en l'éclairant de ses rayons dorés. Le silence est profond, écrasant, à peine perturbé par le souffle de la bise. *Dans deux jours, c'est Noël, et cette année il sera blanc*, se dit Paola en refermant ses volets. Elle tremble. Il fait un froid à pierre fendre. L'air est tranchant comme une lame de rasoir. Elle n'aime pas Noël. Les fêtes de famille l'ont toujours ennuyée. Comme l'année dernière, elle a laissé Bernard et Alexandra décorer le sapin, et installer la crèche. C'était sa mère qui s'occupait de tout cela, autrefois. Les fêtes terminées, Bernard se ferait un devoir de le replanter au fond du jardin et après avoir roussi, le sapin finirait par crever comme presque tous les précédents.

Elle se glisse nonchalamment sur le canapé. *Bon Dieu ! Moi qui rêvais d'une existence joyeuse et trépidante, j'ai l'impression de passer ma vie là-dessus*, ricane-t-elle. Elle allume la télévision et, les yeux baignés de larmes, la regarde sans la voir. Les images défilent comme une sorte de kaléidoscope étrange. Il suffit parfois d'un rien pour que l'avenir change de couleur, et là, celui qui s'ouvre devant elle se teinte de noir. Elle frissonne. Pour la première fois de sa vie, elle a peur. Elle a l'impression que toute sa vie n'a été que mensonges, tricheries et désarroi. Sa passion pour Antoine et sa haine pour Mathilde étaient si fortes, qu'elle les a laissées dévorer sa vie. C'est ainsi qu'elle a été une mauvaise fille, une épouse ingrate et une mère indifférente. Elle soupire, elle n'arrive même pas à le regretter. Jamais elle ne s'était sentie maîtresse de ses sentiments. Ne pas pouvoir vivre pleinement l'amour qu'elle portait à Antoine générait chez elle une agressivité latente. Poignardée par la jalousie, elle n'était jamais parvenue à apaiser sa colère, une colère brûlante qui avait consumé tout ce qui l'entourait. Elle avait fini par détester sa mère dont elle sentait en permanence la désapprobation sourde, et avait éprouvé une sorte de soulagement malsain lorsqu'elle était morte. Rêvant d'avoir un fils d'Antoine, elle n'était jamais parvenue à aimer sa fille. Quant à Bernard, si elle avait été sensible à l'amour qu'il lui portait, elle n'avait jamais éprouvé pour lui le moindre frémissement amoureux. Elle soupire à nouveau. Le destin avait bien mal tricoté les choses. Il aurait suffi d'un rien pour que tout se passe autrement. Si elle n'avait pas eu l'idée saugrenue d'inviter Mathilde à cette saison de vendanges, c'est elle qu'Antoine aurait épousée, et qui sait ? En restant à Manhattan, Mathilde aurait-elle fini par retrouver Rodolphe ?

Paola grimace. Depuis plusieurs jours, elle savait que le fameux psychiatre d'Alexandra était Rodolphe. Elle avait découvert sa carte sur le bureau de Bernard. Une carte haut de gamme qui attirait l'œil. Les coordonnées de Rodolphe s'inscrivaient en lettres ciselées et mordorées sur un vélin gris clair. Une présentation terriblement artistique pour un psychiatre. Il lui revient en mémoire que Rodolphe, comme Mathilde, aimait dessiner. Elle le revoit assis sur les escaliers du lycée, son cahier d'esquisses sur les genoux. Il avait davantage de talent que Mathilde, seulement, dans sa famille, ils étaient tous médecins, aussi l'idée d'une carrière artistique n'avait-elle sans doute jamais effleuré Rodolphe. S'il avait du caractère, Rodolphe n'était pas du style à se battre contre l'ordre établi. Il était de ceux qui composaient avec les événements et les gens. La psychiatrie lui convenait comme un gant. Avec son flegme souriant, il devait relativiser la pathologie de ses malades, et leur apprendre à vivre avec, sans trop s'en soucier. Jeune homme, il faisait déjà preuve d'une écoute patiente et un rien détachée. Si ça fascinait Mathilde, elle, ça l'agaçait souverainement. *Curieux hasard que Bernard soit tombé sur lui. S'agit-il d'un hasard nécessaire ?* s'interroge-t-elle. *Est-ce là un signe du destin ?* Il y a si longtemps qu'elle n'avait pas pensé à lui. Elle avait presque oublié son nom. Se fiant aux propos de Mathilde, elle croyait qu'il s'était installé aux États-Unis alors qu'il n'y avait peut-être séjourné que peu de temps. Elle en éprouvait une sorte d'amertume diffuse. Si elle l'avait su, elle aurait pu, grâce à lui, faire capoter le mariage d'Antoine et de Mathilde et tout le monde serait heureux à présent. Elle soupire. Elle avait failli dire à Bernard que Rodolphe était un ami d'enfance, puis s'était tu. À quoi bon remuer les souvenirs ? Marié, Rodolphe serait sans doute contrarié de les voir rejaillir ainsi, à moins qu'il n'ait gardé pour Mathilde, malgré la douleur qu'elle lui avait infligée, une tendresse émue. Il l'avait aimée si passionnément autrefois qu'il devait bien en rester quelque chose, d'autant qu'ayant dépassé la quarantaine, il devait, comme tous les hommes de cet âge-là, ressentir des bouffées de nostalgie. Il suffirait peut-être d'un rien pour raviver l'amour qu'il avait pour Mathilde. Un sourire satisfait effleure les lèvres de Paola. Le visage de Rodolphe flotte dans sa mémoire, elle voit ses yeux sombres et doux vaciller. Elle serre les poings en se promettant de jouer la carte Rodolphe, ce fantôme surgissant du passé, quand elle le jugerait nécessaire. *Il suffit parfois d'une rencontre pour que l'avenir change de couleur*, murmure-t-elle entre ses dents.

Pour l'instant, sa priorité n'est pas là. Elle doit mener un autre combat, combat qu'elle n'est pas certaine de gagner et qu'elle redoute d'avoir à affronter seule. Si sa mère vivait encore, elle aurait su trouver les mots, la pousser en avant, mais là... Il fait au moins vingt-trois degrés dans la pièce et pourtant elle a froid. Elle grelotte même. Dehors, le vent harcèle les grands arbres de l'allée. Elle tire vers elle le plaid qui traîne sur le canapé et s'en enveloppe. Cela faisait bien longtemps qu'elle ne s'était pas laissée envahir par le chagrin. Autrefois, elle aurait pu se confier à Bernard, et se blottir contre lui pour en extraire le courage dont elle aurait besoin pour affronter l'avenir, mais aujourd'hui, elle redoutait qu'il ne réagisse avec une indifférence froide. Depuis quelque temps, il ne semblait vivre que pour Alexandra. Elle se sert un verre de blanc. Clair et léger, il tient si peu en bouche qu'après l'avoir bu d'un trait, elle éprouve immédiatement le besoin d'en boire un deuxième. Elle le repose délicatement sur la table. *Dieu, s'il existe, m'a punie*, songe-t-elle. Même enfant, elle n'avait jamais cru à un Dieu de miséricorde. *À l'image des bonnes sœurs, ce doit être un vieux frustré qui se plaît à torturer les âmes et les cœurs des gens*, pensait-elle déjà. Elle prend un troisième verre et éclate de rire, un petit rire aigre et grinçant. *Excepté mon penchant pour la bouteille, je vis sainement*, se félicite-t-elle. Elle ôte ses boucles d'oreilles, les pose au bord de la table, fixe un instant le plafond, puis ferme les yeux. Elle les ouvre brusquement en entendant les pas de Bernard se rapprocher du salon. Elle sent une boule se former dans sa gorge. Elle avale sa salive, se demandant si elle osera lui parler. Après avoir mordillé sa langue, comme à chaque fois qu'elle se trouve face à une situation compliquée, elle plonge sa main entre ses seins pour en retirer une petite chaîne, où pend une médaille de la Vierge Marie. Elle appartenait à sa mère. Elle l'avait retrouvée la veille dans sa boîte à bijoux et depuis ne la quittait plus. Il y a bien longtemps qu'elle ne croyait plus à ses bondieuseries, mais la sentir bouger sur sa peau la rassurait. C'était sa manière à elle de renouer avec son enfance, de se réconcilier, au-delà de la mort, avec sa mère.

Bernard entre dans la pièce, la salue vaguement d'un bref mouvement de tête. Il s'installe dans son fauteuil et se saisit de son journal, qu'il feuillette fébrilement. Paola le sent nerveux. Elle pressent qu'il a envie de lui parler, mais qu'il a du mal à se lancer. Redoutant qu'il ne lui sorte encore une de ses sempiternelles leçons de morale au sujet d'Alexandra, elle décide de prendre les devants. Sa voix s'élève, claire et froide :

– Bernard, je suis malade.

Il se retourne, ajuste ses lunettes, braque ses yeux sur elle et la dévisage pendant une fraction de seconde, incrédule. Paola secoue la tête en soupirant :

– On m'a découvert un cancer du sein.

Bernard remarque sa voix molle et traînante, une voix de lendemain de fête. Il ne réagit pas, se contentant de l'observer. Les traits défaits, les cheveux en désordre, le visage pâle, jamais Paola ne lui a paru aussi fragile. Pour la première fois, il perçoit les rides qu'elle a au coin de ses lèvres et les grands cernes bleuis qui encerclent ses yeux. Jamais il n'a lu autant d'angoisse dans son regard. Il sent qu'elle a besoin qu'on la rassure mais il n'y arrive pas. Aucun mot de consolation ne lui vient à l'esprit. Au contraire, il est envahi par une colère sourde qui lui donne envie de lui rétorquer qu'il s'agit d'un juste retour des choses, mais se retient. Il y a quelques années, la savoir atteinte d'un cancer l'aurait catastrophé, là, il était surtout contrarié de ne plus pouvoir l'éloigner d'Alexandra. Moralement lui demander de quitter le domaine serait indécent. Il se sentait incapable d'une telle cruauté. Il plisse les yeux, comme si cela l'aidait à réfléchir. Paola le considère avec étonnement. Elle se frotte les tempes. Une envie irrépressible de prendre à nouveau du vin la tiraille. Un instant, elle la refrène, puis, n'en pouvant plus, d'une main fébrile elle se verse une bonne rasade et la boit d'un coup sec. Bernard a une sorte de rictus, mais continue à se taire. Elle soulève sa lourde chevelure brune et la torsade. *Mon Dieu ! Quand on va me couper les cheveux, comme je vais être laide*, s'inquiète-t-elle. Ne supportant pas le silence, elle le rompt en expliquant qu'elle sera opérée dans quinze jours, et qu'elle aura droit à un traitement de chimiothérapie.

– Ça devrait bien se passer, ajoute-t-elle.

Puis elle agite les mains, doigts écartés devant elle, comme si elle voulait éloigner le mauvais sort.

Bernard fait oui de la tête.

Paola le contemple, médusée. Il paraît ailleurs. Autrefois, il l'aurait accueillie au creux de ses épaules, bercée de sa chaleur, rassurée, soutenue, embrassée. Là, il demeure les bras ballants, l'air préoccupé, mais ne lui manifeste aucun geste de tendresse. *Entre nous, la tendresse est morte depuis longtemps*, s'aperçoit-t-elle, comme à regret.

Il se frotte le menton, puis exprime sa crainte d'avoir à l'annoncer à Alexandra.

– Elle commençait à mieux aller, je redoute qu'apprendre ça ne la perturbe.

Paola hausse les épaules.

– On n'est peut-être pas obligé de lui en faire part.

Bernard fronce les sourcils.

– Non, ce n'est jamais bon, les cachoteries. *Une intonation étrange colore sa voix*, remarque Paola. Visiblement,

Bernard a peur. Pas pour elle, mais pour Alexandra. Paola fixe la bouteille de vin. Elle boirait bien un autre verre. L'alcool l'apaise tellement, mais elle n'ose pas, sentant le regard de Bernard posé sur elle. Il hoche la tête d'un air pensif. Elle l'entend lui annoncer avec une fermeté froide qu'il se charge de prévenir Alexandra. Paola a envie de lui crier que c'est à elle de le faire, mais elle n'en a pas la force. *Peut-être a-t-il raison*, considère-t-elle sachant qu'elle ne trouverait probablement pas les mots. D'autre part, elle redoute qu'Alexandra, si exagérément sensible, se mette à pleurnicher, ce qui lui serait insupportable.

Elle ne s'attendait pas à des miracles, mais elle avait cru que Bernard ferait preuve de davantage de compassion à son égard. Il s'était montré si prévenant avec sa mère, si généreux. Il avait eu avec elle la bonté et la bienveillance d'un fils aimant. Là, l'indifférence polie qu'il affiche la déconcerte. Force est de constater qu'il n'éprouve plus pour elle le moindre sentiment, et qu'il ne la soutiendrait pas. Paola se dit qu'elle l'avait bien cherché, après tout, elle avait été si injuste et si cruelle avec lui, que son amour avait fini par s'user, puis par disparaître. Il s'est transformé en une amertume lourde et froide, qui se devine dans le mélange de tristesse et d'ironie dont est empreint son regard. En le voyant se replonger dans la lecture de son journal, sans lui adresser le moindre mot de réconfort, elle ravale ses larmes, rejetant ses cheveux en arrière. Elle ressent un désarroi brutal, une sorte de manque profond qu'elle a du mal à identifier : une tristesse sans fond qui prend la forme d'une boule dans sa gorge, puis dans son ventre. Elle est trop fière pour pleurer. Jamais elle ne s'est sentie aussi seule et abandonnée. Son estomac se tord. Elle a une longue inspiration, se masse les tempes du bout des doigts et souffle doucement. Désormais, elle sait qu'elle ne doit compter que sur elle.

Elle se souvient que lorsqu'elle était malade petite, sa mère suivait de son index les contours de son visage, effleurant son front, son nez, son menton, ses oreilles, puis caressait ses joues et enfin ses lèvres. Elle avait la sensation d'être comme régénérée. Machinalement, elle refait les mêmes gestes et balbutie la même incantation « Par la Sainte Vierge Marie, mal retire-toi ». Elle croit entendre les mots que sa mère lui glissait à l'oreille : « Courage ! » Paola se redresse, remet de l'ordre dans ses cheveux, qu'elle lisse minutieusement. Elle vient de prendre la décision de se battre contre la maladie et de la vaincre, seule. Elle rit, elle a toujours été seule, et n'a jamais eu de véritables amies, à part Mathilde autrefois, alors, c'est seule qu'elle se sortirait de ce mauvais coup du destin. Elle n'était pas obligée de crier son malheur sur les toits. Cela lui éviterait d'entendre bien des mièvreries. Elle avait l'intention de le cacher à Antoine. Elle incarnait pour lui l'image d'une amante pleine de vie qu'elle devait coûte que coûte préserver. Rester pour toujours son affriolante et pétillante maîtresse lui paraissait un défi qu'elle se sentait prête à relever. Lorsqu'elle le verrait le lendemain, elle se promet d'être plus séduisante que jamais. Elle se maquillerait, forcerait sur son fond de teint et sur son rouge à lèvres, parfumerait ses cheveux et le tour serait joué.

XVII

Les découvertes de Betram

Betram referme d'une main douce, et comme à regret, le livre d'Hanna Jacob, la fille d'Ismaël. Ses pages l'ont aidé à mieux comprendre ce qui reliait Jean à la famille Jacob et à donner une forme cohérente au puzzle des divers événements qui s'étaient enchaînés. Les frères Jacob, Ismaël et Simon avaient été extraits des geôles de Drancy par la Résistance et avaient été mis à l'abri dans une ferme du Jura par Jean et son réseau. Âgés de quatorze et douze ans, ils n'étaient alors que des enfants. Quelle ne fut pas la surprise de Betram de découvrir que les frères Jacob étaient trois. Ils avaient un petit frère âgé de cinq ans, Ézékiel. Hanna, en mentionnant qu'il avait trouvé la mort lors de son transfert jurassien, expliquait qu'il avait glissé et était tombé dans le vide. Il avait été enterré sur place mais plus tard, on n'avait jamais retrouvé sa tombe. Betram avait relu plusieurs fois ces dernières lignes. Bien que ce ne soit pas précisé, il était convaincu que Jean était présent ce jour-là. Il n'y avait que lui pour prendre le risque d'enterrer un enfant alors que le bois était infesté de patrouilles allemandes. Betram se roule soigneusement une cigarette, se mord les lèvres, impatient de la fumer. Une fois terminée, il aspire une longue bouffée en se promettant d'arrêter le tabac s'il parvenait à résoudre cette affaire.

Il se dirige vers la fenêtre, appuie son front contre la vitre. Quand il était gosse, il faisait souvent ce geste pour se calmer. Dehors il pleut, une pluie fine et drue. Il se met ensuite à arpenter son bureau à longues foulées, cela l'aide à réfléchir. Il ferme à demi les yeux, se concentre.

Sous la plume d'Hanna avait jailli le nom d'un ancien SS, Ackermann. Chargé des affaires juives sur Paris, il avait salement interrogé les Jacob en 1943. Non seulement, il avait tué la mère de famille à coups de bottes, mais il avait estropié Ézékiel, ce qui expliquait sans doute l'accident. L'enfant était tombé parce qu'il avait du mal à marcher. Touché par la mort de cet innocent, Betram imaginait volontiers Jean s'ériger en justicier. Sur les photos qui illustraient l'ouvrage, le petit Ézékiel avait un visage d'enfant sage, de grands yeux étirés, en amande, une bouche ronde. Des fils Jacob, il était celui qui ressemblait le plus à son père, il avait la même expression à la fois grave et rieuse. Betram pose sa cigarette et feuillette fébrilement les pages de l'ouvrage. Il s'arrête devant le portrait des Jacob. Le père possède une montre à gousset en argent, montre qui ressemble étrangement à celle qu'il avait vue dans les mains de Jean lors de leur premier entretien. L'émotion lui noue la gorge. Il se rappelle que Jean l'avait prestement replacée dans sa poche en se sentant observé.

– Un souvenir précieux, avait-il alors murmuré.

Betram avait imaginé alors qu'il s'agissait d'un bijou familial. Seulement aujourd'hui, il était prêt à parier que ce bijou appartenait aux Jacob. Pourquoi Jean ne le leur avait-il pas rendu ? Alors qu'il s'acharne à résoudre cette nouvelle énigme, le téléphone retentit. Une sonnerie stridente, perturbante. Contrarié, Betram se saisit du combiné et répond sèchement, ce qui n'intimide pas le gendarme de l'accueil.

– C'est les archives, capitaine, lance-t-il d'un ton péremptoire.

– Encore un petit instant s'il vous plaît, riposte Betram, mais apparemment le gendarme n'a pas attendu sa réponse, puisque déjà une voix nasillarde de femme s'élève.

Betram ne peut s'empêcher de remarquer son accent bourguignon tant son interlocutrice roule dangereusement les « r ». Il fronce les sourcils en tendant une oreille attentive.

– Le matricule vient d'être identifié. C'était celui d'un officier SS chargé des affaires juives à Paris.

– Ackermann, l'interrompt Betram. Dites-moi que c'est Ackermann. Le cœur de Betram se met à battre comme un tam-tam. Pour un peu, il danserait à travers la pièce, le téléphone en main.

– Oui, capitaine, mais comment le savez-vous ?

– J'ai mes propres sources, rit Betram en bredouillant de vagues remerciements.

Il est aux anges. Tout concorde et s'emboîte à merveille. Il pousse un grand « Wouah ! » triomphant puis se ressaisit. Que penseraient ses subordonnés s'ils le voyaient ainsi s'esclaffer, ou pire, ses supérieurs hiérarchiques ? Il se calme en prenant une longue inspiration. Ce coup de fil l'a rasséréné. *Bon sang ! Jean est mouillé jusqu'au cou*, songe-t-il. *Lui et son réseau ont bien zigouillé ce salopard d'Ackermann.* Son enthousiasme fait place à l'interrogation. Si ça ne fait plus de doute, le comment lui paraît plus flou.

Betram, qui a fouillé la piste Ackermann, sait qu'il a disparu en 1965 à Paris. Vivant aux États-Unis, il y était venu sous un faux nom. Il se présentait alors comme le producteur d'une starlette qu'il avait épousée deux ans auparavant. Celle-ci était morte d'overdose dans les années 1980. Américaine, en 1965, c'était la première fois qu'elle mettait les pieds en France et la dernière. Elle ne connaissait certainement pas le passé nazi de son mari et était le genre de femme à s'en moquer éperdument. Ce qui comptait pour elle, c'était la belle vie qu'il lui avait offert et qu'elle avait regretté jusqu'à son dernier souffle. Il ne servait donc à rien de chercher de ce côté-là.

Comme toujours quand il ne trouve pas de réponse à ses questions, Betram revient au point de départ : la disparition d'Ackermann, puis ébauche le scénario qui lui paraît le plus crédible. *Jean a appris par la presse la venue d'Ackermann à Paris et a monté un commando pour l'enlever et l'assassiner. De qui se composait son équipe ?* se demande-t-il. *Probablement de Mourion, son fidèle bras droit, mais pas seulement.* Betram est sceptique. Monter une telle entreprise en moins d'une semaine ne pouvait pas être l'œuvre de deux hommes. Par ailleurs, il fallait bien connaître Paris pour disparaître aussi vite dans la nature. D'autres questions le taraudent : pourquoi et comment avaient-ils procédé pour ramener Ackermann en Bourgogne ? Il devenait de plus en plus évident pour lui que Jean avait bénéficié d'une aide extérieure. Mais laquelle ? Il était persuadé que Jean connaissait la venue d'Ackermann, sous sa fausse identité, bien avant son annonce dans la presse. À son avis, tout avait été minutieusement préparé et ce, longtemps auparavant. D'autre part, toutes traces avaient été effacées derrière eux. On avait l'impression qu'Ackermann s'était volatilisé. Sa voiture avait été brûlée. Sa disparition avait eu droit seulement à un entrefilet dans la presse, qui ne fut suivi d'aucun autre article en France. Il était également fort curieux que les Américains ne se soient pas offusqués. Ackermann avait été naturalisé américain trois ans auparavant. *L'assassinat d'Ackermann est un travail de professionnel, digne des services secrets. Lesquels ? Et pourquoi des services secrets, quels qu'ils soient, ont-ils aidé Jean qui n'a été pendant la guerre qu'un petit résistant régional, sans réelle envergure ? Autre mystère, en 1965, comment Jean a-t-il regagné Israël ? On ne retrouve pas son nom dans les registres d'Air France. Quant à son retour, c'est pareil, introuvable. Qui a-t-il rencontré en Israël ?* Hanna affirmait qu'il avait été reçu à l'ambassade israélienne, mais n'inventait-elle pas cet épisode pour donner de l'importance à son propre père ? À l'époque, la veuve d'Ackermann avait mentionné que l'ensemble de la fortune de son mari avait été dérobé. Betram avait vérifié. Effectivement, tous les coffres placés dans les banques européennes, que ce soit à Paris, Londres et Genève, avaient été vidés de leur contenu, et ce le même jour, celui de l'enlèvement. Or Jean, si ingénieux soit-il, n'avait pas le don d'ubiquité. Betram reprend une autre cigarette et regarde s'envoler les volutes de fumée. Gaulliste, Jean aurait-il été soutenu par les services d'action civique, cette police parallèle si dévouée à de Gaulle. Mais pourquoi celle-ci aurait-elle couvert une simple vengeance ? Pour récupérer une partie du fric ? Ackermann était-il en possession d'un magot plus conséquent qu'il ne le pensait, était-il le détenteur du trésor SS tout entier ?

Betram décide de fouiller de ce côté-là, vérifier quelles personnalités gaullistes Jean avait pu connaître en tant que chef de Résistance. Il parcourt les documents que les archives lui ont donnés sur Ackermann. Ils sentent une curieuse odeur : un mélange de poussière et d'encre vieillie. Voilà qu'il découvre avec stupéfaction que ce dernier avait séjourné quelques mois à Dijon, dans un hôtel particulier de la rue Vauban. Il était probable qu'il connaisse Pierre Dalager, le fils de Jean. Fébrile, il consulte les listes de ses collaborateurs régionaux. Il a beau s'écarquiller les yeux, les relire plusieurs fois, il ne le retrouve pas. Il est déçu, ne comprend pas. Il écrase sa cigarette dans le cendrier. Soudain, il a une idée, la femme de Pierre Dalager étant cantatrice à l'époque, le couple ne pouvait vivre qu'à Paris. Il sort aussitôt le dossier des collaborateurs parisiens. *La liste est longue, si longue*, soupire-t-il. Mais soudain son doigt s'arrête, le nom de Pierre Dalager est bien là. Il avait été engagé dans la traque des juifs dès 1941. En tuant Ackermann, Jean avait non seulement puni un assassin sadique, mais surtout lavé son honneur. Betram répète à voix haute cette dernière phrase comme pour mieux s'en persuader. Il contemple la photo de Pierre Dalager. Il s'étonne qu'un salaud soit aussi beau. Au moins, Ackermann, le cheveu vertical, l'œil farouche, les lèvres minces et pincées, avait la gueule de l'emploi. Avec son visage aux traits réguliers et doux, le fils de Jean ressemblait plus à un acteur de cinéma des années trente qu'à un gestapiste. Beaucoup avaient dû se laisser piéger par sa gueule d'ange. En l'examinant davantage, son regard mélancolique et flou avait quelque chose de dérangeant. En évoquant son fils, Jean avait parlé de folie, sans doute avait-il raison. Dans les annotations qu'avait apposées Ackermann, Betram découvre qu'il consommait régulièrement de l'opium. Est-ce cette dépendance à la drogue qui avait fait de lui un serviteur zélé du nazisme ? Betram trouve ironique que ce nazi qui avait du sang sur les mains, qui n'hésitait pas à tuer des femmes et des enfants, souligne qu'il fallait canaliser la violence de Pierre Dalager, qu'il jugeait trop expéditif dans les interrogatoires.

Betram retrouve un échange de courrier surprenant entre Pierre Dalager et Ackermann. En décrivant son père comme un vieux pétainiste convaincu, il demandait à Ackermann d'intervenir pour que le domaine de son père ne fût pas réquisitionné, malgré la qualité des vins qu'il produisait. Son écriture, fébrile, incisive, court à travers la feuille comme une ronce. Betram, sans avoir beaucoup de notions en graphologie, sent qu'elle émane de la main d'un homme tourmenté. Elle contraste avec celle d'Ackermann. Raide et appliquée, elle trahit l'homme rigide et froid, correspondant parfaitement à l'idée que Betram se fait d'un officier SS, sournois, zélé et sans âme. Dans sa réponse, si Ackermann assure Pierre Dalager de son soutien, il pose perfidement ses exigences : un quota mensuel de juifs et de résistants à arrêter. En poursuivant la lecture de leur correspondance, Betram est convaincu que Pierre Dalager avait connu assez vite les activités clandestines de son père et qu'il l'avait protégé. *Est-ce par amour filial ou pour ne pas être lui-même inquiété par les Allemands ?* Sans doute un peu des deux. Betram est également certain qu'en joueur de poker invétéré, sans idéal ni conviction, Pierre Dalager aurait pu facilement passer d'un camp à l'autre. S'il n'avait pas rencontré Ackermann dans un tripot de Paris, il aurait pu devenir résistant. *Jean l'a-t-il appris et est-il arrivé à la même conclusion ? Est-ce pour cette raison qu'il l'a tué ? Et pas seulement pour Ézékiel ?* Tuer, le mot s'inscrit en lettres majuscules dans sa tête. Jean n'avait rien d'un tueur. Betram réfléchit, soudain perplexe. *Comme chef d'un réseau de résistance, Jean avait un rôle stratégique, il montait des opérations, les planifiait, mais se trouvait rarement sur le terrain, les armes à la main. Il n'a vraisemblablement pas de sang sur les mains.* Or, l'examen de la tête d'Akermann révèle qu'il avait été abattu à bout portant de deux balles dans la nuque. Une mise à mort rapide, efficace, digne des services secrets.

Plus il cogite, plus Betram se persuade que ce meurtre a une dimension nationale voire internationale. « Oui, mais c'est bien sûr ! » répète-t-il par deux fois à voix haute, à la manière du commissaire Bourrel, héros d'une série culte dont il est fan. *Le paramètre important, c'est que les victimes d'Akermann sont essentiellement juives.*

– Ézékiel est non seulement un enfant mais il est juif !

L'hypothèse que Jean ait été soutenu par ses amis juifs lui apparaît parfaitement plausible. Aussitôt, le nom de Serge Klarsfeld trotte dans sa tête. Lui et sa femme chassaient les anciens nazis. Seulement, rien ne les reliait à Jean et en plus, leur objectif était de traîner les bourreaux devant les tribunaux, pas de faire justice. Il tousse, a du mal à y croire.

– Non ce n'est pas possible, marmonne-t-il, et bientôt le voilà persuadé que le Mossad était dans le coup. Ce service de renseignement israélien, en charge des affaires spéciales et sensibles a permis plus d'une fois à Israël de régler ses comptes avec le passé. Ses agents surentraînés sont les rois de l'exfiltration et des méthodes expéditives, ce qui correspond bien à la stratégie choisie pour Akermann. Seul hic, le corps n'a pas été brûlé. *Pourquoi auraient-ils pris la peine de se rendre sur les terres de Jean pour le balancer dans un puits au risque qu'un jour où l'autre il soit retrouvé ?* La preuve ! Betram soupire. Les frères Jacob n'avaient pas le profil pour en faire partie, non. Betram a l'impression qu'il n'est pas loin de la vérité mais qu'il y a quelque chose qui lui échappe. Il se masse les tempes. Jean devait entretenir des relations plus profondes qu'il ne le pensait avec Ismaël. Dans ceux qu'il avait sauvés devait se trouver un homme, ou des hommes, ayant à la fin de la guerre rejoint le Mossad. Seulement, il n'existe aucune liste et ce n'est pas Jean qui l'aiderait. Betram, qui n'est pas du style à renoncer à une affaire, se promet de retourner voir Jean dès qu'il le pourrait.

Le téléphone sonne à nouveau.

– Une querelle entre deux cultivateurs, lui annonce d'une voix claironnante le gendarme de l'accueil.

Comme à regret, Betram referme le dossier Akermann. Il se dit qu'il allait devoir faire vite, car maintenant qu'on avait retrouvé son identité, la justice allemande allait sûrement se mettre sur le coup, à moins qu'elle ne voie aucun intérêt à faire ressurgir de l'ombre une telle ordure. En 1944, Ackermann était marié à une certaine Hilda, et avait trois garçons, dont deux s'étaient engagés dans le SS. Le dernier avait cinq ans, le même âge qu'Ézékiel. S'il lui restait encore des descendants, son cadavre devrait leur être restitué. Un cadeau sacrément empoisonné !

XVIII

L'obstination de Betram

La maison sent la cire et la vanille comme du temps de la vieille Julie. En fermant les yeux, on pouvait l'imaginer apparaître au bout de la pièce, tant rien n'avait changé. Fernande applique à la lettre ce qu'elle lui avait appris. Depuis qu'elle était morte, cette dernière, qui la redoutait de son vivant, s'ingéniait à prolonger sa mémoire. Jean renifle, jamais jusque-là il n'avait remarqué à quel point cette odeur était apaisante. Il allume sa lampe de chevet et regarde son réveil. Bientôt sept heures. Lui qui aime se lever tôt d'habitude, a envie de paresser. Il éteint et écoute. Dehors il pleut, une pluie drue qui fait crépiter les vitres. Il se souvient du plaisir qu'il ressentait petit quand il pleuvait. Il se rappelle le délicieux frisson qui le parcourait alors. Bien au chaud au fond de son lit comme aujourd'hui, il entendait la pluie couler doucement le long des vitres. Tout vieux qu'il était, il éprouvait la même sensation, un bien-être infini. *Je m'accorde cinq minutes*, sourit Jean, en calant sa tête contre son oreiller. Finalement, il se rendort et ne se réveille qu'un quart d'heure après. C'est la première fois de sa vie qu'il se lève aussi tard. Il entend du bruit. Dieu du ciel, la Fernande est déjà là. Il enfile son peignoir et se dirige vers la cuisine.

Fernande est en train d'astiquer la cuisinière. Elle qui était si malhabile lorsque la vieille Julie l'avait embauchée était devenue une vraie fée du logis, une véritable perle rare.

– Bonjour, monsieur Jean, vous voulez que je vous prépare un bon café ?

Jean aquiesce de la tête et s'assoit. Depuis quelque temps, elle le materne comme un petit enfant ou un grand vieillard. A-t-il à ce point vieilli ? Il se redresse sur sa chaise. Le bas de son dos lui fait mal. Il lui est difficile de se tenir droit.

Un bruit de moteur. C'est Mathilde qui part deux jours pour Paris. Les excursions qu'elle fait régulièrement à Paris intriguent Jean. Elle en revient toujours rayonnante, et un rien pensive. Il semble qu'elle vende de plus en plus ses tableaux, mais est-ce seulement cette nouvelle notoriété qui la rend si lumineuse ? Jean n'en est pas si sûr. S'il ne la connaissait pas aussi sérieuse, il penserait qu'elle allait y rejoindre un amant. *L'œil rêveur, la tête souvent ailleurs, elle a tous les stigmates de la femme amoureuse. Trompée depuis des années par Antoine, pourrait-on lui reprocher de se donner du bon temps ?* songe Jean, *mais elle n'appartient pas à ce style de femme-là.*

– Monsieur Jean, murmure la Fernande en tortillant son tablier.

Jean la regarde, incrédule. Manifestement, elle a quelque chose d'important à lui dire.

– Je ne sais pas si je dois... bredouille Fernande.

– Vous et moi, Fernande, on s'est toujours fait confiance, non ? sourit-il.

– Bon, je me lance, soupire-t-elle.

– Allez-y, Fernande, l'encourage Jean en plissant les yeux d'un air complice.

– Ben, voilà, Rémi s'est amouraché de la fille Noël. Je les ai vus l'autre jour se promener main dans la main.

Le vieil homme opine du menton, se saisit de sa pipe et la bourre de tabac.

– C'est une brave petite, elle ne ressemble pas à sa mère.

Elle a tout pris du caractère de son père et il est plutôt bonasse, le Bernard, ajoute-t-elle. Seulement, si madame Mathilde l'apprenait, elle serait bien triste.

Jean hausse les épaules.

– Vous et moi, on gardera ça pour nous. Ils sont si jeunes que cette amourette peut s'arrêter d'un jour à l'autre. Il n'y a pas lieu d'alerter toute la sainte famille.

– Bien, acquiesce Fernande.

Jean sirote son café les yeux dans le vague puis se dirige vers la fenêtre. Dehors il pleut toujours, un mélange de pluie et de neige. Au loin, il aperçoit une voiture qui roule dans l'allée, une Renault 16 noire, la voiture de Betram. Le patriarche se raidit. Il a un bref soupir.

– Fernande, faites attendre l'enquiquineur qui arrive. Dites-lui que je suis en train de m'habiller. Offrez-lui de ma prune, ça égaiera peut-être un peu ce pisse-froid.

Une demi-heure plus tard, rasé de près, parfumé de sa meilleure eau de Cologne, Jean fait face à Betram.

– Vous êtes bien matinal, capitaine. Votre enquête a avancé, je suppose ?

Betram ajuste ses lunettes.

– J'ai découvert l'identité de votre cadavre. Ackermann, ça vous dit quelque chose ?

Le visage impassible, son interlocuteur ne bronche pas.

– À mon âge, on a perdu la mémoire des noms, c'est si vieux tout ça.

– Je vais donc vous la rafraîchir. Ackermann est l'homme qui a entraîné votre fils dans la collaboration et qui est responsable de la mort d'Ézékiel. Le petit a disparu pendant que vous le transfériez, lui et d'autres enfants, dans le Jura. Vous vous rappelez d'Ézékiel, l'un des frères Jacob, car ils étaient trois, et pas deux, ce que vous vous êtes bien gardé de me signaler.

Jean demeure silencieux, les yeux rivés sur sa pipe, qu'il bourre calmement de tabac, ce qui oblige Betram à poursuivre.

– Dans les années 1960, vous et vos amis juifs, vous l'avez assassiné. Si j'en suis persuadé, je ne sais pas comment vous vous y êtes pris. Et j'aurais souhaité, comme il y a prescription et que vous ne risquez plus rien, que vous m'expliquiez comment et avec qui.

Jean esquisse un demi-sourire.

– Quel plaisir avez-vous à remuer la boue, à faire ressurgir tant de choses enterrées ? Vous désirez écrire un livre, vous aussi, comme la fille d'Ismaël ?

– Non, c'est juste pour savoir ce qui s'est réellement passé.

Le gendarme allume une cigarette. La flamme de son briquet jaillit près de son visage. Sa lumière donne de la douceur à ses traits réguliers, presque trop fins pour un homme.

La bouche du vieil homme s'arrondit comme s'il voulait dire quelque chose, mais il se tait.

– Vous ne pensez jamais au passé, Jean ? le questionne Betram.

– Bien sûr que si, mais je considère la nostalgie comme une perte de temps. C'est une sorte d'antichambre de la dépression, une prison en quelque sorte, murmure-t-il.

Betram écrase sa cigarette dans le cendrier, réfléchissant à ce qu'il pourrait bien dire pour faire rebondir la conversation. Un léger silence s'installe. Soudain, Jean sourit en voyant Juju entrer dans la pièce. Après avoir foudroyé Betram d'un regard menaçant, la minette grimpe sur les genoux du patriarche, créant comme un rempart entre lui et le policier, qu'elle toise d'un air autoritaire et un rien méprisant, de la même manière que l'aurait fait la vieille Julie autrefois. Malgré ses investigations, Jean n'était jamais arrivé à retrouver d'où elle venait. Il ne croyait pas à la réincarnation, mais ne pouvait s'empêcher de trouver le comportement de cette chatte étrange. Betram, lui, n'y prête aucune attention, fasciné par les mains de Jean, longues, fines, soignées. Il n'a pas les mains d'un tueur, ce qu'il lui fait aussitôt remarquer.

– Vous n'avez jamais tiré sur personne, n'est-ce pas ?

La voix de Jean s'élève, froide et coupante.

– En temps de guerre, même les plus doux sont amenés parfois au pire, réplique -t-il sans sourciller. On a les mains sales même si on ne tient pas un fusil. Vous comprenez capitaine, ajoute-t-il le regard au loin, comme s'il revivait des choses enfouies depuis trop longtemps dans son esprit.

Un pli de désespoir muet tord sa bouche.

– Mais dans les années 1960, on était en paix, souligne Betram.

– Peut-être, soupire-t-il, sauf qu'on a le devoir d'honorer la souffrance de nos morts.

Il y avait dans sa voix une vibration que jamais encore Betram n'avait perçue. Jean hoche la tête, comme pour confirmer quelque tension intérieure. Le capitaine le sent prêt à se confier. Il attend un instant une révélation, mais rien ne se passe comme il l'espère. Très vite, Jean se reprend. Il se redresse insensiblement sur son siège, et son regard est à nouveau fier et distant.

Betram opine du menton.

– Je reviendrai. Je ne suis pas homme à me laisser facilement décourager.

Le patriarche tire une longue bouffée de sa pipe puis souffle et contemple un instant le petit nuage de fumée qui plane devant lui.

– Vous perdez votre temps, capitaine, mais libre à vous.

Betram sort alors de sa poche une grande enveloppe kraft, lentement, comme s'il voulait ménager ses effets.

– J'ai retrouvé cela dans les archives, en fouillant le passé d'Ackermann. Ce sont des photocopies. Vous pourrez y lire des lettres de votre fils Pierre. Vous verrez qu'il a tout fait pour protéger votre domaine.

Jean relève les sourcils, étonné, sa joue gauche tremble.

– Ackermann le tenait à cause de sa dépendance à l'opium, entre autres drogues. Vous saviez que Pierre se droguait ?

L'ancien résistant secoue la tête, visiblement ému.

– Non, mais mon fils avait tous les vices, alors un de plus, un de moins... Je suppose que dans un mal-être permanent, cela l'aidait à s'apaiser.

Betram allume une nouvelle cigarette, aspire une bouffée.

– En tout cas, il a protégé votre réseau.

Devant l'incrédulité de Jean, il poursuit :

– Vous verrez, il mentait à Ackermann en le conduisant sur d'autres pistes. Il n'envoyait jamais ses sbires sur Chassagne et ses environs. Cela ne vous a jamais étonné d'être aussi tranquille dans votre coin ?

Jean, troublé, tapote fébrilement sa pipe.

– Nous n'étions pas aussi tranquilles que vous le croyez, jeune homme, tant s'en faut.

Il se lève.

– À la prochaine fois, capitaine.

Betram le salue d'un mouvement de tête.

– À sa manière, Pierre vous aimait, Jean.

Jean hausse les épaules.

– C'est possible, mais mon fils avait la fâcheuse tendance à détruire tous ceux qu'il aimait.

– Il a sauvé votre peau et celle de votre réseau, insiste le policier.

– Peut-être, mais indirectement il m'a bousillé à jamais, marmonne Jean en ouvrant la porte.

– Il fait froid, cet hiver est particulièrement rigoureux, constate Betram en contemplant la pluie qui ne cesse de tomber.

– Je n'ai même pas eu le temps de vous offrir un café

pour vous réchauffer et vous n'avez pas voulu de ma prune.

Betram esquisse un sourire en biais.

– Je ne bois pas Jean, encore moins en service.

– Un homme très sage, grogne l'octogénaire sur un ton légèrement ironique.

– Vous ne m'appréciez pas beaucoup, n'est-ce pas, Jean ?

– Pour être tout à fait franc, les fouille-merdes m'insupportent, répond-il en le regardant jdans le blanc des yeux.

– Je ne suis qu'à la recherche de la vérité, ce qui me paraît essentiel, souligne Betram.

– L'expérience et l'âge vous apprendront que toute vérité est relative et qu'en son nom beaucoup se sont faits assassins, le toise Jean.

– Pour devenir un meurtrier, il faut en avoir l'étoffe, ce qui n'est pas mon cas, Jean, riposte Betram en tournant les talons.

Le vieil homme le regarde partir. Le brouillard est si dense qu'il a l'impression que sa silhouette se dilue dans l'air. Avec son pas élastique, il marche vite, d'une manière saccadée, un pas de militaire. *Drôle de garçon*, songe Jean. I*l est si jeune et la jeunesse n'a pas besoin de sérénité, au contraire, elle aspire au tragique.* Il se rapproche de la cheminée et tisonne les bûches qui flambent, persuadé qu'il allait le revoir bientôt. On frappe à la porte. Betram est devant lui.

– Vous avez oublié quelque chose, capitaine ? s'étonne-t-il.

– Non, Jean, je voulais simplement vous dire que mon père avait des accès de violence, un peu comme votre fils. Il a fini par tuer ma mère à coups de marteau. J'ai toujours pensé qu'il avait conscience de ce qu'il faisait, et même parfois qu'il y prenait un certain plaisir, mais les psychiatres, l'ayant diagnostiqué schizophrène, l'ont déclaré irresponsable et il n'a jamais été puni. Depuis, la quête de la vérité me colle à la peau. Vous comprenez ?

Pour toute réponse, Jean l'invite à rentrer.

Pendant une demi-heure, Betram évoque son enfance douloureuse. La difficulté qu'il avait de protéger sa mère et son petit frère de la fureur paternelle. L'indifférence gênée des voisins qui fermaient leurs volets pour ne pas entendre leurs cris. Sa détresse lorsqu'il avait retrouvé sa mère agonisante, baignant dans son sang au milieu de la cuisine, alors que son père cuvait tranquillement son vin sur le lit conjugal. Il tire sur sa cigarette à chaque fin de phrase. Les volutes de fumée qui dansent devant lui paraissent constituer un halo protecteur.

Jean l'écoute d'une oreille attentive, en oscillant du menton de temps à autre.

Betram sourit.

– J'ai eu la chance de tomber sur des parents adoptifs merveilleux. Ils avaient perdu un fils à cause d'une leucémie et avaient décidé d'adopter un autre enfant pour ne pas mourir de chagrin. Comme ils étaient déjà âgés, un enfant de sept ans ne leur faisait pas peur. Ils ont un peu tiqué quand l'assistance sociale leur a proposé un lot, moi et mon frère, 6six et quatre ans, mais, ils ont fini par accepter et se sont montrés d'une remarquable générosité. Ils ont fait preuve d'une infinie patience. Petit à petit, en nous apprenant à manger à l'heure, à dormir à heure fixe, dans des draps frais et propres, ils nous ont redonné le goût de vivre. Le soir, à tour de rôle, ils nous racontaient des contes. Avec eux, nous avons été heureux, très heureux. Mon père adoptif est mort, il y a deux ans.

– Qu'est-ce qu'il faisait comme travail ?

– Il était militaire dans l'armée de l'air. Il a rejoint Londres pendant la guerre. Ma mère adoptive, elle, s'est consacrée entièrement à nous. C'était une parfaite mère de famille. Elle l'est encore d'ailleurs. Je peux compter sur elle quoiqu'il m'arrive.

Jean lui tapote l'épaule.

– J'ai eu une mère formidable, moi aussi. C'est sans doute pour cette raison que j'ai toujours beaucoup aimé les femmes. Enfin, ne vous méprenez pas, disons que j'ai entretenu d'excellentes relations avec elles. Elles sont plus généreuses, plus vraies que nous. Au maquis, elles étaient plus fiables que la plupart des hommes. Quant à mon père, il préférait nettement sa vigne et ses chiens à ses gosses. Avoir un père défaillant, je sais ce que c'est. Je ne crois pas l'avoir été avec mon fils.

– J'en suis certain, Jean. C'est la fatalité. Vous pensez qu'Ackermann était fou ?

– Ah ! Nous y revoilà. Vous ne perdez jamais de vue votre objectif, un vrai militaire, soupire l'ancien résistant.

– Les gendarmes sont des militaires Jean, mais je suis sincère, s'amuse Betram.

Jean s'adosse à son fauteuil.

– Quand on vous autorise à exprimer la bassesse, la notion d'interdit s'estompe, et hop c'est le feu d'artifice. La guerre exaltait les mauvaises pulsions des salauds, et Ackermann était un simple salaud.

– Donc vous l'avez connu ?

Le vieil homme plisse les yeux. Il pince ses lèvres avant de laisser apparaître un léger sourire.

– L'interrogatoire reprend ?

Betram frotte ses mains l'une contre l'autre.

– Non, Jean, vous êtes trop coriace pour un simple gendarme comme moi.

– Capitaine tout de même, Betram, capitaine.

Betram jette un coup d'œil furtif à sa montre.

– Je m'en vais, Jean. Promettez-moi que lorsque vous vous sentirez prêt, vous me confierez votre secret.

– Si je le suis un jour, capitaine, je vous le certifie.

Alors que son invité franchit le pas de la porte en le fixant droit dans les yeux, Jean murmure :

– Vous devriez consulter un bon psychanalyste, sinon

votre passé va vous pourrir jusqu'à la fin des temps.

– J'ai fait les délices de bien des psychologues tout au long de mon enfance. Mes parents adoptifs y croyaient beaucoup. Ça m'a un peu apaisé, mais le fond de la douleur reste toujours enfoui en moi. Je n'avais pas envisagé la psychanalyse. Vous en avez vu un, vous, Jean ?

– Non, mais j'ai probablement eu tort. En tout cas, ma belle-fille en voit un sur Paris. Un certain Rodolphe Meyer. Elle m'a dit qu'elle prenait auprès de lui des conseils pour mon arrière-petit-fils Rémi, qui a une adolescence turbulente. Le plus amusant, c'est qu'il est né à Dijon et que j'ai connu son père jadis.

Sur le coup, Betram fait à peine attention à ce que vient de lui dire Jean, mais alors qu'il est en voiture et qu'il conduit à toute vitesse pour être à l'heure pour le pot d'arrivée du nouveau commandant de gendarmerie, le nom de Meyer résonne dans ses oreilles. C'est un nom à consonance juive. Il en avale sa salive. Et si le vieux résistant, qui ne fait jamais rien au hasard, voulait le tester en lui offrant une piste ? Plus il y réfléchissait, plus ça lui semblait plausible. Il se promet de tirer ça au clair au plus vite. Il sifflote joyeusement le chant des partisans.

Trois jours plus tard, Betram attend patiemment dans la salle d'attente de Rodolphe Meyer. Les meubles cossus, le canapé en cuir, les chaises de style directoire, les aquarelles aux paysages paisibles, tout respire un luxe de bon aloi et concourt à donner une ambiance douce et feutrée, accentuée par l'installation d'une fontaine à cascade. Une idée de psychanalyste sans doute, le ruissellement de l'eau est si apaisant qu'il conditionne favorablement les patients avant qu'ils n'entrent dans son bureau. Les livres déposés sur une petite table en merisier sont pour la plupart des recueils de poésie ou d'art. Ce goût de l'art a dû le rapprocher de Mathilde Dalager, et c'est sans doute pour cette raison qu'elle l'a choisi comme médecin. Betram se demande quelle est la part d'ombre de cette jolie femme qui lui avait parue si équilibrée. *Son mari*, pense-t-il, *en a certainement bien plus besoin. Être le fils d'un père tourmenté et collabo a dû être un tel poids*.

Betram dévisage Rodolphe Meyer avec stupéfaction. Grand, l'allure sportive, le regard droit et direct, il ne correspondait pas à l'image qu'il se faisait d'un psychanalyste, de surcroît psychiatre. Le gratifiant d'un large sourire qui paraît envahir son visage tant il est généreux et conquérant, il affiche une assurance qui semble inébranlable.

– Je vous écoute.

Le capitaine lui tend alors sa carte de policier.

– Docteur, je ne viens pas à vous comme patient, mais voilà, je mène une enquête.

Rodolphe Meyer recule imperceptiblement et se cale sur son fauteuil.

– Bien. Qu'attendez-vous de moi ?

– Seulement quelques informations. Nous avons retrouvé un ancien SS dans le puits d'un viticulteur bourguignon, Jean Dalager, il semble que sa belle-fille soit votre patiente.

Betram croit percevoir une note de surprise dans les yeux de Rodolphe, mais celui-ci se ressaisit très vite.

– Mon code de déontologie m'interdit de donner le moindre renseignement sur mes patients.

– À proprement parler, il ne s'agit pas de Mathilde Dalager dont je voudrais vous entretenir.

Les traits de Rodolphe Meyer se détendent. Visiblement, il paraît soulagé.

– De qui alors ?

Le gendarme sort son étui à cigarettes qu'il caresse doucement.

– Quels sont vos liens avec la famille Dalager ?

Le médecin roule des yeux, étonné.

– Aucun.

Betram poursuit :

– C'est à cause d'eux que Mathilde Dalager vous a pris comme médecin ?

– Non, Mathilde et moi nous sommes connus sur les bancs de l'école. Nous étions au collège puis au lycée ensemble. Des établissements scolaires catholiques de Dijon, si vous voulez tout savoir.

Croyant percevoir une lueur d'étonnement dans les yeux de Betram, il rit.

– J'ai fait une grande partie de ma scolarité dans des écoles catholiques. Plusieurs années de suite, d'ailleurs, j'ai été premier en catéchisme.

Puis, en adoucissant sa voix, il explique :

– Mathilde ne s'appelait pas Dalager à l'époque.

Betram décèle immédiatement dans le ton qu'il emploie un zeste d'amertume.

Après avoir glissé machinalement une main dans ses cheveux, Rodolphe poursuit.

– Je ne connais ni l'époux de Mathilde ni son beau-père.

– C'est curieux, car c'est lui qui m'a donné votre nom. Il m'a affirmé que vous étiez le fils de l'un de ses vieux amis, lui fait remarquer Betram.

– Mon père n'avait pas d'amis, réplique sèchement le psychiatre avant de se reprendre.

– Disons que je ne connaissais pas ses amis.

Betram mâchouille l'embout d'une cigarette qu'il vient de retirer de son étui et lance :

– Qu'est-ce qu'il faisait pendant la guerre, votre père ?

Rodolphe Meyer ne manifeste aucun étonnement. Il semblait préparé à ce qu'il lui pose une telle question. Sa réponse paraît toute prête, comme s'il l'avait rôdée depuis longtemps.

– Mon père a été parmi les premiers Français à

rejoindre les Forces françaises libres à Londres. Après avoir rejoint de Gaulle, il a été affecté auprès de José Aboulker, qui dirigeait les opérations de parachutage d'équipements chirurgicaux sur la France.

– Et vous et votre mère ? s'enquiert Betram.

– Grâce à un ami préfet, il a obtenu des faux papiers et nous a expédiés à Dijon, où nous avons vécu sans problème jusqu'à la fin de la guerre.

Il perçoit comme une hésitation dans sa voix. Tous les autres membres de sa famille ont été massacrés dans les camps. Aucun d'eux n'avait voulu suivre ses conseils.

– Et du côté de votre mère ?

– Elle avait perdu ses parents dans un accident de voiture deux ans auparavant. Son jeune frère a rejoint mon père deux mois plus tard.

Betram fait rouler sa cigarette entre son pouce et son index.

– J'aimerais beaucoup rencontrer votre père, vous pourriez me mettre en relation avec lui.

– Il est mort il y a cinq ans, à Tel-Aviv.

– À Tel-Aviv ?

– Il ne vous a pas échappé que nous sommes juifs, ironise Rodolphe Meyer.

– Il aurait pu mourir en France, fait remarquer Betram en triturant une cigarette entre ses doigts.

– Sans doute, murmure le médecin d'un ton hésitant.

Betram caresse du bout des doigts sa cigarette.

– Et votre oncle ? susurre-t-il, espérant un instant avoir enfin trouvé un témoin.

Espoir que Rodolphe Meyer brise aussitôt en racontant que le jeune homme s'était fait descendre en 1944 par la Luftwaffe.

Rodolphe soupire.

– À l'époque, la formation de pilote était courte, trop, sans doute.

– Il faisait quoi comme métier, votre père ?

– Médecin. Dans ma famille, pendant des générations, on a été médecin de père en fils.

– À la Libération, il a donc repris son cabinet, je suppose, avance Betram.

– Non, répond laconiquement le psychiatre, le regard au loin.

Betram pose sa cigarette à plat sur sa main.

– Il vivait de quoi alors ?

– Il travaillait pour l'armée française, marmonne Rodolphe Meyer en pressant ses lèvres l'une contre l'autre, comme s'il regrettait déjà d'en avoir trop dit.

Le gendarme perçoit son trouble et pressent que la clef de l'histoire se trouve là. Il est certain qu'il faut qu'il parvienne à faire ressurgir du passé David Meyer, dont la personnalité lui semble plus énigmatique qu'il n'y paraissait à première vue.

– Votre père connaissait Jean Dalager, n'est-ce pas ?

Rodolphe fait la moue.

– Je crois vous avoir déjà dit que je ne détenais pas son carnet d'adresses.

Percevant son irritation, Betram décide de faire diversion.

– Votre fils aussi va devenir médecin ?

– Je n'ai malheureusement pas d'enfant. Avec moi, la famille Meyer va s'éteindre, précise Rodolphe Meyer, presque tristement.

Pris au dépourvu, espérant ainsi faire rebondir la conversation, Betram continue :

– Savez-vous que le fils aîné de Mathilde Dalager est médecin ?

Le psychiatre articule un oui à peine audible et Betram le voit serrer imperceptiblement le poing droit. Visiblement, il est ému et contrarié. Un silence d'une ou deux minutes s'installe pendant lequel il réfléchit. *Si Rodolphe Meyer n'est pas spécialement beau, il émane de lui un charme troublant. Son regard sombre empreint de bienveillance, sa voix ferme, chaleureuse, le rendent sécurisant, mais pas seulement. Il est séduisant. C'est le style d'homme dont les femmes raffolent. Quant à Mathilde Dalager, elle est si belle qu'elle ne peut laisser aucun homme indifférent, fût-il un ami d'enfance. Et si Mathilde Dalager n'était pas sa patiente, mais sa maîtresse ?* envisage-t-il. Il a l'impression qu'à chaque fois qu'il prononce son prénom, il y apporte comme une note de tendresse. Betram est perplexe. Pourquoi, s'il l'avait connue dans sa jeunesse, l'avait-il laissé partir et épouser Antoine Dalager ? À moins que sa famille ne soit plus pratiquante que lui. Pour aller mourir à Tel-Aviv, il fallait que son père se sente vraiment juif, et un vrai juif ne voudrait jamais d'une chrétienne pour son fils, aussi magnifique fût-elle.

– Ce n'est pas très déontologique de prendre une ancienne camarade d'école comme patiente, si, docteur ? lance-t-il pour voir sa réaction.

Celle-ci ne se fait pas attendre, Meyer se lève, et lui désigne la porte.

– J'ai des malades qui ont besoin de moi.

Surpris, Betram marque un temps d'arrêt.

– Bien, je m'en vais, mais il est possible que je vous recontacte.

Le médecin lui jette un regard perplexe accompagné d'un pincement de lèvres.

Après lui avoir adressé un bref « au revoir », il se retire. Alors qu'il a sa main sur la poignée de la porte, Rodolphe l'interpelle.

– Si je n'ai qu'un conseil à vous donner, ne sortez pas des poubelles les vieilles histoires.

Betram se retourne, stupéfait. Formulé autrement, il lui dit à peu près la même chose que Jean. Il sait plus de choses qu'il ne le dit et peut-être tout. Son flair de policier ne lui ment jamais.

XIX

La distinction suprême

La matinée est fraîche, mais n'a rien d'hivernal. À la manière dont la lumière filtre à travers les ceps des vignes, on sent déjà que le printemps n'est pas loin. Il est sept heures. Antoine et Gaspard s'activent. Ils arrachent les ceps morts ou malades. Cet après-midi, ils attacheront la vigne horizontalement sur des fils de fer pour maintenir les sarments. Ils constatent avec plaisir qu'ils sont peu nombreux cette année. Le même sourire satisfait flotte sur leurs lèvres. Ils travaillent côte à côte, dans un silence absolu qu'aucun des deux ne semble vouloir rompre. Depuis le temps qu'ils se connaissent, ils n'ont pas besoin de parler pour se comprendre. Un simple regard suffit. Antoine devine que Gaspard, qui le couve des yeux et redouble d'attention à son égard, est inquiet à son sujet. De temps à autre, il le gratifie d'un sourire apaisant. Sentir sa présence le rassure. Depuis l'enfance, Gaspard lui voue un amour inconditionnel. Il est certain que même s'il commettait un crime, il le couvrirait, et l'inverse est tout aussi vrai. Gaspard et lui sont comme deux frères de sang.

Il a envie de lui dire qu'il n'a aucun souci à se faire, mais les mots ne viennent pas. Il trouve ridicule de lui confier ses peines de cœur. À son sens, seules les femmes sont à l'aise dans la pratique de ce subtil exercice. Il est, en outre, convaincu qu'il n'apprécie pas Paola. *D'ailleurs, qui aime Paola à part moi ?* s'amuse-t-il. Mais qui la connaît aussi bien que lui ? Bernard peut-être, mais rien n'est moins certain. Il soupire. Cet homme équilibré et généreux l'imagine meilleure qu'elle ne l'est. Lui est sans illusion. *Paola est pleine de défauts : menteuse, tricheuse, égoïste, futile, mais c'est Paola*, sourit-il. Elle seule savait l'aimer. Cela fait maintenant plus de trois semaines qu'Antoine ne l'a pas vue. Elle lui avait dit être partie en cure pour perdre quelques kilos en trop, ce qui ne l'avait pas étonné. Elle était tellement soucieuse de préserver sa beauté que ça lui donnait des idées de midinette. Mathilde, naturellement jolie, sans besoin d'utiliser le moindre artifice, n'a pas ce style de coquetterie. Son amante, qui l'est beaucoup moins, s'est constamment battue pour l'être. Maquillage, vêtements, régimes incessants. Cette frénésie, qui à son sens dévoile une profonde vulnérabilité, l'a toujours touché. Malgré les apparences, elle est beaucoup plus fragile que Mathilde. La plus intelligente et la plus forte des deux, c'est Mathilde, c'est une évidence. Celle qui a le plus besoin de lui, contrairement à ce qu'il a pensé jusque-là, c'est également Paola. Indépendante, Mathilde est capable de vivre seule et surtout, elle est apte à gérer le domaine sans l'aide de personne.

Il trouve le temps bien long, surtout que Paola ne lui a donné aucun signe de vie. Pas même une carte codée. Autrefois, quand elle partait en vacances, elle lui envoyait des petits mots qu'elle signait Paul ou, comme les enfants, écrivait à l'encre invisible, en trempant sa plume dans du citron. Là rien, aucun appel téléphonique. L'aimerait-elle moins qu'avant ? Lors de leur dernière rencontre, elle avait fait preuve d'une telle fougue. Il en frissonne encore. Hier lorsqu'il était passé près du domaine des Noël, il avait cru apercevoir de la lumière à la fenêtre de sa chambre.

Était-elle rentrée ? Et si oui, pourquoi ne reprenait-elle pas contact ? Il avait souvent entendu dire que les cures étaient le lieu idéal pour les aventures. A-t-elle rencontré quelqu'un ? Elle a le sang si chaud, et puis quarante ans est l'âge où les femmes commencent à avoir des doutes sur leur pouvoir de séduction. Il imagine volontiers Paola l'exercer sur un jeune mâle, cerveau de caniche et tout biceps dehors, mais de là à le laisser choir comme une vieille chaussette, ça lui paraît inconcevable. Il est convaincu qu'elle l'aime passionnément. Si passionnément qu'elle a accepté d'être depuis des années reléguée à la seconde place et qu'elle déteste Mathilde avec la même rage qu'aux premiers jours de leur querelle. Lui avait fini par se laisser subjuguer puis engluer par l'amour dévorant qu'elle lui portait. Au fil des jours, elle lui était devenue indispensable. Au contact de Paola, il se régénérait. Il ressortait de son lit, toujours plus beau, plus grand, et plus fort. Depuis qu'elle est partie, chaque jour il se rend compte à quel point elle lui manque. L'odeur de sa peau le hante, une odeur de musc, enivrante, vivante. Il soupire. Elle seule sait le faire rire.

Il s'ennuie comme un rat mort avec Mathilde et lorsqu'elle part pour Paris, ce qui arrive de plus en plus souvent, il est comme soulagé. Le problème de Rémi, au lieu de les rapprocher, les éloigne. Elle ne voit que par les psys, et lui, qui sait que Rémi lui ressemble, croit à la vertu du temps qui passe et qui calme les ardeurs de l'adolescence. En ce moment, elle s'est mise en tête de le montrer à un psychiatre parisien, une espèce de type avec qui elle est allée en classe, quand elle était enfant. Il n'arrive pas à l'en dissuader et Jean la soutient, comme il le fait toujours. Le psy dijonnais a diagnostiqué une dépression latente, ce que conteste Mathilde. Le nez dans les bouquins que cet idiot lui conseille, elle soupçonne quelque chose de plus grave. Elle ne voit même pas que, depuis quelque temps, Rémi va mieux. Il a repris goût à l'école, fait ses devoirs et surtout paraît beaucoup plus heureux. Il semble avoir retrouvé confiance en lui. Naturellement, Jean donne raison à Mathilde, comme d'habitude. Elle n'a pas encore ouvert la bouche qu'il acquiesce déjà. Quant à Fernande, qui est dévouée à Jean et qui ne jure que par lui, elle laisse perfidement entendre que Paola est une mauvaise mère. Ce qu'elle ne sait pas, c'est que Bernard lui a fait une fille souffreteuse, souffrant de mélancolie chronique. Il l'a aperçue la veille alors qu'elle rentrait. Elle paraissait si fragile que son vélo semblait trop lourd pour elle. Toute rousse, menue comme il n'était pas permis, le visage blanc éclairé par de grands yeux qui s'étiraient vers les tempes, elle ressemblait à un jeune chat affamé. Il n'avait pas osé lui demander où était sa mère. Il s'était contenté d'appeler au domicile de Paola le lendemain matin. Le téléphone avait sonné longtemps dans le vide.

Soudain, Gaspard l'interpelle :

– Antoine, vise un peu ces épouvantails !

Antoine relève la tête et voit trois silhouettes toutes de noir vêtues se diriger vers les vignes. Elles sont si uniformes qu'on dirait le duplicata de la même personne. De taille identique, elles avancent à un rythme identique. Antoine se frotte le menton, perplexe. Ce ne sont pas des gens d'ici. Bientôt, ils s'arrêtent au bord des vignes.

La personne qui se trouve au centre lui fait des grands signes. Ses gestes secs et énergiques trahissent une autorité ferme et naturelle.

– Je vais voir de quoi il s'agit.

– Des témoins de Jéhovah, sans doute. En ce moment, ces culs bénis poussent comme des champignons. Il paraît que la grosse Lulu en a chassé deux la semaine dernière, à coups d'eau de Lourdes, plaisante Gaspard, en rajoutant que coriaces, ils venaient tous les samedis frapper aux portes du village.

– Sont trop mal attifés pour ça, réplique Antoine en se dirigeant vers ces intrigantes apparitions.

Antoine éprouve une peur extrême des intrus et des inconnus. Cela provient sans doute de son enfance. À chaque fois que rentrait un étranger au domaine, la vieille Julie lui intimait l'ordre de se taire et de s'en méfier. Depuis, c'était devenu une sorte de réflexe. Bientôt, il se trouve face-à-face avec deux femmes et un jeune homme. Les deux femmes ont un visage similaire, long et aigu. L'une est sans doute la fille de l'autre. La plus âgée des deux, dans un français approximatif qui se teinte d'un accent oriental, lui demande s'il est bien le petit-fils de Jean. Il acquiesce. En passant une main devant sa bouche, comme une enfant qui s'apprête à lui dévoiler un secret, ce qu'il trouve anachronique chez une femme aussi âgée, elle murmure, en le regardant droit dans les yeux :

– Je viens d'Israël.

Sentant qu'elle guette sa réaction, Antoine se contrôle, soucieux de ne manifester aucune surprise, ce qui semble la contrarier. Il perçoit un léger rictus au coin de sa bouche. Du coin de l'œil, il l'observe. Grande, maigre, dégingandée, habillée à la diable d'une jupe à volants, d'un chemisier et d'un gilet gris foncé, elle a une curieuse allure. Des cheveux noirs rassemblés dans un chignon serré accentuent l'austérité de son visage. Les traits taillés à la serpe, le nez long, la bouche de travers, elle est loin d'être belle mais il se dégage d'elle un charme indéniable, dû sans doute à l'acuité de son regard sombre. Soudain, celui-ci s'éclaire. Elle se met à dévisager Antoine avec une bienveillance émue.

– Vous avez la même manière de plisser les yeux que votre grand-père, dit-elle simplement.

Cette remarque, pourtant si anodine, touche Antoine. C'est la première fois que quelqu'un lui trouve une ressemblance avec Jean. Cela le rend confusément fier.

– Je suppose que vous n'avez pas fait tout ce voyage avec vos acolytes pour venir me dire des gentillesses, rit-il en la dévisageant.

– Avez-vous une idée de qui nous sommes ? s'enthousiasme-t-elle en prenant un air mystérieux.

Antoine la dévisage.

– Non, mon grand-père n'est pas homme à faire des confidences, mais je suppose que votre présence ici est liée à ses activités d'ancien résistant, de passeur...

Il se mord les lèvres. Il a failli lâcher passeur de juifs. Il se racle la gorge, éclaircit le timbre de sa voix et prend quelques secondes pour trouver le bon mot. Il marmonne :

– De passeur d'enfants.

En détachant chacune des syllabes de son nom, elle se présente.

– Je suis Hanna Jacob.

Comme elle ne perçoit aucune émotion chez Antoine qui continue à afficher une expression empreinte de méfiance, elle poursuit. Il sent une pointe de déception dans sa voix.

– Je suis accompagnée de ma sœur et de mon cousin, précise-t-elle en les désignant de la main droite.

Cette dernière, qui semble son fac-similé, en plus jeune, et en plus brune encore, acquiesce du menton. Des paupières lourdes accentuent son air de Pierrot triste.

Le jeune homme s'avance d'un pas.

– Je suis Ethan.

Antoine remarque qu'il a une voix grave et assurée, qui contraste avec son physique. Aussi longiligne que les deux femmes, il paraît bien fluet. Les traits réguliers, les yeux grands et doux, les cheveux clairs, il est sans conteste le plus beau des trois. Il porte des petites lunettes à monture invisible. Ses verres, qui semblent posés devant lui comme de très fins rideaux, donnent à son regard un air étrange et mélancolique. Les yeux d'Antoine fixent Hanna. La peau ridée, flétrie aux commissures des lèvres, les yeux encerclés de cernes bleuis, les cheveux d'un noir de jais entremêlés de mèches grises, elle paraît âgée. Comme si elle captait sa pensée, en fronçant ses sourcils, Hanna chuchote :

– J'ai vieilli prématurément. Vingt ans de kibboutz et une leucémie fulgurante, ça vous ronge une femme. N'étant pas destinée à finir centenaire, tant mieux, j'aurais été une vieille dame épouvantable, ajoute-t-elle non sans un certain humour. J'ai voulu rendre hommage à celui, sans qui, je ne serais jamais née, ni ces deux-là, précise-t-elle, en pointant sa canne en direction de sa sœur et de son cousin.

Antoine note que ces derniers boivent ses paroles, le regard empreint d'admiration. Lui trouve qu'elle manque d'humilité. Dogmatique, du style à aimer faire la morale aux autres, elle transpire la suffisance. Plus il l'observe, plus il est persuadé qu'elle est dotée d'un caractère imbuvable. Sa façon de lever sa canne lui rappelle la vieille Julie. Elle paraît aussi autoritaire qu'elle, et dans ses yeux luit la même lueur un peu fauve. Il la regarde reculer légèrement pour se placer devant eux. Antoine a l'impression qu'elle se croit sur une estrade de théâtre. Sa voix prend un ton presque solennel. Son parfum est lourd, une fragrance de musc d'orient et d'ambre.

– Nous avons envoyé un dossier à la Knesset afin d'honorer votre grand-père en lui attribuant la médaille des Justes, pour avoir sauvé deux membres de notre famille et beaucoup d'autres enfants, et il y a quinze jours, elle a accédé à notre demande.

Hanna, qui quête une réaction chez Antoine, est déçue. Il ne bronche pas. Elle poursuit en précisant qu'il s'agit de la plus haute distinction honorifique délivrée par l'État d'Israël à des civils.

– On ne rencontre que peu de Justes au cours d'une vie,

des gens exceptionnels dont l'âme n'a d'égale que leur humilité. Jean est un homme de cette trempe, clame-t-elle, presque lyrique.

Antoine la contemple, l'air amusé, ce qui agace Hanna. Voulant absolument capter son attention, elle installe ensuite un bref silence, comme pour mieux ménager ses effets, puis en adressant des coups d'œil complice à sa sœur et son cousin, s'exclame :

– L'ambassadeur d'Israël venu avec une délégation est en ce moment même en train de s'entretenir avec le maire de Chassagne.

En voyant une lueur d'étonnement s'allumer dans le regard d'Antoine, elle est soulagée. La froideur qu'il avait affichée jusque-là la décontenançait. Manifestement, il n'a pas l'empathie naturelle de Jean, mais il n'est pas indifférent, ce qui est déjà ça, évalue-t-elle en se rapprochant de lui.

– Avant de voir Jean, nous voulions discuter avec vous. Vous êtes son avenir. Avant les officiels, il est important pour nous que nous lui annoncions ensemble cette bonne nouvelle.

Antoine est bouleversé, c'est la première fois qu'on lui attribue indirectement son rôle de chef de famille, et il faut que ce soit quelqu'un venu du bout du monde qui ait cette attention-là.

Il se redresse fièrement.

– Bien sûr, je vous accompagne auprès de lui.

Il met ses mains en cornet et appelle Gaspard.

– Arrête de travailler et rejoins-nous.

Puis, joyeusement, clame :

– Nous allons déboucher le meilleur de nos vins, pour célébrer cette excellente nouvelle.

C'est alors qu'on entend crier une voix.

– Hanna ! Hanna !

C'est Jean qui leur fait des signes à l'aide de son bâton

de marche. Juju, le regard courroucé, avance à ses côtés.

Jean s'est toujours refusé à avoir une canne, dernière coquetterie de vieux monsieur, observe Gaspard, admiratif. *Malgré ses rhumatismes, il se tient droit comme un I.* Le regard de Gaspard glisse sur la minette. Il se demande si la Fernande n'a pas raison en pensant que Juju veille sur Jean depuis la mort de la vieille Julie. Ce matin encore, elle lui avait dit avoir lu dans un magazine que les chats étaient médiums et qu'ils voyaient l'avenir. En tout cas, Gaspard avait remarqué que depuis quelques jours, Juju ne quittait pas Jean d'une semelle. Redoutait-elle qu'il ne lui arrive malheur ? Cette minette, dont on ne sait toujours pas d'où elle vient, l'intrigue depuis le début, comme tous au domaine, et comme tous, il n'a pas trouvé de solution. Cette chatte est un véritable mystère.

Le visage d'Hanna s'illumine. En souriant, elle va à la rencontre de Jean et se jette dans ses bras.

– Jean, je suis si contente de te revoir, si contente. Tu me reconnais ?

– Comment aurais-je pu oublier tes yeux si vifs et si pénétrants, Hanna ? déclare-t-il.

Son sourire s'élargit.

– Tu as bien fait de venir, je suis vieux désormais et n'en ai plus pour très longtemps. Le temps m'est compté.

– Pas autant qu'à moi, Jean, répète deux fois Hanna en prenant ses mains dans les siennes.

Jean se penche vers elle. Elle lui murmure quelque chose à l'oreille. Il se redresse et lui caresse les joues du bout des doigts. Une larme glisse qu'elle essuie aussitôt.

Juju se frotte contre les jambes de la malade. Elle se baisse et la cajole.

Il esquisse un sourire.

– Te voilà adoptée, Hanna.

Les autres les rejoignent. Antoine est stupéfait. Au

contact de Jean, Hanna s'est détendue. On pourrait presque la trouver jolie. Le cousin et la sœur se tiennent en retrait, comme intimidés. Hanna les désigne du doigt.

Voici Judith et Ethan.

Le regard de Jean s'attarde sur Ethan. *Si on lui avait laissé le temps de grandir, Ézékiel aurait sans doute ressemblé à ce beau garçon brun*, présume-t-il. Un instant, il ferme les yeux. Ézékiel avait un visage d'ange. Il se rappelle ses yeux d'ambre. Depuis quelque mois, la nostalgie le gagne souvent. Les méfaits de l'âge. D'un geste assuré, il passe son bras autour des épaules d'Hanna, dépose un baiser sur ses tempes et l'entraîne en direction de la maison. La venue de la famille Jacob rompt la routine dans laquelle s'enlise sa vie depuis quelque temps. Repas, promenades dans les vignes, télévision, longues siestes, chaque jour suit le même inexorable rythme. Des journées de vieillard qui correspondent si peu à son âme de jeune homme. S'il n'a plus l'allant d'autrefois, il reste encore en lui l'envie de faire et d'être. Ses souvenirs affleurent et défilent comme des diapositives. Il garde d'Hanna l'image d'une jeune fille joyeuse et intrépide et voilà qu'il se trouve face à une femme au regard grave qui vient de lui annoncer sa mort prochaine.

Le soir, à la veillée, alors qu'un feu doux et apaisant flambe dans la cheminée, Hanna raconte sa vie en Israël. En appuyant chacun de ses propos d'un geste circulaire de la main, elle explique qu'elle dirige une association caritative pour les enfants déshérités. Ethan en est l'administrateur et Judith y travaille comme éducatrice. Une histoire de famille en somme. Mathilde, qui est revenue de Paris en fin de journée, l'écoute d'une oreille distraite, visiblement ailleurs. Antoine souffle d'exaspération. Gabriel paraît subjugué. Rémi parle avec Ethan. Manifestement, ils ont sympathisé. Fernande et Gaspard sont aux anges, non pas à cause de la présence des Jacob, mais parce que le petit

Jean est là lui aussi pour quelques jours. Ils en sont si fiers. Jean, lui, est songeur. Cette médaille des Justes lui importe peu, se reprochant de ne pas avoir su sauver Ézékiel. Il n'a d'ailleurs pas l'impression de l'avoir tellement méritée. Mais après tout, puisqu'on la lui donne, pourquoi la refuser, considère-t-il en se demandant ce qu'en aurait pensé la vieille Julie. Elle en aurait ri probablement. Au village, il serait au centre de toutes les conversations, ce qui ne lui était pas arrivé depuis longtemps. Il tire une bouffée de sa pipe. De sa bouche, des volutes de fumée sortent qu'il expire doucement jusqu'à trouver le bon rythme. Observant les uns les autres avec tendresse et si étonnamment réunis, il a l'impression de vivre un rêve éveillé. Il est heureux. *Je pourrai partir tranquille, quoiqu'il arrive, le domaine survivra*, médite-t-il en se reprochant aussitôt de penser comme la vieille Julie.

XX

La vigne d'Hanna

L'air se réchauffe comme à regret aux rayons d'un soleil déjà haut. Le printemps semble encore hésiter à s'installer. Il offre son image, mais s'obstine à refuser sa douceur, comme une amoureuse craintive qui se dérobe aux caresses impatientes de son amant. Les vignes ont déjà des bourgeons, et des petites feuilles apparaissent. Si on s'approche, on peut sentir la sève circuler dans leurs rameaux. La taille est finie, Gaspard a commencé depuis hier à les attacher sur des fils de fer pour maintenir leurs sarments. Si le temps tourne au beau, elles seront en fleurs dans moins d'un mois. Appuyé sur son bâton de marche, un bon bâton de noyer solide qu'il utilise de plus en plus souvent, Jean les contemple. Domestiquées depuis longtemps par une succession de générations laborieuses, elles n'ont jamais été aussi belles. Auprès de lui, Hanna avance, silencieuse. Elle et les siens sont sur le point de rentrer en Israël. Restés une dizaine de jours, ils ont apporté beaucoup de sérénité dans la vie du vieil homme, qui regrette leur départ. *Le temps passe trop vite !*

S'il a aimé converser avec Ethan, garçon sensible et cultivé, rire avec Judith, jeune femme douce et attachante, Jean a été subjugué par Hanna. Il admire la finesse de son intelligence, son incroyable capacité à faire la part des choses, son courage. Elle est si vive, si pleine de vie, qu'il a du mal à imaginer que bientôt elle n'existera plus. Malgré son âge, il ne se sent pas prêt à mourir, aussi il admire la manière dont Hanna, qui est si jeune, évoque la sienne sans peur, et sans révolte. De sa voix rauque qui donne de la solennité à ses paroles, elle exprime les choses les plus graves avec une simplicité déconcertante. Désormais, grâce à elle, il envisage la fin de son existence sous un autre angle. Jamais il n'a parlé avec une telle profondeur avec une femme, même pas avec Jeanne. Hanna, la rebelle, l'insoumise, la pas-douce, la pas-drôle, mais Hanna la vraie, la fidèle, la sans-compromis, la forte, celle devant qui on peut mettre son âme à nu, sans avoir peur de la décevoir, elle est la seule qui aurait pu lui insuffler le courage nécessaire lors de ses dernières minutes de vie. Malheureusement elle allait mourir avant lui. Comme pour le confirmer, Hanna est prise d'une violente quinte de toux qui la plie en deux. Jean, inquiet, ne sait pas comment l'aider. Hanna lui fait signe de ne pas l'approcher. Elle s'arrête un instant, se redresse, respire profondément et relève la large mèche brune qui barre son front.

– Ça va, Jean, ça va.

C'est devant l'épreuve qu'on mesure la qualité d'un homme ou d'une femme, et Hanna fait preuve d'un remarquable courage. Le regard fier, elle s'efforce de sourire. Même malade, elle éest capable d'en imposer.

L'ancien résistant allume sa pipe en protégeant la flamme du vent. Il soupire. Il est persuadé qu'Hanna a pleinement conscience du pouvoir qu'elle exerce sur autrui, et qu'elle a tendance à en abuser. Son autorité naturelle aurait fait d'elle un redoutable chef de guerre. *C'est le genre de femme qu'on aime ou déteste, mais qui ne laisse personne indifférent*, remarque-t-il en pensant à Antoine et Mathilde qui, chacun à leur manière, semblent heurtés par sa brusquerie. Antoine fronce les sourcils en permanence, Mathilde, agacée, masque mal sa contrariété, Fernande la regarde d'un œil méfiant et Gaspard affiche clairement son hostilité. Jean se demande ce qu'en aurait pensé la vieille Julie. Elle l'aurait probablement franchement détestée. Depuis quelque temps, il croit voir cette dernière partout. Dans la chambre, la cuisine, la cuverie, au milieu des vignes. Le vent lui ramène des bribes de sa voix. Les anciens racontaient autrefois que lorsqu'on commençait à percevoir les morts, c'est qu'on allait bientôt les rejoindre. Ils étaient là, comme en attente, prêts à vous accompagner pour votre grand voyage. Jean se dit qu'après Hanna, ce serait son tour. Un instant, il se demande ce qu'il adviendra du domaine. Il n'est pas certain que Mathilde et Antoine vieillissent ensemble. Plus que jamais, ils semblent étrangers l'un à l'autre. Si Mathilde partait, les vignes dépériraient, tant il semble exister entre elles un indéfectible lien.

Jean se rapproche des vignes et leur murmure des mots doux, ce qui provoque l'hilarité d'Hanna.

– On a l'impression que vous parlez à une compagne, Jean.

– Plus fidèles qu'une amante, elles ont accompagné toutes mes joies, consolé tous mes chagrins et tant donné : du plaisir, de la fierté, et le plus important, un sens à ma vie, raconte-t-il.

En réajustant sa casquette sur sa tête, il ajoute :

– J'ai failli les quitter une fois pour l'amour d'une femme. Aujourd'hui, je crois que si je l'avais fait, je serais revenu un jour ou l'autre auprès d'elles.

Hanna écarquille les yeux, étonnée. Elle a du mal à l'imaginer jeune et amoureux. Elle l'a toujours vu, sans doute à cause des confidences de son père, comme un chef de guerre exemplaire, très attaché à sa famille, pas comme quelqu'un qui pouvait avoir des doutes, et qui aurait pu tout quitter pour une femme. Elle le regarde à la dérobée. Jean est beau malgré son grand âge. Dans sa jeunesse, il devait être irrésistible et nombreuses devaient être celles qui lui tournaient autour. *Celle qui a fait chavirer son cœur devait être exceptionnelle*, songe-t-elle, travaillée par le désir de savoir de qui il s'agissait. Elle hésite, puis se ravise devant le visage fermé du vieil homme. Le regard au loin, il semble ailleurs. Grand, robuste, Jean ressemble à un chêne. Elle pressent qu'il vivra encore longtemps après elle. Elle le voit bien devenir centenaire.

Hanna fait la moue. Dans sa descendance, aucun n'avait hérité de son charisme. Antoine, s'il a un physique agréable, n'est psychologiquement pas assez solide pour avoir de l'ascendant sur autrui. La douceur de Gabriel, qui par ailleurs ressemble beaucoup à sa mère, n'en ferait jamais un meneur d'hommes. Quant à Rémi, s'il a la beauté du diable avec ses grands yeux bleus, on le devine trop instable pour devenir un adulte serein et fiable. Manifestement, Jean est le chef de cette famille. Une fois parti, elle se demande si celle-ci ne volerait pas en éclat. Antoine et Mathilde affichent une indifférence si troublante qu'on a l'impression que leur couple ne tient qu'à un fil, les deux frères, Gabriel et Rémi, paraissent bien trop différents pour bien s'entendre à terme. Le seul lien qui les unit, c'est Jean, que tous respectent et aiment profondément. Dans leur regard vacille la même flamme de tendresse quand ils s'adressent à lui. Le constater la bouleverse. Il perdurerait longtemps dans leur mémoire. Avec une certaine amertume, elle médite sur sa propre disparition. Elle qui n'a pas eu d'enfant serait vite oubliée. Certes, elle pouvait compter sur Judith pour fleurir sa tombe, sur Ethan pour l'évoquer lors de la fête d'Hanouka, mais pour combien de temps ? Ils finiraient l'un et l'autre par fonder un foyer et elle ne serait plus pour eux qu'un vague souvenir.

Jean pose sa main sur la sienne.

– Hanna, te voilà bien pensive.

Elle baisse les yeux, comme une écolière prise en faute, puis se détourne vivement.

– À ma mort, il ne restera rien de moi, pas la moindre trace.

Il secoue le menton, pensif.

– Si, Hanna, l'institution que tu as créée.

– Je ne serai plus qu'un nom et un prénom écrits sur une plaque de marbre.

– Non, on évoquera tes engagements.

– On fera croire aux enfants que j'étais une femme formidable, une sorte d'héroïne aseptisée, ricane-t-elle, la gorge nouée.

– Si ça peut te faire plaisir, tes élèves se souviendront de ton fichu caractère et en feront la légende à l'école, plaisante-t-il.

– Ça, sûrement, Jean, mais je n'aurai rien laissé de vivant derrière moi, maugrée Hanna en plissant les yeux.

La sentant submergée par l'angoisse, Jean la prend dans ses bras et lui caresse délicatement les cheveux.

– Je te comprends tellement, Hanna. J'ai éprouvé ce sentiment quand mon fils a quitté le domaine. Tu sais que mon fils était un vaurien ? Ton père a dû t'en parler.

Hanna acquiesce. Jusqu'à son dernier soupir, son père s'était toujours demandé comment Jean avait pu avoir un fils pareil. Elle hoche la tête. Dans le fond, elle préfère ne rien laisser derrière elle, plutôt qu'un enfant comme le sien. Pourtant ce saligaud a à son tour procréé, et Antoine quelque part, a racheté ses fautes. Son arrivée dans la vie de Jean a dû être une bénédiction. De toute façon, pour elle, le problème ne se pose pas. Elle n'a jamais aimé suffisamment quelqu'un pour que naisse chez elle l'envie d'être mère, jamais. Si elle avait eu un enfant, il aurait été condamné à grandir sans elle. Elle sourit en pensant à Judith, dont le désir de maternité la solicitait en permanence. Elle la croyait capable d'épouser n'importe qui pour l'assouvir. Contrairement à elle, Judith n'est pas régie par la passion. Elle se contenterait d'un bonheur paisible.

Hanna n'aime pas s'épancher. Elle n'en a pas l'habitude. Dans sa famille, trahir ses émotions est considéré comme une faiblesse. Là, pour la première fois, elle s'abandonne. Elle se cache au creux de son épaule et reste longtemps accrochée à Jean, croyant puiser en lui une sorte d'apaisement régénérant. Doucement, et comme à regret, elle le sent se détacher d'elle.

– Attends-moi ici un instant.

D'un pas élastique, comme s'il avait retrouvé de la vigueur, Jean, s'appuyant à peine sur son bâton de marche, se dirige vers la cuverie. Sourire aux lèvres, accompagné de Gaspard, il en revient cinq minutes plus tard.

Il pointe un index impérieux à droite puis à gauche de la vigne.

– Hanna, on va te donner un pied de vigne. Gaspard va le marquer de rouge afin de s'en souvenir. Il le retirera en automne prochain et viendra le planter dans ton institution en Israël pour qu'il prenne. Voilà ce que tu vas laisser de vivant derrière toi, Hanna Jacob.

Tous les jours, les enfants prendront soin de la vigne d'Hanna. Touchée par cette attention inattendue, elle se met à rire, d'un rire clair et sonore, puis ferme ses paupières pour retenir ses larmes. Des vignes pour perdurer une mémoire est original. Plus elle y réfléchit, plus elle trouve cette idée géniale. Elle y voit deux avantages. C'est la possibilité de créer un lien indéfectible avec le précieux cépage Bourguignon mais aussi celle de donner une formation à ses élèves.

Gaspard roule des yeux.

– En Israël, patron, vous voulez que j'aille en Israël, répète-t-il en boucle.

Jean pose sa main sur son épaule.

– Oui, tu es un excellent vigneron, Gaspard. Tu leur transmettras notre savoir. La Fernande t'accompagnera.

– Mais Jean, avec la Fernande, on n'a jamais pris l'avion.

– Et bien ça sera l'occasion mon gars, ça n'a rien de sorcier.

– Arracher un pied de vigne, c'est comme une mutilation patron, bredouille-t-il alors rouge d'émotion.

Il esquisse un sourire.

– Les vignes nous pardonneront. Elles savent que c'est pour renaître ailleurs.

– Mais, Antoine... s'inquiète Gaspard.

– Il comprendra.

Hanna n'en est pas si sûre. Son petit-fils n'a ni l'idéalisme ni la générosité de Jean et paraît entretenir avec ses vignes un rapport à la fois plus viscéral et plus charnel. Elle avait été troublée quand, au cours d'une conversation, il avait confié qu'enfant, il consolait ses chagrins en se cachant au cœur des vignes. Elle se souvient de son expression, dans son regard brillait l'incertitude du petit garçon fragile qu'il avait été. L'œil d'Hanna glisse sur Gaspard qui s'en va en ronchonnant. Dévoué corps et âme à Antoine, il ne serait pas facile à apprivoiser, mais elle compte sur l'habileté de Judith pour y parvenir. Elle voit déjà l'endroit où elle devrait planter la vigne. Pourvu qu'elle vive jusque-là... D'après les médecins tenir jusqu'en automne tiendrait de la prouesse. Vivre jusqu'à la naissance de sa vigne serait un challenge.

Hanna dépose une enveloppe jaunie dans la poche de ami.

– À moi de te surprendre, Jean. Promets-moi de l'ouvrir après notre départ.

Jean acquiesce.

Il sourit en voyant Juju s'enrouler autour des jambes d'Hanna.

– Elle t'a adoptée.

Hanna se penche et caresse la minette.

– Elle va me manquer. Elle m'a suivie tout le long de mon séjour ici. Chaque fois que je me retournais, elle était derrière moi. On a l'impression qu'elle se considère comme la propriétaire du domaine. Elle a griffé Ethan l'autre jour, lorsqu'il est rentré à la cuverie. On aurait dit qu'elle ne voulait pas qu'il y aille.

Jean bourre sa pipe de tabac.

– Cette minette est un vrai mystère, reconnaît-il en secouant la tête, d'un air songeur.

XXI

Le retour de Paola

La pluie tombe, dense et lourde, sans discontinuer depuis l'aube, striant le paysage de longs traits gris. Paola, revenue la veille, vient d'ouvrir ses volets, elle tend sa main. De grosses gouttes s'écrasent dans sa paume, chaudes et douces. Elle les répand sur son visage et sur ses lèvres. En communiant ainsi avec la nature, elle a l'impression de revivre. Vivre dans l'univers confiné de l'hôpital a été une véritable torture. Elle allume une cigarette, la troisième depuis son réveil. Elle n'a pas meilleur goût que les autres. Âcre et amère, comme sa douleur. *Ça sera la dernière*, se promet-elle. Elle l'écrase sur le rebord de la fenêtre. Elle inspire et expire à fond. Une odeur fade de terre mouillée parvient des vignes toutes proches. *Avril a été fort pluvieux*, regrette Paola, qui rêve de soleil. *Demain, je fleurirai la maison de muguet*, se réjouit-elle en espérant un joli mois de mai.

Elle passe une main sur sa tête. Elle sent ses cheveux repousser. Le médecin lui assure qu'ils seront encore plus beaux qu'avant. Elle a du mal à le croire. Dépouillée de ses cheveux, elle se trouve laide. Tous ses défauts, son nez trop fort, ses lèvres trop charnues, ses yeux légèrement tombants sont mis en relief. Lorsqu'elle se regarde dans le miroir, elle a souvent l'impression que le visage qui lui fait face n'est pas le sien. Elle refuse que quelqu'un, à part les médecins et le personnel médical, la voie ainsi. Chaque fois que Bernard et Alexandra venaient à la clinique, elle enroulait son crâne dans un foulard de couleur qu'elle nouait savamment.

– Tu ressembles à une cantatrice grecque, riait alors Alexandra, mais son rire sonnait faux.

Visiblement, elle avait peur, peur de la perdre. Malgré le peu d'affection qu'elle lui avait donné, sa fille l'aimait envers et contre tous. Cet amour la désarçonne, elle voudrait savoir y répondre. Alexandra le mérite tellement. *Comment apprendre à devenir une bonne mère ?* soupire Paola. Pour elle, ce n'était pas, contrairement à beaucoup de femmes, naturel. Son instinct lui disait que le destin avec sa maladie lui donnait là sa dernière chance de construire avec sa fille une relation belle et saine.

Désormais elle la voit autrement. Pour la première fois, elle accepte sans amertume qu'elle soit différente d'elle. Elle arrive même à la trouver jolie, rayonnante à sa manière. Est-ce les séances de Rodolphe Meyer qui ont ravivé son envie de vivre ? Peut-être. Elle a enfin grossi. Ses joues se sont arrondies. Elle a perdu son air de petit animal blessé. Dans ses yeux brillent une lueur douce, presque joyeuse. Alexandra paraît heureuse, apaisée. Comme Bernard, elle est fondamentalement bonne. La bienveillance et le désir d'être positif sont des traits récurrents de leur caractère. Longtemps, considérant qu'il s'agissait d'une faiblesse, Paola en était agacée. Aujourd'hui, elleest persuadée que c'est là leur force. Stables et calmes, ils trouvent leur bonheur dans des joies simples.

En homme de devoir, Bernard l'a accompagnée à tous les stades de la maladie. Il est venu la voir tous les jours à l'hôpital. Il s'est comporté avec elle en mari parfait, la rassurant à chacune de ses inquiétudes.

– Comme vous avez de la chance d'avoir un époux pareil, s'émerveillaient presque en chœur les infirmières.

Chance dont j'ai pris conscience trop tard, regrette Paola en tournant fébrilement son alliance autour de son doigt. À cette heure, elle a acquis la certitude qu'elle a définitivement perdu l'amour qu'il lui portait. Rien ne semble pouvoir le raviver. Chaque jour, dans ses yeux éteints, elle ne lit plus qu'une indifférence désolée. Désormais, elle cherche simplement à entrevoir l'éventail de ce qui peut être sauvé dans leur relation. R*etrouver sa considération, puis sa confiance, doit être ma priorité*, évalue-t-elle, bien décidée à se battre pour y parvenir. La maladie lui a permis de réaliser combien Bernard compte pour elle. C'est la seule personne avec qui elle ose se montrer sans fard, laide, démunie, fragile. Depuis quelque temps, elle rêve souvent de leur première rencontre. Elle se revoit, les cheveux défaits, le visage sali par son mascara qui coule sur ses joues, baigné de larmes, prendre place au côté de Bernard dans sa voiture. Curieux instant, où elle ne savait pas encore qu'il allait devenir son époux. *N'importe quelle fille sensée serait tombée amoureuse de lui au lieu de s'accrocher à Antoine*, estime-t-elle. *Sauf moi*, peste-t-elle en haussant les épaules. Paola chasse ce souvenir de son esprit. Même le jour de son mariage, elle espérait qu'un jour ou l'autre elle quitterait Bernard pour Antoine. Aujourd'hui, pour la première fois de son existence, elle ne le souhaite plus. Elle constate avec effarement que Bernard est aussi indispensable à son bonheur et à son équilibre qu'Antoine. *Je suis à l'heure des désenchantements*, constate-t-elle.

Son opération l'a transformée. Elle voit sa vie sous un autre angle, sans passion, mais avec une lucidité sereine. D'un doigt, elle effleure sa poitrine. Elle a cru mourir de chagrin en constatant le trou béant laissé par la perte de son sein. Les premiers jours, les yeux fixés au plafond, ne parvenant pas à dormir, elle pleurait sans s'arrêter. Paola est passée par toutes les phases de la souffrance, la consternation, la colère, l'abattement, avant de glisser insensiblement vers une sorte d'acceptation bénéfique. Se laissant bercer par l'enthousiasme du médecin, elle a imaginé que la reconstitution de son sein rendrait invisible sa perte. Ni vu ni connu. En réalité, il a une si curieuse allure qu'elle évite de le regarder.

– Ne vous en faites pas, dans quelques mois, on lui tatouera une belle aréole, avait assuré une jeune infirmière pour la réconforter.

Ses mots l'ont plongée dans le même cycle, consternation, abattement puis acceptation. Paola serre les poings en se promettant d'être encore plus séduisante qu'avant.

D'un doigt léger, elle caresse sa perruque. En cheveux naturels, elle est magnifique. Elle la pose délicatement sur sa tête, puis entreprend de se maquiller. Du fond de teint, du rose sur les joues, de l'eyeliner sur les paupières, du mascara. Paola passe sa langue sur ses lèvres afin d'en raviver la couleur. Elle fait la moue. Il est trop tôt pour oser un rouge éclatant. Paola s'ingénie à recomposer son visage, elle se retrouve. Elle laisse filtrer entre ses longs cils bruns un regard enjôleur. Elle agite ses doigts manucurés et quitte sa chambre en faisant virevolter sa robe, une belle robe fluide d'un rouge profond, autour de ses jambes, affinées sans doute par sa perte de poids, qui semblent avoir retrouvé leur jeunesse. Paola grimace, bien décidée à donner à son existence un nouveau souffle, ce qui n'est pas si simple. Elle a vu un psychologue mais leurs échanges ne l'ont guère aidée. Le pauvre garçon était aussi expressif qu'une façade de crématorium, ce qui la déprimait. Elle a donc choisi de réfléchir seule à sa vie, et à ce qu'elle voulait désormais en faire.

Paola chantonne. *Sous ton visage, une larme*, de Bobby Solo et, en souriant, se dirige dans la cuisine. Elle se retrouve nez à nez avec la nouvelle bonne que vient d'engager Bernard.

– Bonjour madame, dit-elle sobrement.

Elle n'a pas l'accent bourguignon, remarque Paola en la dévisageant. La cinquantaine bien sonnée, le visage long mais avenant, ni jolie, ni franchement laide, elle affiche une assurance sereine. On lit dans ses yeux une détermination tranquille. Son regard aigu, rusé, méfiant impressionne. Paola sent immédiatement que ce n'est pas le style de femme à se laisser embêter. Elle sourit. C'est fini le temps où elle passait allégrement sa mauvaise humeur sur les jeunes boniches. Elle hausse nonchalamment des épaules. La maladie lui a fait perdre sa hargne.

Paola l'observe astiquer les casseroles de cuivre. Elle remarque son geste sûr et précis.

– Vous n'êtes pas de Chassagne, je vous connaîtrais ?

– Si, je viens de m'y installer. J'ai hérité de la maison de ma tante, explique-t-elle, laconique.

Paola l'observe. Ce n'est pas une paysanne, elle a trop de classe pour ça.

Comme si elle lisait dans ses pensées, celle-ci murmure :

– Je suis veuve et la pension de retraite de mon mari ne me suffit pas. Et puis, ça m'évite de m'ennuyer, rajoute-t-elle avec une pointe d'amertume dans la voix.

Paola dodeline du menton. Cela lui rappelle sa mère. Elle aussi faisait des ménages en plus de son travail pour boucler les fins de mois. Paola soupire. Petite, elle s'était fait la promesse de ne jamais manquer d'argent et elle y était parvenue. Quoi qu'il arrive, même s'il venait à Bernard l'idée de la quitter, elle en aurait suffisamment pour vivre dignement. À son insu, elle a fait de très bons placements. Elle rit. Si Antoine laissait Mathilde, elle ne pourrait probablement pas en dire autant. Avec son âme d'artiste, elle n'a pas dû avoir l'intelligence de se constituer un capital personnel. Paola grimace. Se venger de Mathilde ne lui apporte plus aucune joie. À vrai dire, l'idée de vivre avec son amant ne la fait plus vraiment rêver. En peu de temps, la maladie l'a beaucoup changée. Une nouvelle Paola, une Paola qu'elle ne connaissait pas était en train de naître.

– J'ai besoin de sortir.

La bonne ne réagit pas. Paola s'étonne. Décidément, elle n'a pas l'air commode.

– Vous vous appelez comment ?

– Nicole Alberti.

– Alberti ? Vous êtes d'origine italienne ?

– Mon mari.

– Dommage, vous auriez su faire du bon café.

– Eh bien, madame, il faudra vous contenter du mien.

Elle n'en revient pas. Elle ne manque pas de répondant, cette Nicole. Il va falloir lui poser des limites.

Paola se saisit d'un parapluie.

– J'ai besoin de prendre un peu l'air.

– Ma foi si vous le dites, réplique-t-elle avec impertinence.

La maîtresse de maison se retourne et la fusille du regard. *Ce port de tête, cette façon de sourire en biais me rappelle quelqu'un, mais qui ? Dans le village, peu de maisons ont changé de propriétaires.* Elle essaie de se remémorer les derniers défunts. Une fois dehors, Paola marche avec attention, posant un pied après l'autre, un peu comme les jeunes enfants lors de leur apprentissage. Condamnée à l'immobilité à l'hôpital, elle a besoin de reprendre ses repères pour retrouver sa grâce habituelle. Sa démarche si souple, si voluptueuse, que lui enviaient tant les autres femmes. Dans le village, elle aperçoit des guirlandes qui restent encore accrochées aux arbres, des restants de fête. Elle hausse les épaules. *Qu'ont-ils donc bien pu célébrer à cette période de l'année ?* s'interroge-t-elle en se dirigeant vers la mairie. Elle aime à lire sur le panneau d'affichage le nom des futurs mariés. Cela l'amuse de savoir qui va bientôt se mettre la corde au cou. *Le mariage, quelle foutaise !* ricane-t-elle.

C'est alors qu'elle découvre avec surprise la photographie de Jean Dalager. Le texte qui l'accompagne souligne qu'il vient de recevoir la médaille des Justes. *Les guirlandes, c'était donc pour lui... Bon sang ! Il va nous jouer les héros jusqu'à la fin de ses jours, ce vieux bougre*, fulmine-t-elle. *Ils vont finir par baptiser une rue à son nom.* Elle en trépigne de rage.

– Bon il, faut que je me calme, lance-t-elle à voix haute.

Se signant machinalement, elle se dirige alors vers l'église. Elle a décidé de se réconcilier avec Dieu. *On ne sait jamais, c'est mieux de l'avoir dans sa poche, comme l'aurait dit ma mère*, s'amuse-t-elle. *Mon cancer peut reflamber. Je ne suis pas à l'abri d'une récidive.* La porte grince. *Bon sang ! Le curé pourrait huiler ses gonds*, s'énerve-t-elle en plongeant une main rapide dans le bénitier. *C'est un vrai nid à microbes mais bon,* soupire-t-elle en faisant trois fois le signe de la croix. Elle dépose cinq francs dans une urne, allume un cierge. À sa suite, elle en allume deux autres. Elle récite le « Notre Père » et le « Je vous salue Marie », sans accroc. Surprise de ne pas avoir oublié ses prières, elle dodeline du menton. *Il me reste au moins ça de mon enfance.* Soudain, elle perçoit comme un bruissement, puis des pas rapides qui résonnent sur les dalles. Elle se retourne. Elle voit un jeune homme de dos. *D'où vient-il ?* S'il était arrivé après elle, elle aurait entendu la porte grincer. Elle réfléchit, il était sans doute dans le confessionnal. *Qu'y faisait-il ? Il n'y a pas de curé aujourd'hui.* Elle se rappelle que petite, elle aimait à confesser ses péchés dans les confessionnaux vides. Pour le curé, elle dressait une liste de fautes inventées qu'avec Mathilde, elles s'échangeaient allègrement. C'est alors qu'elle le reconnaît. Les cheveux bruns, bouclés, c'est le fils Dalager, celui qui joue au Thierry la Fronde avec ses vitres. *Il est temps de lui parler,* décide-t-elle en le voyant sortir. Elle le suit, ouvre derrière lui la lourde porte de l'église et l'aperçoit sur le trottoir d'en face embrasser à pleine bouche Alexandra. *Ma propre fille !* Elle en reste bouche bée. Tout à leur étreinte, ils ne l'ont pas vue. Par crainte d'être découverte, elle rentre de nouveau dans l'église. Elle s'assoit et joint les mains, pensive. *Depuis combien de temps cette histoire a-t-elle commencé ?* se demande-t-elle. *Par tous les diables, c'était donc l'amour qui avait sorti Alexandra de son désarroi ?* Sous des dehors sages et timides, sa fille serait-elle une passionnée ? Paola est perplexe. Elle y voit comme une sorte de malédiction familiale. Des deux frères, Rémi est celui qui ressemblait le plus à Antoine, il a son arrogance, sa sensualité à fleur de peau. Tôt ou tard, il briserait le cœur d'Alexandra. *À moins qu'ils ne s'aiment pour de bon, ce qui serait encore pire*, s›inquiète Paola, prise de nausée à l'idée que sa fille puisse avoir un jour un enfant d'un fils de Mathilde. Imaginer leurs sangs à jamais mêlés la déconcerte. Elle reste un long moment immobile, les bras ballants, comme pétrifiée. C'est le bruit de la cloche qui sonne dix heures qui la tire de sa torpeur. Elle se lève et, d'un pas mécanique, retourne près de l'urne où elle dépose un billet de cinquante francs. D'un geste vif, elle allume l'ensemble des cierges. Elle les contemple d'un œil désabusé, puis s'en va. Derrière eux, elle voit courir un chat noir.

Dehors, la pluie tombe dru, Paola ne prend même pas la peine d'ouvrir son parapluie. Au contraire, elle tend son visage vers le ciel, l'offrant à l'ondée. De grosses gouttes s'écrasent sur ses cheveux, ses joues, ses lèvres. Elle a l'impression que l'eau la purifie. Tremblante, elle capte l'air à pleins poumons et rit doucement. Derrière leurs fenêtres, elle imagine les commères du village se moquer d'elle, ce qui l'indiffère. Personne ne l'a jamais vraiment acceptée, ici. Il y a longtemps qu'elle a renoncé à vouloir donner une bonne image d'elle. À vrai dire, elle a toujours fait ce qui lui plaisait, sans se préoccuper du qu'en-dira-t-on.

Une voiture ralentit.

– Tu es trempée, monte.

La voix est à la fois chaleureuse et impérieuse. C'est la voix que Paola aime le plus au monde, la voix d'Antoine. Elle prend place auprès de lui, frissonnante.

Il pose sa main sur sa cuisse.

– Tu m'as manqué.

Elle hausse nonchalamment des épaules. Leurs regards se croisent. Il rit. Paola s'étonne d'aimer autant son rire. Légèrement rauque, tout en cascade, il est particulier.

Antoine sent bon. Un parfum boisé mélangé à du vétiver. L'odeur aseptisée de l'hôpital lui avait fait oublier combien il pouvait parfois être agréable de respirer. Il ne parle pas. Elle est soulagée qu'il ne lui demande aucune explication. *A-t-il souffert de mon absence ? Probablement.* Elle l'avait habituée à être toujours là pour lui. Antoine roule vite. Il slalome maintenant dans les rues qu'il connaît si bien. Il allume la radio. Comme elle, il n'aime pas le silence. Les tubes à la mode s'égrènent. En secouant la tête, Antoine les accompagne en sifflant. Sur la route, peu de monde. La pluie est de plus en plus forte. Le paysage défile devant eux comme une longue carte postale voilée. Chassagne est déjà loin. Paola a la gorge sèche. Les paumes de ses mains sont moites. Son bas-ventre s'éveille dangereusement. Le désir, qu'elle réprime, d'enlacer Antoine lui serre si fort la poitrine qu'il l'empêche de respirer.

Antoine emprunte un petit chemin au milieu d'un sous-bois, freine, puis s'arrête. Il se penche vers elle, l'attire à lui. Il l'embrasse avec fougue en plongeant sa langue tout au fond de sa bouche puis agrippe ses hanches à pleines mains. Paola frémit, repose délicatement sa tête contre son torse, se laissant envahir par la sensation de ses mains qui lui caressent le ventre, la poitrine. Antoine ne s'est aperçu de rien. Soulagée, Paola s'abandonne à ses doigts habiles. Sa peau se réchauffe doucement, s'électrise et son désir timide devient soudain incandescent. Ses tempes sont en feu. La volupté envahit ses veines, brûlant très vite, comme un poison dont on lui refuserait l'antidote. Brusquement, Paola se cabre violemment, secouée par un sublime orgasme qui la fait se tordre de plaisir. Elle se détend seulement au bout de quelques secondes, se laissant alors aller à une douce sensation de bien-être. Elle ne s'est jamais sentie aussi vivante.

Antoine allume une cigarette avec un plissement voluptueux de la bouche. Il tire deux ou trois bouffées puis, après avoir ouvert la fenêtre de la voiture, la jette au loin.

– Je te ramène chez toi.

Paola acquiesce. Elle a soudain l'envie de lui parler d'Alexandra et de Rémi puis se ravise, soucieuse de ne pas troubler l'harmonie du beau moment qu'ils viennent de partager. Le front lisse, un sourire aux lèvres, Antoine semble comme apaisé.

Une fois devant chez elle, et Paola descendue de voiture, il baisse sa vitre pour lui demander :

– On se revoit bientôt à l'appart ?

Elle fait non de la tête. Puis, d'une voix presque murmurante, elle ajoute .

– Je pars quelque temps dans le midi. Je t'appellerai.

Antoine la contemple un instant, incrédule. Alors qu'elle a déjà le dos tourné, il lui dit :

– Paola, ne te mêle pas des histoires de nos enfants.

Surprise, Paola se retourne, revient sur ses pas et rentre s'asseoir à côté d'Antoine.

– Tu étais au courant ?

Il soupire.

– Depuis quelque temps, j'ai remarqué beaucoup de changements dans le comportement de Rémi. Moins agressif, plus souriant, il est presque supportable. Il s'est même remis à travailler à l'école. J'ai tout de suite pensé qu'il y avait anguille sous roche et que c'était sûrement à cause d'une fille. J'étais loin de me douter que c'était la tienne.

– Tu as joué à Sherlock Holmes ?

– En quelque sorte. J'ai commencé par questionner Gabriel, mon fils aîné. Il a confirmé mes soupçons en me disant qu'il s'agissait bien d'une fille mais a refusé de me donner son nom. À sa mine embarrassée, j'ai tout de suite compris qu'il y avait un hic. Pas une seconde, j'ai songé à ta fille. Comme tu l'as mise en école privée dès la primaire, je ne savais même pas qu'il la connaissait. J'ai redouté le pire. Je l'imaginais tomber dans les bras d'une femme plus âgée, une femme mariée prête à revivre *Le Blé en herbe*. Ce livre trônait sur sa table de chevet.

Paola pince ses lèvres avant de laisser échapper un léger rire.

– Il est en seconde, ton fils. Colette est à son programme.

Il passe machinalement la main dans ses cheveux, comme s'il se recoiffait, geste qu'il fait toujours quand il est vexé. Elle se dit qu'elle le connaît par cœur. Il se gratte machinalement le menton.

– C'est Mathilde qui s'occupe de ses devoirs, pas moi.

Paola baisse les yeux.

– Chez nous, ça a toujours été Bernard, mais Colette en seconde, ça existe depuis un sacré bout de temps et ça n'est pas près de changer.

Antoine intervient d'une voix plus douce. Il s'efforce de parler avec désinvolture pour bien lui signifier qu'il ne faut pas prendre au sérieux ce qu'il s'apprête à lui raconter.

– J'ai fait attention. J'ai remarqué que tous les samedis il s'éclipsait de bonne heure et qu'il s'aspergeait de mon eau de toilette. En toute discrétion, je l'ai pisté. Et banco ! Comme nos deux tourtereaux ne se cachent pas beaucoup, je suis très vite tombé sur eux. Avec Gaspard, on a fait en sorte qu'ils ne nous voient pas.

– Ça m'étonnait aussi qu'il ne soit pas dans le coup, celui-là.

– Tout ça pour te dire qu'il n'y a pas péril dans la demeure. Ils se baladent à vélo, s'embrassent dans les champs. Rien de bien méchant.

– Et s'ils vont plus loin ?

– Il y a la pilule de nos jours.

Devant le regard effaré de Paola, Antoine cherche à la rassurer.

– Ils sont si jeunes, c'est une simple amourette sans avenir. Pour l'instant, ils se font du bien. Ose me dire que ta fille ne va pas mieux.

Elle reste pensive un instant.

– Ça tuerait Bernard, s'il savait.

Il se penche vers elle et lui caresse furtivement la joue droite.

– Chut, alors.

Paola sort de la voiture et claque la porte en levant les bras au ciel.

– Ainsi soit-il.

XXII

Quand tout bascule à nouveau

Les vignes frémissent sous la brise légère qui amoindrit la chaleur. Chaque cep bouillonne de sève et entremêle savamment ses sarments et ses larges feuilles d'un vert presque bleu, à ceux du cep voisin. Les vignes débordent de santé. De toute sa vie, Jean ne se souvient pas d'avoir assisté à une telle floraison. Comme des soldats au garde-à-vous, de belles grappes pourpres, pleines et droites, fières et raides, s'étirent. Voraces, elles cherchent à se gorger d'un maximum de soleil. C'est la promesse d'une belle récolte. Il compte trente grappes par pied. Depuis quelques jours, Antoine redouble d'attention à leur égard. Chaque jour, avec Gaspard, ils se lèvent à l'aube afin de les surveiller. Ils enlèvent les feuilles qui les entourent en vue d'améliorer leur aération et leur exposition.

Son petit-fils jubile.

– Demain, on ôtera les grappes surnuméraires, Gaspard. Il y en a beaucoup. Mon vieux, cette année, je crois qu'on va pouvoir fixer exceptionnellement la date des vendanges début septembre.

Son ami dodeline du menton.

– Les vieux vignerons disaient qu'il fallait compter cent jours après la floraison du lys blanc, or, cette année il a fleuri le 7 juin, donc on devrait vendanger autour du 17 septembre.

Le vigneron s'enthousiasme.
– Gaspard, cette année, la nature a été sacrément en avance. La vigne a fleuri avant le lys. Elle va nous rendre au centuple les bons soins qu'on lui a prodigués.

Antoine aime l'atmosphère laborieuse, solidaire et festive des vendanges. À chaque fois, il se laisse envoûter par la promesse de partager une joie simple et fraternelle et le défi de créer avec le vin, les meilleures cuvées. *Le vin*, songe-t-il, *est plus délicat que le lait. Il faut le surveiller sans cesse.*
– Mon brave Gaspard, on aura les mains encore plus rouges que d'habitude à force de manipuler les grappes et de transvaser les cuvées, tu verras !
Son second approuve d'un mouvement du menton.

Jean ne se mêle pas à la conversation. Il y a longtemps qu'il a passé le relais et qu'il laisse Antoine faire à sa guise.
– La journée s'annonce belle, remarque-t-il à voix haute.
Il aurait pu être heureux aujourd'hui. Malheureusement, il vient d'apprendre la mort d'Hanna. Un coup de fil de Judith, rapide, efficace. Dans sa voix, on sentait une sorte de soulagement résigné. Jean avait beau s'y attendre, la disparition de son amie l'anéantit. *La pauvre petite ne verra pas les premiers pieds de vigne plantés en Israël*, soupire-t-il. D'un ton solennel, Judith lui a promis de poursuivre l'œuvre de sa sœur, et d'accueillir Gaspard comme prévu, à l'automne prochain.
– Mon cousin et moi, ainsi que tous les élèves de l'école, seront à sa disposition.
D'un ton désolé, elle a ajouté qu'Hanna, qui désirait ardemment vivre jusqu'à la plantation des vignes avait lutté contre la mort pendant deux jours et qu'elle avait fini par lâcher prise. Timidement, elle lui a alors annoncé le souhait d'Hanna qu'une moitié de ses cendres soient dispersées dans les vignes de Jean.

– Comme juive pratiquante, je suis contre, a-t-elle expliqué. Mais il est de mon devoir de respecter les dernières volontés de ma sœur. Je vous les expédie donc par colis postal.

Cette manière de procéder choque Jean. Il lui semble tellement plus digne que Judith rapporte les cendres de sa sœur elle-même, mais quand il le lui a suggéré, elle a refusé immédiatement.

– C'est moins coûteux et plus pratique, a-t-elle objecté.

Pratique, c'est un mot que tous les jeunes ont à la bouche, observe-t-il. Il sourit. Judith lui a confié que les derniers mots d'Hanna ont été : « Que mes vignes soient éternelles ! » *Courageuse Hanna !*

Antoine observe Jean du coin de l'œil. Depuis la mort de la vieille Julie, il redouble d'attention à son égard. L'idée de le perdre lui est insupportable. Gaspard le rassure souvent en lui disant que son grand-père, qui est taillé comme un chêne, sera centenaire. Aujourd'hui pourtant, Antoine trouve qu'il ne se tient pas aussi droit que d'habitude et qu'il marche moins bien.

Jean dit sobrement :

– Hanna est morte.

– Il fallait s'y attendre, répond Antoine.

– Pauvre femme ! regrette Gaspard en retirant sa casquette.

Jean fixe son petit-fils dans les yeux.

– Elle veut qu'une partie de ses cendres soit dispersée ici.

Antoine arrondit ses épaules. Son regard se durcit.

– Ma foi, la vigne en a vu d'autres, non ?

Jean le regarde avec étonnement. Il s'attendait à ce qu'il s'y oppose. L'expression qu'affiche Antoine semble dépourvue d'ironie. Il a l'étrange sensation qu'il accepte cet événement insolite avec un fatalisme serein, ce qui lui ressemble peu. *Antoine a sans doute mûri ces derniers temps*, estime-t-il en oscillant du menton.

– Elles arriveront bientôt.

Antoine désigne les vignes d'un geste ample.

– Dès qu'elles seront là, on les répandra.

Jean lui tape affectueusement dans le dos.

– Merci, mon petit. Hanna était une femme bien, bravache, mais bien.

Antoine lui adresse un regard bienveillant. Jean l'appelle «mon petit» de plus en plus souvent. «Mon petit», comme lorsqu'il était enfant.

Gaspard remet lentement sa casquette sur sa tête, comme il le fait les dimanches en sortant de l'église.

– Tu es de plus en plus bigot, plaisante Antoine. Tu sais quand même qu'Hanna était juive ?

– C'est pas grave, ça, répond son ami. C'est du respect. En se tournant vers Jean, il lance fièrement :

– Vous en faites pas patron, je m'en occuperai comme il faut du cep d'Hanna. Si c'est pas malheureux, la pauvre femme. Le cancer va toutes nous les tuer. Même la Paola dont on aurait acheté la santé, elle... Sentant immédiatement qu'il en a trop dit, Gaspard s'arrête au milieu de sa phrase. Antoine le regarde, ébahi.

Jean surenchérit :

– Le curé m'a dit qu'elle était partie dans une espèce de maison de repos à Grasse, dans le midi.

Livide, Antoine serre les poings. Il la revoit lors de leur dernière rencontre. Elle était si belle, si rayonnante. Elle avait certes un peu maigri, mais il avait mis ça sur le compte d'un nouveau régime. Paola en était tellement adepte. Pourquoi ne lui avait-elle rien dit ? Il la revoit se mordiller les lèvres lorsqu'il lui avait demandé à la revoir dans leur appartement de Beaune. D'une voix murmurante, à peine audible, elle avait alors évoqué un séjour dans le midi. Il se rappelle qu'elle avait repoussé sa main quand il avait essayé de la glisser dans ses cheveux, elle qui d'habitude adorait ça. Ses cheveux, il les avait trouvés plus noirs qu'à l'ordinaire, moins ondulés. Dieu du ciel, comment ne s'est-il pas aperçu de ce qui lui apparaît là comme une évidence : Paola portait une perruque. Une douleur l'oppresse. Il a mal. Il éprouve le besoin impérieux de la voir, de la serrer dans ses bras. Il ne veut pas la perdre, jamais.

Percevant sur lui le regard incrédule de Gaspard, il lui donne un léger coup de coude.

– Bon, mon gars, ce n'est pas le moment de fainéanter, on y va sec.

Son compagnon l'approuve d'un mouvement de menton.

– Ouais patron, pas de problème. On en a pour un bon moment.

C'est alors qu'ils voient arriver Mathilde, qui, comme à chaque fois qu'elle part pour Paris, vient dire au revoir aux vignes. Elle est plus belle que jamais. C'est devenu un rituel qui intrigue beaucoup Gaspard, surtout depuis que la grosse Lulu lui a affirmé que les vignes avaient choisi Mathilde depuis longtemps. Il ne croit pas à la magie, mais il a constaté qu'il existe un lien étrange entre Mathilde et les vignes. Quand elle est là, il a l'impression qu'elles murmurent. Il s'étonne qu'Antoine ne l'ait pas remarqué. Par contre, il est convaincu que Jean le sait. Il aimerait en parler avec lui, mais il n'ose pas, alors il se tait et observe.

Mathilde est heureuse. Elle jette un coup d'œil furtif à Antoine et Gaspard et contemple les vignes. Leur vue l'apaise. Elle ferme les yeux. Dans quelques heures, elle sera dans les bras de Rodolphe. Elle aime les moments qu'elle passe avec lui. La légèreté de leur rire, la douceur de leurs caresses, lui apportent un tel bonheur. Elle a l'impression qu'ils sont en harmonie sur tout, intellectuellement et physiquement. Parfois, il lui arrive de finir ses phrases et vice versa. Elle n'a jamais connu une telle symbiose avec

Antoine. Elle est convaincue que Rodolphe est l'homme de sa vie. Elle prend une profonde inspiration. Si un jour il la priait de tout quitter pour lui, elle se demande comment elle réagirait. Laisser Antoine lui serait facile, mais abandonner Jean et les vignes lui paraissait impossible. Pourrait-elle vivre sans elles ? Elle en doute.

– C'est fini pour Hanna, lui apprend Antoine sans la regarder.

En prenant la main de Jean, elle s'inquiète.

– Oh ! J'espère que cela ne vous affecte pas trop.

Jean expire doucement, puis se reprend.

– Un peu, mais elle restera parmi nous, elle a émis le désir de voir ses cendres répandues dans les vignes.

– Quelle bonne idée ! Sa présence confirmera votre passé de résistant, quand vous sauviez les enfants, ainsi, notre vigne sera pleinement celle des Justes.

Antoine balaie l'air d'un revers de main. Sa femme est décidément une artiste, tout est symbole pour elle. Il s'apprête à lui répondre quand un cri strident brise le silence. La Fernande, les cheveux en bataille, leur fait signe.

– Monsieur Jean, monsieur Jean, venez vite.

Le vieil homme se redresse.

– J'arrive, Fernande, calme-toi.

Gaspard, en s'adressant à Antoine, ronchonne.

– Depuis quelque temps, elle ne tourne pas rond. Elle se fait des films. La semaine dernière elle m'a assuré qu'un étranger était rentré chez nous. Nos armoires auraient été fouillées. Il y a deux jours, elle était persuadée que quelqu'un a changé son magazine de place et hier, elle hurlait que quelqu'un a avancé la pendule.

– Ah ! Les femmes, mon pauvre Gaspard, elles nous damneront. On croit les connaître et en réalité, elles nous échappent. Leur esprit nous échappe.

Il approuve d'un mouvement de tête.

– Tu crois qu'elle s'ennuie ?

– Sans doute, votre fils est grand maintenant.

– Peut-être, mais c'est surtout qu'elle ne supporte pas l'idée que ton grand-père meurt un jour. Elle y est très attachée, tu sais.

Le vigneron bredouille, soudain troublé.

– Je suis comme elle, j'envisage très difficilement que Jean va mourir un jour. Je l'aurais voulu éternel mais je vois bien qu'il vieillit.

Gaspard le considère avec bienveillance.

– Tu dérailles pas pour autant.

– Si peu, sourit Antoine.

Mathilde, qui d'ordinaire aurait suivi Jean, s'éclipse aussitôt.

– Si je ne veux pas rater mon train, il faut que j'y aille.

Jean, perplexe, se dit aussitôt qu'elle aurait certainement pu prendre le suivant. La priorité étant le désarroi de Fernande, il se promet d'y réfléchir plus tard. Il la suit docilement pendant qu'il essaie de questionner.

– Mais que se passe-t-il, Fernande ? C'est si grave ?

– Je crois, monsieur Jean, vous allez voir, vous jugerez vous-même.

La cuisine de sa voisine sent le propre. Tout y est minutieusement rangé. Il en est de même pour son salon. Ce n'est que lorsqu'il rentre dans sa chambre qu'il fait un pas en arrière, tant il est choqué. Une corde avec un nœud coulant pend au lustre. Une grande phrase est tracée au feutre noir sur le miroir qui lui fait face. « IL NE MANQUE PLUS QUE LE PENDU.»

– Ne touchons à rien. On va appeler les gendarmes. Ça ne me réjouit guère, mais on n'a pas le choix.

– Vous croyez qu'il y a un lien avec le SS du puits ? s'inquiète-t-elle.

– Je ne pense pas, Fernande, mais sait-on jamais. Prépare quelques affaires, toi et Gaspard dormirez chez moi jusqu'à nouvel ordre.

– Bien, monsieur Jean.

Une demi-heure plus tard, Betram et une escouade de gendarmes ont envahi les lieux. Ils relèvent les empreintes et s'affairent à la recherche du moindre indice.

– Décidément, il s'en passe des choses chez vous ! le nargue le gendarme. On ne s'ennuie pas ici.

Fernande le fusille du regard.

– On est des gens honnêtes et paisibles, ici.

– Je compatis chère madame, quelqu'un s'amuse ici à flanquer dans les puits des cadavres et à dresser des potences, rétorque-t-il aussitôt d'un air narquois. Répondez-moi, vous pensez que ça se produit souvent chez ceux qui ont la conscience tranquille ?

Les larmes à fleur des yeux, la victime balbutie.

– Y a longtemps qu'elle est propre, ma conscience.

Cette remarque interpelle Betram qui réagit instantanément.

– Parce qu'on jour, elle ne l'a pas été ?

Jean intervient aussitôt.

– Foutez la paix à cette pauvre Fernande, vous ne voyez donc pas que sous le coup de l'émotion, elle dit n'importe quoi !

Betram observe la femme. Elle ne paraît pas vexée par la remarque du patriarche, au contraire, la tête tournée vers lui, elle lui sourit. Un sourire plein de reconnaissance. Betram hoche la tête. Instinctivement, il sent qu'il existe entre eux un lien indicible, peut-être un secret. *Depuis combien de temps Fernande est-elle au service des Dalager ? Et qui est-elle vraiment ? Serait-elle liée à l'assassinat du SS ? Aurait-elle aidé Jean ? Elle lui semble si dévouée.*

– Bien, je vais essayer d'éclaircir tout ça, s'exclame-t-il en prenant congé.

Sur le pas de la porte, il se ravise, se tourne tout d'un bloc vers Jean et, avec un air de défi dans les yeux, lui précise :

– Jean, ce matin j'ai reçu un coup de fil très intéressant d'Israël, vous avez omis de me dire que le père de Rodolphe Meyer, David Meyer, votre ami, faisait non seulement partie des services secrets français en 1960, mais également du Mossad.

L'ancien résistant ne bronche pas, ne se donnant même pas la peine de répondre.

– C'est son équipe qui vous a aidé à mener à bien l'affaire Ackermann, n'est-ce pas ? insiste Betram.

Impassible, Jean lui ouvre la porte.

– À la prochaine, capitaine.

Derrière lui, le gendarme entend Fernande pleurer à chaudes larmes.

XXIII

Retour sur le passé pour Fernande

Comme chaque jour à la même heure, Fernande époussette ses meubles. C'est une femme d'habitudes. Elle a besoin de routine comme on a besoin d'air pour respirer. C'est sa manière d'apaiser ses pensées, de réduire au silence ses émotions. Il est à peine sept heures. Dans une demi-heure, elle ira faire le ménage chez Jean. Lui et Gaspard viennent de partir pour faire des courses à Beaune. En vieillissant, elle apprécie de plus en plus les moments où elle se trouve seule. Quand le domaine accueille des invités, non seulement cela génère du travail supplémentaire, mais aussi casse son rythme quotidien. Lorsque les Jacob sont partis, elle a éprouvé une sorte de soulagement. Elle aimait bien Hanna, mais elle accaparait tellement Jean qu'elle lui volait les moments que Fernande pouvait partager avec lui. En apprenant sa mort, elle a pleuré, regrettant de s'être montrée si égoïste et si possessive à l'égard de Jean. Le décès d'une jeune femme intelligente et si passionnée la terrifie. Pour la première fois, elle envisage sa propre mort. Comment allait-elle mourir ? Très vieille et tout usée comme la vieille Julie, foudroyée comme Hanna par une effroyable maladie, rongée par un autre type de cancer pernicieux ? Et si elle mourait assassinée ? Elle revoit la corde fixée au plafond de sa cuisine, il y a une huitaine de jours, et le mot anonyme qui l'accompagnait. *N'est-ce pas un avertissement ?* Prise d'un étrange pressentiment, elle fredonne pour se donner du courage. Les gendarmes avaient conclu à une mauvaise farce et lui avaient assuré qu'il n'était pas dangereux de regagner son domicile. Jean était plus sceptique. Après avoir posé, avec Gaspard, une serrure au portail pour empêcher les intrusions, il leur avait conseillé d'être prudents.

Soudain, elle perçoit un léger bruit, le loquet de la porte ou le battement de la chatière. Elle sourit, sans doute Juju. Comme chaque matin, elle vient faire son petit tour. Deux ou trois caresses et, ensemble, elles s'en vont dans la maison des Dalager. *Et si la grosse Lulu avait raison, si Juju était bien la réincarnation de la vieille Julie ? Elle a aussi mauvais caractère qu'elle*, rit-elle. Elle entend des pas légers sur le sol. Persuadée que c'est Juju, elle ne prend pas la peine de se retourner. Brusquement, elle sent sur ses reins la lame d'un couteau, dans son cou, un parfum d'ambre. Une voix rauque murmure à son oreille :

– Tu peux faire ta prière, car je vais te pendre, sale garce !

La tirant violemment par l'épaule, on l'oblige à se retourner. Elle se retrouve nez à nez avec une femme brune, au regard aiguisé. Elle la contemple, effarée. Est-ce une demeurée échappée d'un asile de fous ? Le domaine des Dalager serait-il maudit ? N'attirait-il pas toutes les mauvaises âmes ? Ce nazi qui a ressurgi dans le puits, et maintenant cette dingo. Fernande veut reculer. La folle l'en empêche. Elle referme ses mains de part et d'autre de son visage, les doigts dans ses cheveux, prenant appui sur sa nuque, cherchant à la déséquilibrer. Fernande résiste et tient bon. La folle change de tactique, elle lui saisit le menton et le pince ce qui la fait hurler de douleur.

– Est-ce que tu sais pourquoi, hein ? Rappelle-toi, ordure ! Tu n'as jamais été bien maligne, mais essaie d'actionner ton peu de méninges.

Terrifiée, Fernande sanglote bruyamment.

– De toute ma vie, je n'ai jamais fait de mal à qui que ce soit.

– T'es sûre, t'es bien sûre ? enrage la femme en lui assénant de grands coups de coude dans les côtes.

Tremblant de tous ses membres, Fernande secoue la tête.

– Regarde-moi bien.

Elle écarquille les yeux, incrédule.

– Je ne vous connais pas. Il y a erreur sur la personne.

– Non, idiote. Fais donc un effort gourdasse, rétorque la femme en la giflant à pleine volée.

Fernande tremble de peur. Les yeux injectés de sang, sa tortionnaire semble prête à tout.

– Je vais te donner un indice. On s'est vu à un mariage, ricane-t-elle méchamment.

Fernande se mord les lèvres. Elle a assisté à tellement d'unions. Ce dont elle est certaine c'est que celle qui se trouve devant elle n'est pas une femme du village. Sa manière de parler trahit une fille des villes. Pourtant, ses yeux étroits, aussi étroits que ceux d'un chat en colère, sa bouche en biais, lui rappellent quelqu'un, mais qui ?

– Autre indice, c'était à ton propre mariage !

Elle se revoit avec Gaspard à l'église, puis à la mairie, puis dans la salle du domaine. Les invités étaient si peu nombreux. Comme si elle lisait dans ses pensées, la furie lui tire les cheveux.

– Ton premier mariage, salope !

Et là, tout d'un coup, Fernande sait. Elle l'avait vue deux fois, lors de ses fiançailles avec Gaston, puis à ses noces. Elle était plus jeune, plus mate de teint, mais avait le même regard, des yeux bleus devenus noirs et froids. Elle se souvient de l'avoir trouvée impressionnante. Il faut dire qu'elle était missionnaire en Afrique à l'époque. Fernande hoquette en réalisant qu'il s'agit de la sœur aînée de son premier mari.

– Je ne suis pas responsable de la mort de Gaston, bredouille-t-elle.

– La justice a menti. C'est impossible que ce soit le prof de Meursault, sec comme un haricot, qui ait zigouillé mon frère. C'est toi, grosse vache, toi, et les Dalager t'ont couverte et se sont arrangés avec la justice.

– Non, bien sûr que non. Gaston avait violé la fille de ce professeur. La haine a décuplé ses forces.

– Tu crois que je ne sais pas que Gaston te battait comme plâtre ? Au lieu de le quitter, tu t'es vengée pour épouser ton bègue. Bê bê, hurle-t-elle, en riant.

Fernande ravale sa salive. Elle pousse un long soupir de désespoir. Comme Gaston, sa sœur est folle. Il suffirait peut-être d'un rien pour l'apaiser. Gaston passait facilement, d'une seconde à l'autre, de la fureur au plus grand abattement. Elle lui déclare doucement.

– Vous ne pouvez pas remplacer Dieu, vous qui avez été bonne sœur.

– Parce que tu crois que c'était de gaieté de cœur que j'ai pris le voile, connasse ?! C'était la seule façon d'échapper à la misère !

Elle a un sale rictus et son œil droit se met à trembloter.

– Et j'ai fini par me défroquer pour épouser un ancien curé.

Fernande la dévisage incrédule.

– Mais pourquoi maintenant ?

Les yeux de la femme s'ouvrent et se ferment. Elle souffle d'exaspération.

– On dira que j'étais occupée ailleurs. J'ai dû régler la succession de mon défunt mari, en Italie. Il ne m'a pas laissé grand-chose, ce salopard. Quand soudain, il y a deux mois, un vieil oncle a eu la bonne idée de mourir. J'ai passé toute ma vie coincée dans une sorte de labyrinthe à essayer de trouver la sortie et là, une opportunité s'ouvrait enfin à moi. Je comptais bien ne pas la laisser passer. Seulement, il y avait un hic. Cet idiot a fait un testament qui te donne la meilleure part ainsi qu'à ton bâtard de fils. J'ai réalisé que j'avais assez bouffé du partage chez les cornettes, alors me voilà.

Fernande tressaille, ce qui attise la haine de la mégère.

– Je m'occuperai de lui après. Pourquoi l'as-tu appelé Jean, hein ? Parce que t'en pinçais pour le vieux Dalager ! Comme c'est comique tout ça. On en ferait un livre ou une pièce de théâtre. T'inquiète pas, ma grosse, tu ne souffriras pas longtemps.

Fernande, paralysée par la peur, ne peut plus bouger. C'est à peine si elle parvient à respirer.

– Monte sur ce tabouret, hurle la sœur de Gaston. Allez !

D'un geste circulaire, elle désigne la corde qu'elle a pendue au crochet du lustre. Ce dernier s'effondre, et tombe en miettes sur le sol.

Elle la toise méchamment.

– Qu'est-ce que tu as, à sourire comme ça ? Il est si niais ton sourire, si niais. Je me suis toujours demandé pourquoi mon frère, qui était un beau garçon, t'avait choisie. Tu n'avais aucune fortune. Pas un sou. Aujourd'hui par contre, avec l'argent du vieux, tu aurais pu mener une belle vie. Mais regarde-toi, moche et bête comme tu es, tu ne saurais même pas profiter alors que moi.... À moi la dolce vita !

Elle rit, un rire profond et rauque, qui ne s'arrête plus, un rire empreint de hoquets, un rire qui ressemble à un long sanglot, un rire de revanche.

C'est alors qu'on entend un bruit mat. La sœur de Gaston gît à terre. Gaspard vient de lui asséner un grand coup de poêle.

– Je suis revenu pour ma montre. Je voulais la faire réparer à Beaune.

Fernande se précipite dans ses bras.

– Tu m’as une nouvelle fois sauvé la vie, Gaspard !

Les yeux gonflés de larmes, elle passe doucement sa main sur sa joue.

Jean apparaît dans l’embrassure de la porte, un fusil à la main.

Une heure plus tard, chez les Noël, Paola, qui rentre de Grasse, est furieuse. Nicole Alberti n’est pas venue faire le ménage aujourd’hui et tout est sens dessus dessous.

– Alors qu’elle connaissait la date de mon retour, elle n’a fait aucune course, s’énerve Paola.

Son mari essaie de la calmer.

– Elle est peut-être souffrante ou s’est trompée de jour, on la verra rappliquer demain.

Paola grimace.

– Tu sais qui était sa tante au village ?

– Non, j’ignorais qu’elle en avait une.

– Elle m’a dit avoir hérité de sa maison.

– Peut-être, mais pour l’instant, elle vit dans un meublé chez la mère Gnossi, à Meursault.

Bernard se saisit d’une grande poêle.

– Bon, il n’y a pas de quoi en faire un drame, je vais nous préparer une omelette pour ce soir.

Un instant, Paola a l’impression de retrouver le Bernard de naguère, qui avait une solution à tout, mais son ton sonne faux. Il a changé. La gaieté, la tendresse dont il l’enveloppait autrefois ont disparu.

– En passant tout à l’heure devant le domaine des Dalager, j’ai vu trois estafettes de gendarmerie garées dans leur cour.

Son épouse est surprise. Il y a si longtemps que le nom des Dalager était proscrit dans cette maison qu’elle s’étonne. Elle y voit une nouvelle preuve de l’indifférence de Bernard à son égard.

– Ils ont peut-être trouvé tout un régiment de SS cette fois-ci, ironise-t-elle.

C'est alors que survient Alexandra. Essoufflée, elle est aussi rouge que sa robe. Paola n'en revient pas, elle a pris au moins trois ou quatre kilos. Son visage s'est arrondi. Elle a presque des joues. Elle a envie de la serrer dans ses bras et de lui dire combien elle la trouve jolie, mais celle-ci n'a d'yeux que pour son père. Après l'avoir embrassé furtivement, cette dernière s'exclame :

– Papa, les gendarmes viennent d'arrêter Nicole. Je l'ai vue monter dans leur fourgonnette. Elle avait un grand bandage sur la tête.

Paola fronce les sourcils.

– Mais qu'est-ce que tu foutais par là-bas ?

– J'ai fait un petit détour à vélo. J'étais chez Lilou. Elle habite...

– Je sais où se trouve la maison de Lilou.

Elle se demande si elle ne devrait pas parler à sa fille pour lui dire qu'elle est au courant au sujet du fils Dalager.

Bernard caresse du bout des doigts les joues d'Alexandra.

– Nicole a peut-être été agressée et les gendarmes l'emmenaient sans doute à l'hôpital.

Soudain, Paola a un flash.

– Par tous les diables ! J'aurais dû m'en rendre compte plus tôt. Le regard de Nicole, bleu et froid, et sa bouche si pincée, son arrogance, ne te rappellent à personne, Bernard ?

– Ma foi non. Je ne voyais chez Nicole qu'une fierté de bon aloi.

– Tu ne connais rien aux femmes mon pauvre, soupire Paola en levant les yeux au ciel.

Ce dernier a envie de lui répondre qu'elle a sans doute raison, parce que s'il avait été moins naïf, il ne l'aurait pas aimée si longtemps, mais il y a Alexandra, aussi se contente-t-il d'hausser les épaules.

– Et bien, elle a les mimiques, la même manière de vous toiser que Gaston, le premier époux de Fernande.

– Et alors ? s'esclaffe Bernard.

– Et alors ? répète Paola. Elle est revenue pour se venger.

Bernard se saisit d'un grand bol où il casse minutieusement les œufs qu'il se met à battre énergiquement et rétorque d'un air railleur.

– Tu ferais un bon auteur de polar. Tout le monde n'a pas la vengeance dans le sang.

Il se souvient avec amertume que Paola dans sa jeunesse était si passionnée, qu'elle avait tenté à plusieurs reprises de brûler les vignes des Dalager. Il était si épris alors qu'il avait fermé les yeux. S'ils étaient seuls, il le lui rappellerait bien volontiers, mais il pense une fois de plus à Alexandra. Il ne veut pas ternir l'image qu'elle a de sa mère, d'autant qu'il a remarqué que, ces derniers temps, leur relation s'est améliorée. Depuis son cancer, il sent que Paola fait des efforts pour se rapprocher d'Alexandra. *Tout n'est peut-être pas perdu de ce côté-là.*

– Je crois que maman a raison ! s'écrie Alexandra en pointant du doigt la fenêtre. Les gendarmes sont là.

XXIV

Vieilles complicités

Bernard ouvre ses volets et regarde avec attendrissement au-dehors. La cour carrée avec les enjambeurs rangés sous le hangar, les deux ailes massives de la maison qui abritent les cuvages et au-dessus, en mansarde, les dortoirs pour les vendangeurs. Paola n'est pas encore levée. Elle n'a jamais été matinale, mais depuis qu'elle est malade, c'est pire que jamais. Elle ne sort pas de sa chambre avant onze heures. Sa maladie a pourtant du bon. Elle n'a plus comme autrefois de brusques volte-face qui le désarçonnaient si souvent, et se montre moins acerbe. Par moment, elle est presque agréable. Par ailleurs, en ébranlant sa confiance en elle, son cancer l'a enveloppée d'une fragilité touchante. Elle est plus séduisante que jamais, pourtant Bernard n'éprouvait plus rien pour elle. Il semble que rien ne pourra jamais raviver son amour. Ce constat ne lui procure aucune joie, pas même du soulagement. Il se sent simplement vide et amer. Une fois guérie, il se promet de lui parler pour lui proposer une séparation honorable. Alexandra n'aurait pas à en souffrir. Il pourrait faire aménager un bel appartement dans une des ailes de la maison, là où jadis on entreposait les cuves. Elle pourrait y recevoir son amant à sa guise. Après avoir déjeuné et avoir bu sans plaisir un café noir, il allume une cigarette, la seule qu'il s'accorde de la journée, et va s'asseoir à son bureau. Encombré de paperasses, de dossiers empilés, c'est un vrai capharnaüm. Il rit. Il s'y retrouve, c'est l'essentiel. Ses résultats le prouvent. Sur l'étagère s'alignent des médailles, des diplômes de qualité soigneusement encadrés. Avec les Dalager, il a su rester l'un des plus grands viticulteurs de la région. Il repense à la visite que les gendarmes lui avaient rendue la veille. Betram, leur capitaine, lui a fait forte impression. Il lui est apparu diablement efficace. D'un geste vif, il écrase son mégot dans le cendrier.

– Bon, je vais voir Jean, dit-il à voix haute.

Celle-ci résonne étrangement dans la pièce si silencieuse.

Cinq minutes plus tard, Bernard entre dans le domaine des Dalager. La longue allée bordée de marronniers qui mène droit jusqu'au perron donne à la bâtisse l'allure d'un petit château. *La vieille Julie a toujours œuvré pour renforcer le prestige de sa propriété et de son vin*, se rappelle Bernard, en garant sa voiture dans la cour. *Ma Volvo paraît bien terne*, constate-t-il, *auprès de la BMW d'Antoine*. D'une main, il caresse son capot. *Son rouge flamboyant doit se voir à des kilomètres à la ronde*. Il soupire, amer. *Il a les mêmes goûts tape-à-l'œil que Paola. Dans le fond, ils sont faits l'un pour l'autre, j'aurais dû le comprendre plus tôt.* Bernard aperçoit un chat noir assis sur le rebord de la fenêtre, il l'observe. Il s'en approche et le caresse longuement, en chuchotant à son oreille.

– Alors c'est toi la fameuse Juju, tout le monde parle de toi, ici. Tu sais que tu es la star du village, plus que ne l'a jamais été la vieille Julie. Elle n'était pas beaucoup aimée par ici. C'est vrai que tu as ses yeux, des yeux de la couleur de la pluie. C'est étrange, si étrange.

Bernard, sentant Juju rassurée par l'intonation de sa voix, continue à lui parler doucement.

– Tu viens d'où, hein, sacrée minette ? Tout le monde se le demande.

Juju le fixe si intensément qu'il croit voir une lueur amusée vaciller au fond de ses prunelles. Elle ronronne de plaisir.

– Tu as trop d'humour pour être la réincarnation de la vieille Julie, plaisante-t-il en la caressant. Je suis obligé de te laisser, je dois sonner à la porte de ton maître.

D'un saut, Juju se retrouve à ses pieds et s'enroule autour de ses chevilles. Il se baisse, étonné. *Décidément, cette minette est spéciale*, songe-t-il.

– En tout cas, j'ai l'air de te plaire, ce qui n'était pas le cas de la vieille Julie. Elle ne m'appréciait pas du tout. Entre nous, je crois qu'elle n'aimait personne. Peut-être son voyou de fils et son crétin de petit-fils, et encore ! Il se souvient du visage de la vieille Julie, plus ridé qu'une pelote de laine aux fils emmêlés. Sa silhouette étroite, enfouie sous de multiples châles noirs, qu'elle croisait frileusement sur sa poitrine avait si longtemps hanté le domaine des Dalager. Elle appartenait à ce type de femme qui semblent avoir toujours été vieilles. Pendant la guerre, elle avait déjà des cheveux gris qu'elle enserrait dans un chignon strict, et sa voix rude était plus chevrotante que celle d'une centenaire. Sacrée vieille Julie, un véritable personnage !

Fernande ouvre la porte, souriante. Ces dernières années, elle avait beaucoup changé. Elle n'avait plus rien à voir avec la jeune fille gauche et empruntée qu'elle avait été. *Les cheveux bien coupés, le visage lisse, elle est presque jolie*, remarque-t-il. Il s'enquiert immédiatement de ses nouvelles.

– Alors Fernande ? Vous allez bien ? Votre affaire avance ?

Bernard tend la main pour lui toucher délicatement le bras, comme s'il voulait, par ce simple geste de solidarité, adoucir sa peine. À son grand étonnement, celle-ci répond d'une voix enjouée, presque joyeuse. Elle ne lui semble pas avoir été traumatisée par son agression.

– La sœur de Gaston a tout avoué. Elle va passer en justice dans un mois. Il paraît qu'elle va me devoir une pension.

D'un œil entendu, en baissant la voix, elle continue.

– Vous savez qu'elle a essayé de me tuer pour récupérer l'héritage d'un vieil oncle de Gaston pour elle toute seule ? Une coquette somme.

Il hoche la tête. Fernande poursuit.

– C'est une sacrée diablesse et avec ça, on lui aurait donné le bon Dieu sans confession. Vous savez qu'elle a été nonne dans sa jeunesse ?

– Dieu du ciel ! s'étonne Bernard.

– Chez les dominicaines, surenchérit-elle. Il se passait de drôles de choses dans les couvents où elle allait. Elle a fini par débaucher un curé et s'est fait épouser.

Bernard n'en revient pas en s'apercevant qu'il s'était laissé piéger par l'air si austère qu'elle affichait. Une simple habitude de bonne sœur.

Elle se signe par trois fois.

– Elle jure comme un charretier. Elle me crachait dessus et éructait comme un démon, en me tapant. Regardez, monsieur Bernard, j'ai encore des bleus, raconte Fernande en lui montrant ses bras.

– Ma pauvre Fernande, je suis si désolé. Je m'en suis tellement voulu de l'avoir engagée. Elle m'a avoué n'avoir jamais travaillé comme domestique, ce qui m'a paru honnête. Veuve, sans grand moyen, je trouvais cela logique.

– Ce n'est pas de votre faute, pardi. Tout le monde pouvait s'y faire prendre. Elle est bigrement maligne et fausse comme Judas.

Elle réfléchit un instant.

– Il n'y a que monsieur Jean qui ne serait pas rentré dans son jeu.

Bernard hausse les sourcils.

– Et pourquoi ça ?
Fernande réplique aussitôt.
– Parce que c'est monsieur Jean.
Puis, prenant un ton de confidence, elle murmure
– Il voit dans le cœur des gens, immédiatement.
Bernard a envie de rire, mais se retient. Il ne tient pas à la vexer, elle si dévouée à Jean. Il se rappelle que ce dernier l'a sauvée des griffes de son premier mari et comprend qu'elle lui en sera reconnaissante jusqu'à la fin de ses jours.
Il prend un ton grave.
– Vous savez que c'est avec la corde qu'elle a volée dans ma cuverie qu'elle comptait vous pendre ? Je ne me le serais jamais pardonné si elle était arrivée à le faire. Depuis, je ferme toutes les annexes de mon domaine.
Fernande secoue énergiquement la tête.
– Oui, le capitaine de gendarmerie me l'a dit. Si elle ne l'avait pas volée chez vous, elle l'aurait prise ailleurs, cette bougresse.
– Enfin, tout cela s'est bien terminé, puisque la voilà incarcérée.
– Cette maligne a évité la prison en jouant la folle. Elle a endormi les psychiatres qui l'ont placée à la Chartreuse et si ça se trouve, elle va y rester, confie Fernande, pensive.
Bernard grimace.
– Dans la famille de Gaston, il y a eu beaucoup de fous, beaucoup de mariages consanguins sans doute.
Soudain, elle paraît inquiète.
– Si elle n'est pas condamnée, un jour ou l'autre, elle reviendra et cette fois-ci, qui sait ?Elle me zigouillera pour de bon... Mais aujourd'hui, ce n'est pas ce qui m'ennuie le plus.
Fernande baisse alors la voix comme si elle avait peur que quelqu'un puisse surprendre leur conversation.
– À cause d'elle, ce satané gendarme est revenu. Il fouine de partout. Il n'arrête pas d'embêter monsieur Jean. Il croit

peut-être qu'il y a un lien avec le SS qu'on a retrouvé chez nous. Quel idiot, il ne voit donc pas que monsieur Jean n'a pas la tête d'un assassin. Ah ! ces gendarmes, toujours à chercher des poux aux honnêtes gens.

Elle tousse, les yeux brillants de colère.

– Ce sale boche a eu ce qu'il méritait. Pourquoi s'en soucier ? Enfin, je me demande bien qui l'a flanqué dans ce fichu puits.

– Certainement des résistants qui, à la fin de la guerre, se sont vengés, avance Bernard.

– Et bien justement non, hoquette Fernande, il paraît qu'on l'y aurait mis dans les années soixante.

Il sursaute.

– C'est le capitaine Betram qui vous a raconté ça ?

– Je l'ai entendu le dire à monsieur Jean.

– Vous écoutez aux portes.

Elle rougit jusqu'aux oreilles, comme une petite fille prise en faute. Elle marque une pause, puis se justifie.

– Monsieur Jean est vieux maintenant et..

– Si vous voulez le protéger, ne confiez rien à Betram, c'est un sacré rusé.

La bouche de la femme se met à trembler. Elle pousse un grand soupir.

– Vous croyez que monsieur Jean est mêlé à tout ça ?

– Voyons Fernande, vous savez bien que rien ne se passe ici sans son approbation. Je le sais, et Betram le sait aussi.

Bernard voit un instant les yeux de Fernande le scruter, puis son sourire se figer. Elle se racle la gorge, une fois, deux fois, trois fois. Elle est manifestement troublée. Son regard trahit de la peur puis soudain ses traits se détendent.

– Tiens en parlant du loup, le voilà.

En effet, Jean apparaît dans l'entre-deux portes. Bernard le trouve vieilli. Sa chevelure s'est éclaircie, son ventre légèrement arrondi, et ses gestes sont devenus plus lents. C'est vrai qu'il ne l'a pas vu depuis un bon moment.

Depuis l'enterrement de la vieille Julie, songe-t-il. Le patriarche l'accueille chaleureusement, en lui donnant une accolade. Il reste silencieux quelques instants, puis murmure.

– Je t'attendais.

Ravi de lire l'étonnement dans les yeux de Bernard, il rayonne. Un sourire affleure ses lèvres. D'un coup, il paraît plus jeune. Son menton carré, sa mâchoire solide imprègnent ses traits d'autorité. *Même à son âge, il n'a rien perdu de son charisme*, constate Bernard effaré. D'un pas redevenu presque allègre, Jean le précède en le faisant entrer dans le salon.

– On y sera plus tranquilles. Fernande, prépare-nous un petit café, et corsé, dit-il en adressant un clin d'œil complice à Bernard.

Ce dernier hausse ses sourcils comme en attente. Les mots de l'ancien résistant surgissent, rassurants.

– Ne t'en fais pas, Bernard, Betram ne découvrira pas grand-chose, affirme-t-il en dodelinant de la tête.

– Il est plus finaud que vous ne le pensez, Jean. Il sait que beaucoup de choses «clochent» dans vos déclarations. Il me l'a dit.

– Peu importe Bernard, les Jacob sont morts et je vais mourir bientôt. Toute cette histoire sera enterrée à jamais, réplique-t-il d'une voix ferme.

Excès de confiance ? s'interroge Bernard, qui hésite une fraction de seconde avant d'ébaucher un signe de tête négatif.

– Ackermann a assassiné mes parents et Betram, qui est en train de dépouiller les archives de la Gestapo, va finir par le découvrir.

Jean bourre sa pipe à coups de pouce précis, et l'allume calmement. Il tire une grande bouffée et recrache la fumée à la verticale.

– Ackermann et ses sbires sont responsables de la mort de quasi tous les passeurs de la région.

Bernard acquiesce. *Jean est encore très vif intellectuellement*, remarque-t-il. *Il sait voir, écouter influencer, rassurer.* Il avait toutes les qualités pour être un grand chef de la Résistance. *Même aujourd'hui, si un malheur survenait, la moitié du village viendrait quémander ses conseils.*

Le vieil homme demeure un instant silencieux, perdu dans ses souvenirs, puis il évoque le temps des restrictions subi pendant la guerre, ce qui surprend son interlocuteur. *Pourquoi accorde-t-il de l'importance à des choses aussi anodines ?* s'étonne-t-il. *D'habitude il parle du maquis, de la fraternité qui y régnait, de leur combat.*

D'une voix émue, il continue.

– Les pastilles Valda étaient si difficiles à dégoter que j'en prélevais sur le stock d'avant-guerre de la vieille Julie pour en donner aux gosses qu'on conduisait dans le Morvan ou en Suisse, lui confie-t-il, au bord des larmes.

Bernard enfouit ses mains dans ses poches comme il le faisait enfant pour calmer ses angoisses. Voir Jean qui vient de recevoir la médaille des Justes être troublé à la seule évocation d'un vieux bonbon d'antan l'insécurise. *En avait-il distribué aux frères Jacob ? Sans doute pense-t-il à Ézékiel...*

À son tour troublé, Bernard bredouille.

– À l'époque, les boches nous prenaient tout. Des camions entiers de vivres partaient pour l'Allemagne et nous crevions de faim.

Sentant une angoisse sourde enfler en lui, Bernard masse ses tempes du bout des doigts comme si cela l'aidait à la chasser. Depuis des années, il occulte cette triste période mais là, son esprit est submergé par les images douloureuses du passé. Il revoit les corps criblés de balles de ses parents, leurs visages tuméfiés. Le jeune homme qu'il était, pleurant à chaudes larmes, s'était écroulé dans les bras de Jean, le jour de leur enterrement. Au fond de l'église, il y avait des membres de la gestapo qui les observaient, à l'affût, pourtant personne ne fut arrêté. Bernard toussote et se reprend. D'une voix qu'il veut la plus neutre possible, il explique que sa conversation avec Betram a fait rejaillir les douleurs du passé.

– Penser que ma mère qui était si douce a été torturée par ce sadique d'Ackermann, me hante. La mort de ce salaud ne m'a pas apaisé. Sais-tu que ma fille, en grandissant, ressemble à sa grand-mère ? Elle a la même grâce. Fine, légère, le pas dansant, elle est son portrait craché.

Jean ébauche un signe de tête affirmatif.

– Oui, elle est aussi rousse que l'était ta mère. Cette voluptueuse chevelure rousse, ce n'est pas courant. Je l'aperçois souvent, ta gamine. Elle vient parfois faire du vélo par ici.

– Votre petit-fils lui tourne beaucoup autour, souligne Bernard.

Jean sourit.

– Je croyais que c'était plutôt le contraire. Un soir, Alexandra est venue jeter des pierres contre les volets de Rémi jusqu'à ce qu'il sorte et la raccompagne chez elle. Elle semble avoir du caractère.

– Je l'espère en tout cas. L'ensemble de votre famille est au courant ?

– Je ne sais pas, Bernard. Gabriel, qui a toujours été le confident de son frère, probablement. À la manière dont Antoine protège Rémi, le regarde, je suis persuadé qu'il sait aussi.

Bernard fronce les sourcils.

– Paola serait furieuse si elle l'apprenait.

– Tu en es si sûr ? Pardonne-moi, mais si Antoine sait, Paola le sait aussi, réplique-t-il sans ambages.

Bernard en reste coi, tant de franchise le désoriente. Il réalise que non seulement Jean connaît son infortune, mais qu'il est convaincu de la profondeur du lien qui existait entre Antoine et Paola.

Il acquiesce mollement.

– Les autres femmes m'apparaissaient si insignifiantes

et si insipides à côté de Paola, je l'ai tellement aimée Jean, trop.

Les yeux mi-clos, il poursuit.

– J'espérais qu'elle finirait par m'aimer. Je me suis trompé. J'aurais dû t'écouter.

– Qui ne fait pas d'erreur ? Moi, j'imaginais qu'Antoine et Mathilde seraient heureux ensemble... répond le patriarche en le fixant droit dans les yeux.

Bernard a envie de lui parler de Mathilde, mais, ne se sentant pas le droit de la trahir, se retient. Il se mordille les lèvres, ce qui n'échappe pas à Jean qui, d'un geste, l'invite à se confier, mais il se tait. Étonné, Jean l'observe. Son invité, si gai, si plein de vie autrefois, a perdu son enthousiasme. Son rire, son regard se sont éteints, tout chez lui trahit la désillusion et l'amertume.

Bernard se frotte les yeux en poussant un soupir.

– Je vais la quitter, Jean. Dès qu'elle sera guérie, j'emmène ma fille ailleurs.

Surpris, Jean en échappe sa pipe qui glisse sur ses genoux.

– Et tes vignes ?

– Je les placerai en gérance, rétorque l'autre en haussant des épaules.

Le vieil homme se demande aussitôt quelle serait la réaction d'Antoine. S'il divorçait de Mathilde, qu'adviendrait-il ? Il frémit à l'idée que les vignes tombent entre les mains de Paola. La vieille Julie s'en retournerait dans sa tombe. Il expire de longues volutes de fumée qu'il regarde s'évaporer dans l'air ce qui l'aide à se concentrer et à calmer l'inquiétude qui vient de le submerger. *Il suffit de si peu de choses pour que l'avenir change de couleur*, songe-t-il en bourrant lentement sa pipe. Il détourne un instant les yeux et laisse échapper un soupir sec, puis se ressaisit. Un sourire refleurit sur ses lèvres. On n'en est pas encore là. Il affiche de nouveau un visage serein.

– Rentre chez toi, Bernard, et ne t'en fais pas pour Betram.

Bernard acquiesce. Il finit calmement son café puis repose sa tasse sur la table.

– Ok, Jean ! J'espère que vous avez raison.

Il se lève, puis, une fois sur le pas de la porte, rajoute :

– Ma fille est soignée par Rodolphe Meyer.

L'ancien résistant lève un œil étonné.

Ils se fixent droits dans les yeux.

– Betram m'a appris qu'il était le fils de David Meyer, alias Moïse, alors ne le sous-estimez pas, Jean.

XXV

Disparition inattendue

Il pleut. Une énorme averse de grêle qui fait résonner les tuiles et tambourine aux vitres violemment. *Heureusement que les vendanges sont passées, un tel déluge aurait compromis la récolte*, remarque Jean en contemplant le ciel peuplé de lourds nuages noirs qui semblent tous prêts à déverser encore une multitude de gouttes d'eau. Le temps est mauvais depuis hier. Vent et pluies se succèdent inlassablement. La nuit a été agitée. Personne n'est parvenu à dormir au domaine. Il règne à l'intérieur de la maison une douloureuse effervescence. Antoine, d'habitude si calme dans les situations difficiles, est aux cent coups. Il se tient dans l'encadrement de la porte du salon, adossé au chambranle, les yeux dans le vague, une cigarette éteinte à la main, qu'il fait rouler entre ses doigts. Sa chemise est tachée. Lui qui attache beaucoup d'importance à rester toujours propre et élégant ne s'en est pas aperçu. Rémi, les cheveux décoiffés, mordille inlassablement un crayon, les yeux fixés sur Gabriel, qui téléphone. Jean est convaincu qu'à sa mort, c'est ce dernier qui sera le véritable chef de la famille. Il sait prendre les choses en main et rassurer tout le monde. *C'est à l'épreuve que l'on mesure la qualité de l'homme*, se dit-il en tirant une bouffée de sa pipe éteinte. Il la regarde un instant et l'allume avec le briquet que lui avait offert la vieille Julie pour l'un de ses anniversaires. Il ne se souvient plus duquel. Avec l'âge, sa mémoire vacille. Il soupire. *Il est comme moi, plein de bosses et de rayures, mais il sert. Si on le frotte un peu, il brille encore.* Le tic-tac imperturbable de l'horloge franc-comtoise, qui habituellement le rassure, l'insupporte. Déjà trois jours que tout est sens dessus dessous. *Depuis hier, les vignes sont à l'agonie. Si on tend l'oreille, on a l'impression qu'elles fredonnent une oraison funèbre.* Jean craint qu'elles ne dépérissent. Elles lui sont si attachées.

En ce moment, la grosse Lulu fait brûler des cierges aux quatre coins de la vigne, en récitant la prière des morts. Antoine a peur qu'elle ne finisse par y mettre le feu, mais n'ose pas la réprimander. Sa folie le terrifie. *Elle a toujours eu un grain, mais en vieillissant, il s'est diablement accentué*, considère-t-il, en se promettant de demander à son grand-père s'il ne serait pas raisonnable d'envisager de la placer dans une institution. C'est alors qu'il pense à Paola. Les derniers mots qu'ils ont échangés résonnent dans sa tête. Quand il lui avait reproché de ne pas l'avoir averti de sa maladie, elle avait fait preuve d'une pudeur qu'il ne lui connaissait pas. Comme une petite fille prise en faute, elle avait rougi jusqu'aux oreilles.

– Je voudrais toujours pouvoir te donner l'image d'une femme belle, riante et pleine de vie, avait-elle murmuré. La maladie, ça vous rend sale et moche.

Il l'avait embrassée. Des baisers doux et pudiques, des baisers de tendresse.

– Même moche, je t'aimerais, lui avait-il assuré.

Il n'avait jamais été aussi sincère. Pourtant, aujourd'hui, il a conscience qu'il est attaché à Mathilde. La quitter lui paraît impensable. Ici, elle était la reine incontestable du domaine. Il ne pourrait rien faire sans elle. Il soupire.

On sonne. À la porte, c'est le fidèle Mourion. Son chapeau enfoncé sur les oreilles, il a l'air d'un vieux conspirateur. S'il n'était pas si triste, Rémi en rirait volontiers. Là, il se contente d'hausser les épaules, en refermant la porte derrière lui. Mourion lui passe la main dans les cheveux.

– Ça va aller, mon petiot.

Rémi fronce les sourcils. Rien ne l'agace davantage que d'être traité comme un gosse, mais lui si accrbe d'ordinaire n'a pas la force de protester.

– Toujours rien ? lance-t-il en pénétrant dans le salon où la famille Dalager est rassemblée.

– Rien, répond Jean, laconique.

Mourion s'assoit et accepte la tasse de café que lui propose Fernande. Il remarque ses larges cernes bleuis, ses paupières rougies par les larmes et les petits tressautements nerveux de ses mains. L'air aux aguets, elle ne paraît pas tranquille. *Sait-elle quelque chose ?*

Tout en continuant à l'observer, il s'exclame :

– On ne s'évapore pas comme ça, en un claquement de doigts.

Elle baisse la tête, ce qui conforte son impression et l'encourage à poursuivre.

– Il existe cinq catégories de disparitions. La plus courante est volontaire.

Il s'arrête. Fernande pâlit.

– Vient ensuite le cas de l'amnésie, ce qui est moins fréquent, mais arrive parfois.

Elle ne cille pas.

– Peut survenir l'enlèvement, mais après trois jours, il y aurait déjà une demande de rançon.

Fernande frotte ses mains l'une contre l'autre, indifférente.

– Reste pour terminer l'accident ou l'assassinat.

Fernande est blême. Mourion en conclut qu'elle croit à la disparition volontaire et qu'elle a des éléments pour le penser. *Pourquoi se tait-elle ?* s'interroge-t-il. Tout près d'elle se tient son mari. Le regard soucieux mais clair, il n'a manifestement rien à se reprocher. Fernande ne l'a donc pas mis dans la confidence ce qui lui laisse à penser qu'il s'agit d'une histoire de femmes, synonymes pour Mourion d'aventures sentimentales. *Une fugue amoureuse ?* S'agit-il de cela ? La femme de Gaspard, qui vient de prendre conscience qu'il l'observe, le fixe un instant puis plisse les yeux comme pour les cacher ce qui incite Mourion à brusquer les choses.

– Fernande, si vous nous disiez ce que vous savez.

Tous les regards se tournent vers elle.

Visiblement agacée, celle-ci bredouille.

– Je ne suis au courant de rien. Vous vous faites des idées.

Les commissures de ses lèvres frémissent. Mourion en déduit que Fernande ment effrontément. D'une voix bourrue, il s'exclame :

– Alors, si personne ne peut apporter des éléments ici, il va falloir avertir Betram.

À l'évocation du nom du capitaine de gendarmerie, il la voit se raidir puis quitter brusquement la pièce.

– Je m'en vais préparer le repas. Il faut bien qu'on mange, si on veut tenir le coup, prétexte-t-elle.

Mourion, qui n'a pas l'habitude de capituler, la suit.

– Fernande, marmonne-t-il, que nous cachez-vous ? J'ai été policier pendant plus de quarante ans, alors, je suis pire qu'un chien terrier, je sens les gens, et là...

– Chut ! l'interrompt-elle en mettant ses doigts devant la bouche.

Puis doucement, en évitant de faire le moindre bruit, elle monte à l'étage. Elle en revient deux minutes plus tard, un papier à la main. Mourion y jette aussitôt un œil : c'est le menu sans prix d'un grand restaurant parisien.

– C'était dans la commode de madame Mathilde, elle le gardait précieusement. J'en ai déduit qu'il y avait un homme dans sa vie.

– Vous feriez une excellente détective, la félicite-t-il.

– Menez votre enquête, mais n'en dites rien à la famille. Vous savez bien que personne ne peut donner tort à madame Mathilde de trouver un peu de consolation ailleurs.

– Je vous le promets, Fernande. Vous pouvez compter sur moi. Je vous remercie de me donner une piste sérieuse.

– J'espère qu'il ne lui est pas arrivé malheur. Je lui suis si attachée. Ce n'est pas comme cette garce de Paola. Elle ne l'a pas volé son fichu cancer, celle-là.

– Elle est peut-être partie de son plein gré ? suggère le vieil enquêteur.

– C'est impossible, elle n'aurait jamais abandonné ses enfants. Elle les aime trop, et puis il y a les vignes, elle ne peut pas vivre sans elles.

– Rejoignons les autres.

Lorsqu'ils rentrent à nouveau dans le salon, il règne un silence absolu. Tous sont suspendus au regard de Gabriel, qui, les traits crispés, prend des notes. Soudain, il raccroche le téléphone et, s'efforçant de canaliser son émotion, explique :

– Il y a deux possibilités, deux femmes correspondent à son signalement, blonde, la quarantaine. L'une, dans le coma, gravement brûlée au visage, se trouve à l'hôpital Bichat, l'autre, renversée par une voiture, les côtes cassées, amnésique, a été admise à Cochin. Aucune des deux n'avait ses papiers. La première a été retrouvée dans le 18e, la deuxième dans le 7e. Les médecins nous invitent à venir les identifier demain matin, conclut-il d'une voix voilée par l'émotion. J'irai donc et vous préviendrai.

– C'est à moi d'y aller, intervient Antoine. Je suis le mari.

– Si peu, maugrée Rémi en toisant son père, un éclair hostile dans le regard.

La lèvre tremblante, Antoine ne trouve rien à rétorquer,

ce qui l'incite à poursuivre.

– Va t'envoyer en l'air avec la mère Noël, plutôt que de venir jouer les faux-culs à Paris.

Antoine continue de se taire, mais sa pomme d'Adam qui tressaute trahit sa colère. Ses paupières papillonnent, donnant l'impression qu'elles battent plus vite que son cœur. Redoutant qu'il ne réagisse trop brutalement, Jean intervient aussitôt.

– Tu te tais, Rémi ! L'heure n'est pas aux règlements de comptes. Vous irez tous les trois. En attendant, prions que vous nous la rameniez vivante. Si elle est amnésique, les vignes la guériront.

– Si elle est morte, je ne te le pardonnerai jamais de lui avoir préféré une garce, hurle le fils en fixant son père d'un œil mauvais.

– Tu ne craches pas sur la fille de la garce que je sache, réplique-t-il.

Surpris, le jeune homme demeure muet une fraction de seconde, puis rageur, s'écrie :

– Justement, je suis bien placé pour savoir qui est la mère Noël, sa fille a beaucoup souffert de sa méchanceté.

Antoine le contemple, incrédule. Le frémissement de ses lèvres fait trembler sa barbe naissante. *Cela fait deux jours qu'il ne s'est pas rasé*, remarque Jean. *Depuis qu'il a appris la nouvelle, se sent-il coupable ?* se demande-t-il. Ayant toujours fait des efforts pour être un bon père, se voir ainsi remis en question par Rémi semble l'avoir anéanti. Jean, considérant qu'il faut absolument faire baisser la tension entre eux, susurre :

– Et bien au moins, l'abcès est crevé. Tu pourras dire à ta dulcinée de ne plus planquer son vélo dans les fourrés quand elle vient te voir. Pas besoin non plus d'enjamber le mur, elle peut passer par le portail désormais. Avec sa belle crinière rousse, elle ressemble beaucoup à sa grand-mère.

Il a envie de rajouter « autant que Mathilde pouvait

ressembler à la sienne », mais se retient.

L'adolescent reste bouche bée, puis s'étonne.

– Vous saviez tous, maman aussi ?

Gabriel pose une main protectrice sur l'épaule de son frère.

– Non, je ne le pense pas.

Rémi se frotte le menton d'un air songeur puis, les yeux pleins de doute, murmure :

– Si elle l'avait appris, ça lui aurait fait mal.

Son visage se contracte pour réprimer une nouvelle montée de larmes.

Aussitôt, son frère réagit avec bienveillance.

– Maman est suffisamment intelligente pour savoir que les enfants ne sont pas responsables des fautes de leurs parents et de toute façon, aurait accepté ton choix parce qu'elle t'aime.

Le patriarche, soucieux de rassurer le jeune homme le confirme, en disant que Mathilde avait toujours su faire la part des choses. Antoine se tait, le buste raide, comme sur la défensive, il semble comme pétrifié. *Vient-il de comprendre que son aventure avec Paola l'avait complètement discrédité aux yeux de ses fils ?* se demande Jean, *et ce, sans doute depuis longtemps.* Si Gabriel ne disait rien, tout dans son comportement trahissait son mépris pour son père. À vrai dire, il prenait les choses en main à sa place. Avec une sorte de lassitude résignée, Antoine bredouille.

– Avec Gaspard, nous allons travailler. Il ne sert à rien de négliger les vignes. Votre mère ne le voudrait pas. Demain, nous partirons vers les sept heures.

Rémi et Gabriel acceptent d'un bref mouvement de tête.

Gaspard le suit aussitôt. Cela fait deux jours que ce dernier ne dit rien, pas un mot. De son index, il caresse sans cesse sa lèvre inférieure, comme il le faisait petit quand il voulait cacher quelque chose, en général une bêtise d'Antoine. Lui, si calme d'habitude, paraît inquiet, nerveux.

Son regard si franc est fuyant. Jean est persuadé qu'il sait quelque chose. *Et s'il couvrait Antoine ? Celui-ci s'en serait pris à Mathilde au cours d'une dispute qui aurait mal tourné, ils se querellaient si souvent ? Et si Mathilde n'avait pas pu partir pour Paris ce jour-là ? Et si Antoine avait été trop loin, et l'avait tuée ?*

Tout à sa réflexion, c'est à peine s'il voit Mourion lui tendre la main.

– À demain Jean, lui dit ce dernier en lui tapotant affectueusement l'épaule.

Il le raccompagne jusqu'à la porte. En revenant, il remarque Juju juchée sur la commode du salon. Les yeux fixes qu'elle plisse exagérément, elle semble en pleine méditation. Peu de temps avant sa mort, la vieille Julie avait une attitude identique. Troublé, Jean la caresse du bout des doigts. Cela l'apaise. *Et si c'était Paola qui avait assassiné Mathilde ? Antoine n'aurait pas osé la dénoncer et aurait exigé que Gaspard en fasse de même.* Jean s'en veut de soupçonner qu'Antoine soit lié d'une manière ou d'une autre à la disparition de Mathilde, mais il ne parvient pas à en exclure la possibilité. Si tel était le cas, c'en serait fini des vignes. La honte s'abattrait à jamais sur leur famille et ils seraient obligés de vendre. Il y voit là comme une malédiction. Pierre. Antoine.

Il se saisit de son bâton de marche.

– Je vais chercher la Lulu.

Puis, se tournant vers Fernande :

– Prépare-lui un bon café et quelques gâteaux, elle est si gourmande.

– Tout de suite, monsieur Jean.

Rémi lui emboîte le pas.

– Je t'accompagne.

Dehors, il a cessé de pleuvoir, mais des traînées grises et mauves s'effilochent dans le ciel, signes d'une prochaine averse. Les arbres échevelés par le vent agitent frénétiquement leurs branches.

Rémi allume la pipe de Jean et la lui tend.

– Tu l'avais oubliée.

– Merci, mon petiot, tu vois, ma pipe m'a toujours aidé à voir clair, à affiner ma réflexion, le remercie-t-il en la portant à sa bouche.

La coinçant dans le coin de ses lèvres, il ajoute :

– Je me suis mis à fumer pendant la guerre.

– Et si aucune des deux femmes retrouvées à Paris n'était maman ? questionne la voix claire de l'adolescent.

Jean se demande si, comme lui, Rémi a envisagé l'implication de son père dans la disparition de sa mère, ce qui expliquerait son agressivité à son égard.

Le vieil homme hésite, cherche ses mots.

– Alors, nous ferions tout pour la retrouver, que ce soit ici ou ailleurs.

Rémi, rassuré, le prend par le bras.

Des vignes émane une odeur fade de terre mouillée. Une lumière étrange flotte sur les rangées de ceps. Rémi la pointe du doigt.

– Cette zinzin va nous les faire crever.

Jean le prend par le bras.

– Et ça t'ennuie ? Pourtant, tu ne les aimes guère les vignes.

– Alexandra m'a appris à les aimer.

Il hoche la tête, étonné. Un instant, un vague sourire erre sur ses lèvres. Alexandra avait eu la bonne idée de ressembler à son père. *Normal, dans le village tout le monde dit que c'est lui qui l'a élevée, Paola ne s'en occupant guère,* réfléchit-il en dodelinant du menton.

– Elle parle aux plantes, aux fleurs, aux arbres, tu sais.

Le regard de Jean s'adoucit.

– Je crois que cette fille est bénéfique pour toi, qu'importe qui elle est.

Rémi s'apprête à lui répondre, quand ils aperçoivent Lulu au cœur des vignes, qui asperge vigoureusement les vignes à l'aide d'un encensoir. Presque en chœur, ils se mettent alors à crier.

– Lulu, Lulu !

Celle-ci s'arrête net.

– J'arrive.

Les cheveux défaits, les joues empourprées et les yeux flamboyants comme si elle avait de la fièvre, elle vient vers eux, d'une démarche étonnamment aérienne, pour une femme de son poids. Ses doigts déformés par l'âge lissent sa jupe froissée.

– Monsieur Jean, il s'est passé quelque chose ?

Après avoir acquiescé d'un mouvement de tête, en choisissant ses mots, il lui explique la situation.

Lulu l'écoute, les mains réunies en prière, puis se met à sourire largement.

– Madame Mathilde, ça ne sera pas la morte. Les vignes vont mieux. Elles se préparent à l'accueillir. Elles la guériront. Elles en ont guéri d'autres. Lentement, elle tamponne la sueur qui perle sous son nez.

– Venez vous reposer un peu, Lulu.

– Pas toute de suite, il faut que je leur apprenne la nouvelle.

En arborant un sourire de statue, un sourire aussi énigmatique que les Vierges des églises qu'elle vénère tant, elle s'en retourne au milieu des vignes. Elle agite fébrilement son encensoir. De loin, on a l'impression qu'il s'agit d'une fronde, tellement elle le fait tournoyer.

– Elle est fine folle, chuchote Rémi.

Jean lui adresse un clin d'œil complice.

– Parfois les fous perçoivent des choses que ne voient pas les gens normaux.

– Je me demande si je ne suis pas aussi dingue qu'elle. Mes insomnies sont emplies du parfum de ma mère.

Elle le portait déjà quand j'étais petit, marmonne l'adolescent, ému.

Son arrière-grand-père lui serre doucement la main.

– Tu es simplement extrêmement sensible comme l'est ton père, mon petiot.

Dans le regard de Rémi, il lit de la souffrance mais aussi de la peur.

– Ne t'inquiète pas outre mesure, petiot. Demain, nous en saurons davantage.

Rémi enlace Jean, pressant son corps contre le sien. Ils restent ainsi longtemps, les yeux rivés sur la grosse Lulu qui n'en finit pas de bénir les vignes.

Quelques gouttes de pluie se mettent alors à tomber, espacées comme si elles avaient eu du mal à traverser une passoire empoussiérée. *Rien n'est comme autrefois*, soupire Jean, *même le temps*. Il revoit un instant la vieille Julie pester contre le climat. « Depuis qu'ils sont allés sur la lune, les ricains nous ont tout détraqué », grognait-elle, furieuse. Si elle était encore à ses côtés, comment réagirait-elle à ce qui venait de se passer ? Une chose est sûre, elle ferait front. Lui ne s'en sent plus le courage. Il est si fatigué.

Finalement, rien ne se passe jamais comme on l'espère, la vie nous donnant rarement ce que l'on attend, songe-t-il. *Souvent, elle vient défaire les vœux, déraciner les promesses, abîmer l'espérance. Le sommaire des jours qui nous sont si douloureusement comptés ment sans cesse. Nous prenons simplement et maladroitement ce qu'elle nous offre et devons nous estimer heureux quand les choses ne tournent pas plus mal.* Pour la première fois, Jean se sent impuissant et redoute l'avenir. Le regard fixé sur les vignes, il pleure, un lent flux de larmes silencieuses. De quoi sera fait demain, il ne saurait le dire.

– Rentrons Rémi, murmure-t-il. La grosse Lulu nous rejoindra quand elle en aura fini de ses incantations.

Biographie

Marie-Françoise Barbot est psychographologue de métier et autrice régionale reconnue en Bourgogne.

Après la publication d'ouvrages et fictions historiques avec en 2001 *À l'ombre du Chanoine* (Prix des « Pages de Bourgogne »), puis *Moy Isabelle du Portugal, mère de Charles dit « Le Téméraire »* en 2004, Marie-Françoise Barbot travaille ensuite la biographie, le polar, ainsi que des manuels pratiques et des écrits pour la jeunesse. Elle s'intéresse aux grandes affaires criminelles de la Côte-d'Or (Éditions De Borée – 2008), publie l'ouvrage *Le Pervers narcissique sous toutes les coutures* (The book-edition – 2017), et nous livre à présent une série pleine de passion dans le vignoble bourguignon.

Dans cette saga bourguignonne, Marie-Françoise Barbot explore les émotions de personnages éclectiques et attachants, leurs choix, leurs tentations et agissements, à travers un huis clos familial au coeur d'un domaine viticole marqué par la Second Guerre mondiale.

Coordination éditoriale : Lise CASOLI
Conception graphique : Richard SIBLAS
Photos de couverture : © Montage photo D. r.
Raisin. © Carolina Smith - fotosearch.fr
Impression : Interpress Ltd., Hongrie

Z'EST Éditions
3 place de l'Hôtel de ville, 21360 Bligny-sur-Ouche
www.zest-editions.com
ISBN : 978-2-491553-05-0
EAN : 9782491553050
Dépôt légal : août 2020